IHR VAMPIR MASTER

MAREN SMITH

Übersetzt von
FRANZISKA HUMPHREY
Übersetzt von
MY GERMAN TEXT

MIDNIGHT ROMANCE

Veröffentlicht in den Vereinigten Staaten von Amerika

Midnight Romance

Dieses E-Buch ist ein fiktives Werk. Während auf aktuelle historische Ereignisse oder bestehende Orte Bezug genommen werden kann, sind die Namen, Charaktere, Orte und Vorfälle entweder das Produkt der Vorstellungen des Autors oder werden fiktiv verwendet. Jede Ähnlichkeit mit tatsächlichen Personen, lebenden oder toten, Geschäftsbetrieben, Ereignissen oder Orten ist völlig zufällig.

Dieses Buch enthält Beschreibungen von vielen BDSM- und sexuelle Praktiken, aber dies ist ein Werk der Fiktion, und als solches sollte es nicht verwendet werden, um in irgendeiner Weise als Leitfaden zu dienen. Der Autor und Verleger haftet nicht für Verluste, Schäden, Verletzungen oder Tod, die aus der Nutzung der darin enthaltenen Informationen resultieren. Mit anderen Worten: Versuchen Sie das nicht zu Hause!

Inhaltsverzeichnis

❋ Erstellt mit Vellum

HOLEN SIE SICH IHR KOSTENLOSES BUCH!

Tragen Sie sich in meine E-Mail Liste ein, um als erstes von Neuerscheinungen, kostenlosen Büchern, Sonderpreisen und anderen Zugaben zu erfahren.

https://geni.us/jungfrauunddervampir

VORWORT

MITTERNACHT DOMS

Es gab eine Zeit, in der wir Vampire vom Schrecken der Menschen gelebt haben. Wir lebten für ihren Schmerz, für die Angst. Dass BDSM ein akzeptierter Teil der Welt geworden ist, hat uns die Möglichkeit eröffnet, weiterhin auf die Art und Weise zu speisen, die uns am besten gefällt – unser Festmahl mit jedem Hieb und Schrei zu versüßen, wovon unsere Opfer nachgiebig und willig werden, wie gut marinierte Steaks, die nur darauf warten, dass man den nächsten Bissen nimmt. Wir lassen keine große Anzahl an Leichen mehr zurück, aber wir sind nicht halb so zivilisiert, wie wir gern erscheinen wollen.

Wir sind die Mitternacht Doms. Wir jagen in der Nacht. Wir schlemmen bei Mitternacht. Vorsicht, kleiner Mensch, sonst könntest du zu unserer auserwählten Beute werden …

(ADAPTIERTER AUSZUG aus *Ihr Vampir Master* von Maren Smith)

Vielen Dank, dass Sie das erste Buch der **Mitternacht Doms**, einer Spin-Off-Serie von Renee Rose und Lee Savinos *Bad Boy Alpha* Serie erworben haben. Lesen Sie unbedingt auch *Alphas Blut* – das Buch mit Lucius, dem Vampirkönig –, das diese Reihe inspiriert hat.

Wir sind Maren Smith so dankbar, dass sie sich bereit erklärt hat, Teil dieses Projekts zu werden und für einen solch bravourösen Auftakt zu sorgen.

Alles Liebe und dominante Vampire,

Renee und Lee

PROLOG

Der Traum

*D*ie Musik im Club Toxic dröhnt.
        Ich träume und ich weiß, dass ich träume,
aber die Szene fühlt sich so real an. Ich fühle es so, wie
meine Schwester es erlebt hat. Die Schwingungen, die durch
den Boden nach oben dringen und meine ohnehin schon
schwankenden Beine noch weiter erschüttern. Es hämmert bis
in meinen Kopf hinein, sodass der Rhythmus nicht mehr nur
in meinen Ohren, sondern auch in meinem Gehirn vibriert. In
meinen Adern. Er pulsiert zusammen mit den farbigen Blitzen, die entweder das pulsierende Produkt der Lichtschau des
DJs oder meines eigenen panischen Gehirns sind. Genau wie
meine Schwester Jez habe ich die Fähigkeit, dies zu beurteilen, längst verloren.

    Mit jedem gestolperten Schritt dränge ich weiter durch
das Getümmel der Nachtschwärmer. Diejenigen, die tanzen
können, tun es. Diejenigen, die es nicht können, springen

trotzdem auf und ab und tragen dadurch zum Hämmern des Rhythmus bei, als die gebündelte Kraft ihres kombinierten Gewichts auf die blitzenden Fliesen der Tanzfläche trifft.

Ich wirble herum und mustere suchend die verschwommenen, schemenhaften Gesichter. Ich schiebe mich durch die Menge und ringe um einen kühlen Atemzug, der nicht nach Alkohol und heißen Körpern stinkt. Die Kühlgebläse an der Decke kämpfen darum, mitzuhalten. Ich spüre jedoch nur einen Hauch von Luftbewegungen auf dem Schweiß meines Gesichtes und selbst dieser Hauch fühlt sich heiß an.

So heiß wie seine Berührung. Ich muss ihn nur zuerst finden und ihn irgendwie überzeugen, mich wieder zur Seinen zu machen. Denn sie brauchte ihn und jetzt brauche ich ihn auch.

Ich kralle meine Fingernägel in meine Arme und grabe sie tief hinein, um das unerträgliche Verlangen zu lindern, das unter meiner Haut kribbelt. Aber es gibt keine Linderung und meine Verzweiflung wächst immer weiter, Stück für Stück, bis ich ihn schließlich entdecke. Dunkel, mysteriös. Schwarze Haare und schwarze Augen. So wunderschön wie ein Engel und verführerisch wie die Sünde selbst.

Er ist auf der Tanzfläche und tanzt in der Mitte dieser pulsierenden, tobenden Menge mit einer großen, blonden Frau, die fast so schön ist, wie er selbst.

Mein Atem stockt, während ich ihn anstarre. Ich bin fasziniert von den Bewegungen ihrer Körper. Er hält sie mit dem Rücken zu seiner Brust vor sich fest. Der enge Rock ihres schwarzen Minikleides ist bis zu ihrer Hüfte hochgezogen und das Neonrosa ihres Stringtangas ist nichts weiter als ein Stückchen Farbe am Ansatz ihrer Oberschenkel. Er hat eine Hand an ihrer Kehle und spielt mit der anderen zwischen ihren Beinen.

Sie könnten ficken, anstatt zu tanzen.

So wie sie ihren Arsch vor seiner Hüfte kreisen lässt, tun sie es wahrscheinlich auch.

Ich dränge mich durch die Menge, kämpfe mich näher heran und gehe direkt auf sie zu. Ich sehe alles.

Das Stoßen seines Beckens gegen das nackte Fleisch des Arsches der blonden Frau. Die kreisende, streichelnde Bewegung seiner Hand zwischen ihren geschmeidigen Oberschenkeln lässt die Schwingungen und das Pochen wie Sommerhonig dahinschmelzen, bis sich die glühende Begierde mit ihrem eigenen, besonderen Puls in meinem Unterleib konzentriert.

Die Augen der Frau bleiben geschlossen, als sich ihre Lippen teilen. Sie neigt den Kopf nach hinten an die Schulter ihres Verführers und ihr blondes Haar, das von rosa- und lilafarbenen Strähnen durchzogen ist, hebt sich in starkem Kontrast vom Schwarz seiner Anzugjacke ab. Ihre Oberschenkel zittern und die sanften Berührungen seiner Finger lassen sie ihre Hüfte immer weiter an ihm reiben. Sie drückt ihre Hände flach auf ihre Oberschenkel, denn er hat ihr flüsternd befohlen, dies zu tun. Ich höre seine Anweisungen noch immer in meinem Kopf widerhallen. Es ist ein Spiel, das er jede Nacht in meinen Träumen mit mir – mit Jez – gespielt hat. Ganz egal, was er tut oder wie sehr sie es auch will, es scheint, dass sie ihn ohne Erlaubnis nicht berühren darf.

Es ist ihr jedoch erlaubt, zu kommen, und dem ständigen Zittern ihrer weichen Oberschenkel nach zu urteilen, steht sie kurz davor.

Er schmiegt sein Gesicht in ihr Haar und streicht mit den Lippen über die heiße Krümmung ihres Halses, bevor der dunkelhaarige Mann, fast so, als ob er mich spüren könnte, die Augen aufreißt. Er sieht mich direkt an und lächelt, bevor er das erste Mal leckt und die Haut seiner Partnerin schmeckt.

Ich zittere und erinnere mich an die widerhallende Liebkosung seiner Zunge, die sich von meiner Schulter zu meinem Ohr hinaufbewegt. Ich spüre seine Rauheit, seinen Hunger und den Schmerz, den meine Schwester fühlte, da dieser Mann nichts an sich hatte, das auch nur annähernd entschuldigend oder mitfühlend war. Er küsst den Hals der blonden Frau und sieht mich mit seinen hungrigen Augen direkt an. Dann beißt er zu.

Meine Schwester spürte diesen Biss bis hinunter in ihre Klitoris, genau dort, wo er sie bei ihrem ersten und letzten gemeinsamen Mal gebissen hatte. Auch ich spüre den Biss und ein Zittern rauscht durch meine schwankenden Oberschenkel, als die verheerende Wirkung des intensivsten Orgasmus meinen sehnsüchtigen, zuckenden, hungrigen Körper zerreißt.

Der Schmerz ist mehr als nur körperlich, denn ich kann in den schwarzen Augen dieses attraktiven Mannes keinen Funken der Reue sehen. Nicht für das, was er tut, und nichts, was darauf hindeuten würde, dass er ein Interesse daran hätte, dies noch einmal mit mir zu machen.

Dieser prächtige Mann.

Dieser abgestumpfte Mann.

Dieser Mann, der Jez, noch bevor er sie auch nur berührte, klar und deutlich gesagt hatte, dass er nicht an Liebe glaube und kein Interesse daran habe, etwas Dauerhaftes anzufangen. Er spielt niemals zweimal mit derselben Frau.

Ich weiß es, genau wie Jez es gewusst hatte. Aber sie hatte es gewollt, genau wie ich es jetzt will. Es ist wie eine Droge in unserem System. Das Verlangen, das sich einfach nicht lindern lässt, egal wie verzweifelt wir kratzen und krallen und uns mit den Fingernägeln unbewusst die Arme aufschlitzen, bis wir bluten. Tropfen purpurroter Ströme, die die Blässe unseres Fleisches zerschneiden, bis unser Blut auf den Boden tropft.

Er bemerkt es.

Und einige andere auch. Schemenhafte Köpfe aus diesem gesichtslosen Meer von tanzenden, springenden, sich windenden Fremden wenden sich mir zu. Mit bebenden Nasenlöchern und hungrigen Augen schauen sie aus allen Richtungen auf mich, so als wäre mein Schmerz und mein Begehren etwas, das sie riechen können.

Meine einzige Warnung, bevor meine Arme gepackt werden, ist das verräterische Zucken des Blickes dieses wundervollen Mannes zu irgendetwas hinter mir.

„Das war's", sagt der Rausschmeißer. Er schleift mich halb und trägt mich halb, während ich gegen ihn ankämpfe und schreie und den ganzen Weg bis zur Tür über meine eigenen ungeschickten Füße stolpere. Er stößt mich hinaus in die kühle Umarmung der Nacht. „Geh nach Hause."

Der Türsteher weigert sich, mich danach wieder hineinzulassen. Er droht sogar damit, die Polizei zu rufen, aber der attraktive Mann kann ja nicht ewig dort drinnen bleiben. Er findet mich unzählige Stunden später, lange nachdem der gedämpfte Rhythmus der Nachtklubmusik verstummt ist, und die Schlangen der Menschen, die darauf warten, Zutritt zu bekommen, verschwunden sind. Zu diesem Zeitpunkt habe ich mich in der Seitengasse zusammengekauert, mit dem Rücken an die rauen Ziegelsteine gelehnt und mir wegen des unerträglichen Verlangens, das durch meine Arme und Beine strömt, die Haut zerkratzt. Die Begierde meiner Schwester macht mich so krank, dass ich mich nicht einmal mehr übergeben kann.

Er kommt zu mir und hockt sich neben mich hin. Sanfte Finger ziehen meine Augenlider auf, während ich wimmere: „Bitte … bitte …"

Sein Blick ist erbarmungslos, selbst als er weich genug wird, um zu seufzen: „Du machst fast mehr Ärger, als du wert bist." Seine Stimme ist genauso schön wie der Rest von ihm. „Dann komm mit."

Plötzlich ändert sich mein Traum. Der Nachtklub ist verschwunden und der wundervolle Mann auch.

Stattdessen sehe ich, wie die Sonne aufgeht, die Schatten verdrängt und die schmutzigen Straßen von Tucson in orangefarbenes Licht hüllt. Es kriecht über die Dächer, die alten Ziegelsteine hinauf und über die bröckelnden Lehmziegel verfallener Wohnkomplexe. Es schwappt über die mit Unkraut bewucherten Risse im Bürgersteig des verlassenen Parkplatzes, wo die Leiche meiner Schwester nackt zwischen Kratzdisteln liegt. Spritzer ihres Blutes sind aufs Gras getropft und in der blassen Haut ihres gebrochenen Halses befinden sich zwei nadelartige Einstichwunden.

Ich träume diesen Traum jede Nacht. Manchmal sehe ich mehr als das, manchmal sehe ich weniger. Aber jeden Morgen wache ich zu bestimmten Details auf, die sich niemals ändern. Meine Schwester, Jez Chapman, ist tot. Im Polizeibericht steht *Prostituierte* und die Todesursache lautet *Überdosis*.

 erris

ICH KENNE den Namen des Mannes nicht, der meine Schwester getötet hat. Aber ich kenne sein Gesicht. Ich sehe es jede Nacht in meinen Träumen, genau wie es Jez kurz vor ihrem Tod passiert ist. Er hat sie unter Drogen gesetzt – bei der Autopsie fand man die Vergewaltigungsdroge Rohypnol und Heroin in ihrem Körper. Er ließ sie verbluten – selbst wenn das Heroin nicht tödlich gewesen wäre, hätte der Mangel an Blut in ihren Adern das Seine getan. Er ließ sie wie Abfall im Unkraut liegen – sie liegt inzwischen auf dem *Holy Hope* Friedhof neben unseren Eltern begraben. Ich bringe ihnen jeden Sonntag Rosen.

Er muss gedacht haben, dass es niemand bemerken würde, jetzt, da sie weg ist. Er muss gedacht haben, dass es niemanden gab, der sie liebt. Aber er hätte sich nicht mehr irren können. Die Polizei hat sie als Prostituierte bezeichnet. Sie sagen, sie wäre einen Drogentod gestorben, und dass sie aufgehört haben, weiter nachzuforschen. Aber sie irren sich genauso wie er und ich werde es beweisen. Mein Name ist Merris Chapman und ich werde den Mann finden, der mich in meinen Träumen heimsucht. Auch wenn es das Letzte ist, was ich tue. Er wird für das, was er getan hat, büßen müssen.

Im Herzen jeder Stadt wird die Krone des Nachtlebens in der Regel nur von einem Ort getragen. In Tucson war dieser Ort früher das *No Return*, dann wurde es der *Club Eclipse* in der Congress Street. Aber im Laufe des letzten Jahres riss *Club Toxic* diese Krone an sich und es war eines von Jez' liebsten Nachtlokalen. Die Schlange der Hoffnungsvollen, die die Chance bekommen wollen, in diesen Club zu gelangen, windet sich stets um den ganzen Block. Es müssen jedoch nicht alle in der Schlange warten und die beste Chance eines Mädchens, hineinzugelangen, hat noch nicht einmal etwas mit dem Türsteher zu tun. Ich stand zweimal stundenlang in der Schlange, bevor ich dies erkannte. Ein kurzes, enges Kleid und makelloses Make-up sind alles, was eine hübsche Frau braucht. Ich stecke mir mein langes braunes Haar in Locken nach oben und beziehe eine Position in der Nähe der Seile und in Sichtweite derer, die von den Rücksitzen der Taxis oder Privatlimousinen aussteigen – diejenigen, die nie in der Schlange warten müssen. Diese Schönheiten gehen einfach am Türsteher vorbei und hinein.

Manchmal kommen sie in Begleitung. Manchmal kommen sie allein und lassen ihren Blick über die Reihe der Hoffnungsvollen gleiten, bis sie etwas – *jemanden* – finden, der ihnen gefällt. Der, dem ich gefalle, kam in einem Smoking mit zwei Frauen am Arm an, die Hollywood-Filmstars hätten sein können. Trotzdem hält er am Seil inne und gestikuliert, dass ihm noch mehr von uns folgen sollen. Wir schaffen es gerade noch rechtzeitig, bevor die Bar im Inneren schließt. Es ist ihm egal, dass sich viele von uns sofort abwenden, sobald wir durch die Tür getreten sind.

Ich bin eine von zweien, die sofort in eine andere Richtung gehen. Ich habe so etwas noch nie zuvor getan. Dies ist nicht mein Leben. Meine Zwillingsschwester Jez ist – *war* – das Rave-, Konzert- und Party-Girl. Ich bin die Ruhige. Die, die gern Zuhause bleibt. Ich liebe Bücher und Musik. Ich schaue mir Dokumentarfilme auf *Discovery* und YouTube an. Ich bin eine Künstlerin. Tagsüber entwerfe ich Gebäude für ein renommiertes Architekturbüro. In meiner Freizeit zeichne ich gern Landschaften – Wälder, Berge, Strände mit tosenden Wellen, die nur ich in meinem Kopf aufs Ufer krachen hören kann. Ich habe Tucson schon seit meiner Kindheit nicht mehr verlassen, als unsere Eltern mit Jez und mir in den Yellowstone Nationalpark gefahren sind. Das war der Sommer, bevor sie starben, und danach kamen wir in Pflegefamilien unter. Manche Geschwister haben Glück und werden gemeinsam in einer Familie untergebracht. Jez und ich hatten es nicht.

Wir wurden in unserer ersten Nacht getrennt. Kurz danach hatte ich meinen ersten Jez-Traum. Sie war in ihrem neuen Haus die Treppe hinuntergestürzt und hatte sich die Nase, das Kinn und die Knie gestoßen, als sie die wenigen mit Teppichboden bezogenen Stufen hinunterrollte. Ich spürte jeden Aufprall, als ob es mir selbst passiert wäre. Das war das erste Mal, aber es würde noch lange nicht das letzte Mal bleiben. Daher kenne ich das Innere dieses Nachtklubs, ohne jemals zuvor einen Fuß hier hineingesetzt zu haben.

Ich kenne das Gesicht der Barkeeperin – eine Rothaarige mit schnellen Händen und einem müden Lächeln. Sie hat eine Stimme, die wie ein Drill-Sergeant bei der Armee ‚Letzte Runde' brüllt. Das schwarze Halsband, das sie trägt, passt nicht zu ihrer Uniform, aber es fällt auch nicht gerade auf. Sie ist nicht die Einzige hier mit einem Halsband. Es scheint eine seltsame Wahl der Mode zu sein, wenn man bedenkt, welche Anstrengungen hier unternommen wurden, um diesen Ort hochwertig erscheinen zu lassen. Jeder trägt eine Uniform. Sogar die Rausschmeißer und Türsteher tragen Anzug und Krawatte. Die Kellnerinnen wuseln durch die Menge und sorgen dafür, dass die Gäste an den Tischen alles haben, was sie brauchen. Ihre enge, schwarze Short zeigt, jedes Mal, wenn sie sich nach vorn bückt, mehr als nur ein wenig Haut. Ein bisschen zu schlampig, um stilvoll zu sein, ein bisschen zu stilvoll, um einem Bordell zu gleichen.

Ich hole mir ein Getränk, damit ich nicht auffalle. Einen Erdbeer-Limes. Das ist Jez' Lieblingsgetränk und das einzige, von dem ich weiß, wie man es bestellt, denn es ist ja nicht so, als hätten diese Läden Menüs. Würde ich nach der Getränkekarte fragen, würde ich auf jeden Fall auffallen.

Ich wehre mich gegen das *Déjà-vu* und umrunde den Raum. Es ist alles so fremd und doch so vertraut. Seltsame Dinge ziehen meine Aufmerksamkeit auf sich und verstärken das Gefühl noch mehr. Dies ist der letzte Ort, an dem meine Schwester war, bevor sie getötet wurde. Wonach suche ich? Ich weiß es ehrlich gesagt nicht, aber seltsame Dinge fallen mir ins Auge. Wie zum Beispiel die Art, wie die Lichtblitze immer wieder von dem Schild an der Tür der Damentoilette reflektiert werden. Etwas, das Jez gesehen hätte, kurz bevor sie hineingegangen war.

Dieselben Lichtblitze funkeln über die Fliesen der Tanzfläche, die unter den wild herumtanzenden Füßen all dieser Leute auf Hochglanz poliert sind. Ich sehe ihr Lächeln, das Lachen, den Schweiß … Aber ich sehe sie so, wie ich sie in meinem Traum gesehen habe. Bestimmte Gesichter springen mir entgegen. Die beiden Männer, die an der Garderobentür Wache stehen. Die Tür ist geschlossen, aber in Gedanken sehe ich die geheime Treppe, die nach unten führt. *Ich spüre den Druck auf meiner Hand, als er danach greift, und die Art und Weise, wie seine Augen aufblitzen, als er sie – meine Schwester – nach unten zieht.* Wohin, da bin ich mir nicht sicher. Meine Träume sind nicht wie Filme. Es gibt weder einen verifizierten Anfang noch ein bestätigtes Ende. Nur zusammengewürfelte Ausschnitte von Szenen, Teile eines Films auf dem Fußboden des Schneiderraums, die darauf warten, dass ich sie wieder in eine sinnvolle Reihenfolge bringe.

Die Musik ist laut. Die Bar wurde vielleicht geschlossen, aber die Nachtklubseite dieses Ortes würde noch mindestens zwei Stunden lang weiterfeiern. Der ganze Raum pulsiert im Rhythmus des Basses. Das habe ich auch geträumt. Ich habe geträumt, wie diese gerade mal anderthalb Meter große, dunkelhäutige Schönheit ihren Mann im Schatten der Toiletten gegen die Wand drückt. In meinem Traum war der Mann Asiate. Heute zieht sie einen Blonden vor, aber ihr Griff an seinem Handgelenk ist genau derselbe, ebenso die verführerische Art, wie sie sich zu ihm beugt und ihre Zungenspitze herausschnellen lässt, um eine geschwungene Linie über seinen Hals zu lecken. Er lacht, nervös, atemlos und überaus erregt. Es ist zu laut hier drinnen, als dass ich wirklich etwas hören könnte, aber ich habe es in meinen Träumen gehört, und das Echo dessen spielt nun durch meinen Kopf.

Ich umrunde die Tanzfläche und bahne mir meinen Weg durch die überfüllten Seitenbereiche. Ich erkenne eine blonde Kellnerin, deren sexy Uniform sich immer noch genauso eng um ihre üppigen Kurven schmiegt. In meinem Traum ist sie schüchtern und lächelt, als sie sich Jez vorstellt. Ihr blauäugiger Blick fällt auf mich, als wir aneinander vorbeigehen. Ein Schock des Wiedererkennens blitzt über ihr Gesicht, aber ich bin bereits an ihr vorbeigegangen. Ich befinde mich jetzt in der Lounge, wo das Licht viel schwächer ist, und der Geruch von Alkohol und Vorfreude dick und süßlich wird. Ich habe das alles schon einmal gemacht und gesehen. Die Leute, die Tische, das Pärchen in der Ecke und die andere Frau, die mit dem Rücken zur Wand steht. Sie hat ihre Augen in höchster Ekstase geschlossen, als die beiden je eine Seite ihres Halses küssen und sie überreden, woanders mit ihnen hinzugehen. Aber in meinem Kopf ist es Jez' Stöhnen, das ich höre, als ihr die Hand eines Mannes das Haar aus dem Nacken streicht, bevor sie sich wie an einen Liebhaber an ihn lehnt. Die geschwungenen Lippen des Mannes verlieren die Aufrichtigkeit seines Lächelns, als er sich zu einem Kuss vorbeugt.

Ich bleibe stehen und bin wie erstarrt. Ich richte meine Augen auf einen Mann, der am entferntesten Tisch in der Lounge von Club Toxic sitzt.

Ich kenne seinen Namen nicht, aber ich werde sein Gesicht niemals vergessen.

Ich sehe es jede Nacht in meinen Träumen.

Er ist der Mann, der meine Schwester ermordet hat, und Gott steh mir bei, aber ich verstehe jetzt, warum sie mit ihm mitgegangen ist. Dieser Mann ist mehr als gut aussehend. Groß, athletisch, mit Augen so dunkel wie sein Haar, einem glattrasierten Kinn und einem Lächeln, das Engel zur Sünde verführen könnte.

Sie wird sich anstellen müssen. Er hat bereits eine Frau auf – nicht an – seinem Tisch. Sie sitzt in der Mitte mit dem Rücken zu mir und stützt sich mit beiden Armen ab. Sie hat ihre Knie hochgezogen und die Beine unmöglich weit gespreizt. In ihrem Mund befindet sich ein Stück Limette. Ein Schnapsglas steht zwischen ihren Beinen auf dem Tisch und er streut Salz auf das sehr schmale Stück Baumwolle, das die Vorderseite des Stringtanga-Höschens dieser Frau bildet. Es ist ein Wunder, dass die Rausschmeißer die beiden noch nicht gebeten haben, zu gehen.

Nichts an den Bewegungen dieses Mannes deutet darauf hin, dass er etwas fürchtet, während er mit den Händen über die Beine der Frau bis zu ihren Knien streichelt …

… seine Hände schieben die Träger von Jez' Kleid über ihre Schultern und entblößen sie bis zur Taille … Ich zucke bei der Vision in meinem Kopf zusammen und starre stattdessen den Mann an. Er drückt die Beine der Frau weit gespreizt auseinander und beugt sich vor, um das Salz von ihrer vom Höschen bedeckten Weiblichkeit zu saugen.

Er entdeckt mich, kurz bevor er sie mit dem Mund berührt, und hält inne.

Sehe ich so aus, als würde ich ihn hassen? Ich versuche, zu verstecken, wie intensiv ich dies tue. Aber das augenblickliche Fehlen jeglichen Ausdrucks auf seinem Gesicht, als er mich anstarrt, ist erschreckend. Dies ist der Mann, der meine Schwester getötet hat, obwohl ich keine Beweise habe. Wenn ich will, dass er dafür bezahlt, was er getan hat, muss ich irgendwo tief in mir den Mut finden, zu ihm hinüberzugehen.

Ihn zu finden war nur die halbe Miete.

Jetzt muss ich ihn dazu bringen, zu gestehen.

Aleron

JEMAND HAT aus einem meiner früheren Abendessen einen Nachkommen geschaffen.

Das war mein erster Gedanke. Aber noch während der Schock dessen, was ich sehe, durch meine Adern sickert, weiß ich, dass es unmöglich meine arme, kleine Jezebel sein kann. Jez ist tot. Tot auf eine Weise, von der noch nicht einmal wir zurückkehren könnten. Ich weiß das, weil ich zu ihr ins Krankenhaus gegangen bin. Nachdem sie so gefunden wurde, musste ich mir sicher sein. Leider traf ich erst nach ihrer Autopsie ein. Ich kann nur annehmen, dass ihr Körper bereits an ihre Familie übergeben worden ist. Und alles, was ich riechen konnte, war der unverkennbare Geruch von Balsamierungsflüssigkeit, die aus ihren Poren sickerte.

Ich mache mir normalerweise nichts aus dem Ableben von Menschen, aber Jez war … anders.

Nicht besonders, nicht wirklich. Aber wenn man bedenkt, wie ich sie zurückgelassen habe, und in welchem Zustand sie schließlich aufgefunden wurde, könnte man es vielleicht als stechendes Schuldgefühl bezeichnen. Es belastet mein Gewissen, dass ich nicht darauf bestanden habe, als sie sich weigerte, sich von mir nach Hause bringen zu lassen.

Ich bin nicht der einzige Vampir, der den Club Toxic als ein persönliches Jagdrevier betrachtet, und Jez ist – war – nicht das einzige ahnungslose Opfer hier. Sie ist jedoch die Einzige, die ich persönlich kenne, die mit ihrem Leben dafür bezahlt hat.

Ich wusste nicht, dass Jez eine Schwester hat, geschweige denn einen Zwilling. Aber je länger ich sie anstarre, desto sicherer bin ich mir, dass es das ist, was ich sehe. Ihr Körper und ihr Gesicht sind Perfektion. Sie ist genauso schlank wie Jez – schmal an der Taille und um die Brüste herum und etwas dicker an den Hüften und Oberschenkeln. Kurvenreich anstatt knochig, genau wie ich es mag. Sogar ihr goldbraunes Haar scheint identisch zu sein, hochgesteckt und in Locken gedreht. Wenn man es aus seinem Gefängnis der Haarnadeln befreit, weiß ich, dass die Locken gerade lang genug sind, um sie um eine greifende Hand zu wickeln.

Sie hat ihr Gesicht genauso geschminkt wie Jez, aber dort

hören die Ähnlichkeiten bereits auf. Um die Augen herum …
der Farbton ihres Lippenstiftes – irgendetwas stimmt nicht.
Sie hat sich selbst als Verführerin angemalt, aber ihre Hand
ist ungeübt.

Und ihre Lippen lächeln auch nicht. Das durchdringende
Grau ihrer Augen ist hart und heißt mich nicht willkommen.

Nein, das ist nicht Jez. Dessen bin ich mir sicher, noch
bevor ich die Luft teste, indem ich mich durch alle Gerüche
in diesem Raum wühle, bis ich den fremdartigen Reiz ihres
Duftes aufspüre.

Ich vergesse zu trinken. Ich verliere jegliches Interesse an
meiner Verabredung, obwohl das kaum etwas Neues für mich
ist. Mein Interesse ist schon seit Jahrhunderten erschreckend
wankelmütig. Nichts kann es lange in seinen Bann ziehen,
aber das hier … oh, das hier reizt es schon. Sie ist wegen mir
hierhergekommen. Diese reizende, junge Frau mit dem
Gesicht meiner Jezebel. Und sie hasst mich auch, was ich
sowohl eigenartig als auch amüsant finde. Sie ist mir ein
Rätsel.

Ich mag Rätsel; es gibt nur noch wenige neue Rätsel, die
mich begeistern können.

Vor mir auf dem Tisch sitzend, runzelt mein heutiges
Abendessen die Stirn. Sie folgt meinem Blick, schaut kurz
über ihre Schulter und dreht sich dann mit einem Schmoll-
mund zu mir zurück.

„Gib mir ein paar Minuten", sage ich und tätschele ihr die
Hüfte. „Wenn du dich beeilst, macht Izzy dir vielleicht noch
ein Getränk. Sag ihr, dass ich gesagt habe, du kannst haben,
was du willst, und es auf meine Rechnung setzen."

Mein Beinahe-Abendessen ist dadurch nicht beschwich-
tigt, aber ich habe ihr den Köder, namentlich mich, schon
eine sehr lange Zeit vor der Nase baumeln lassen. Sie will
ihre Nacht mit mir und das zu sehr, um es mit einem Wutan-

fall zu vermasseln. Sie sieht allerdings alles andere als graziös aus, als sie sich vom Tisch rollt und zur Bar hinüber stampft.

Ich habe sie bereits vergessen. Das Rätsel ist dran. Ich winke ‚Jez' zu mir.

Der Tisch, an dem ich sitze, ist klein und rund, und umgeben von einer halbmondförmigen, kabinenartigen Sitzecke. Ich sitze in der Mitte, mit so wenig Platz hinter mir wie möglich und so, dass jeder, der sich zu mir setzt, in meiner Reichweite liegt. Sie sieht nicht so aus, als würde sie mein Angebot reizen, aber sie kommt näher, bis sie vor mir steht. Sie unterbricht unseren Blickkontakt nicht und blinzelt kaum.

„So hübsch ich auch aussehen mag, bezweifle ich doch, dass du nur zum Starren hergekommen bist. Komm", lade ich sie erneut ein. Dieses Mal bewege ich mich sogar. Ich rutsche nach links, um ihr auf der rechten Seite der Kabine so viel Platz wie möglich zu lassen, damit sie sich sicherer fühlt und vielleicht sogar denkt, sie säße außerhalb meiner Reichweite. „Ich beiße nicht", lüge ich mit einem bereitwilligen Lächeln.

Ich kann ihr Zögern riechen. Und ihre Wut praktisch schmecken. Dass sie gegen mich gerichtet ist, ist ebenso offensichtlich wie verwirrend, aber was ich nicht rieche und nicht schmecken kann, sind Angst oder Lust und oh, wie sehr mich das fesselt. Es ist schon eine Weile her, dass sich mir jemand genähert hat, ohne eine dieser beiden Emotionen auszustrahlen. Ich bin bei Weitem nicht der älteste Vampir … wage ich zu sagen, der *lebt*? Aber trotzdem wird man nicht so alt wie ich, ohne dabei zu lernen, das menschliche Tier so leicht wie ein gedrucktes Buch zu lesen. Sie ist wütend. Sie ist verletzt. Sie trägt das Gesicht meiner Jez und ich bin kein Narr.

Ich liebe Rätsel wirklich sehr, deshalb fällt es mir leicht, die fehlenden Teile wieder an ihren richtigen Platz zu setzen.

Ihre Wut lässt vermuten, dass sie mich für das, was ihrer Schwester passiert ist, verantwortlich macht. Aber wenn sie weiß, dass ich zu einem Mord fähig bin, dann ist ihre völlige Furchtlosigkeit absolut faszinierend. Und warum überhaupt ich? Sie kann unmöglich auch nur die geringste Ahnung haben, wer und was ich bin. Und selbst mit ihrer Wut würde sie sich mir sonst nicht auf diese Weise nähern. Sie setzt sich sogar, als ich den Tisch mit einem Lächeln tätschele. Nein, sie hat überhaupt keine Angst vor mir.

Das gefällt mir.

Ihren Geruch mag ich auch. Wie der ihrer Schwester ist ihr Duft attraktiv für mich. Sie war noch nie hier, sonst wüsste ich das. Ich möchte gern glauben, dass sie mir sonst schon früher ins Auge gefallen wäre. Ihr Hals ist komplett entblößt und es gibt keine Spuren von heilenden Narben, die ich sehen könnte. Sollte jemand anders sich an ihr gesättigt haben, dann hätte er eine andere Stelle gefunden, an der er es tun konnte. Mein träger Schwanz zuckt bei dem Gedanken, wo ich diese Bissspuren finden könnte.

„Kann ich dir etwas zu trinken anbieten?", frage ich und winke einer Kellnerin des Klubs mit einem überwiegend leeren Tablett zu. „Wasser? Kaffee? Die Bar ist schon geschlossen, aber ich bin mir sicher, dass ich dir etwas besorgen kann."

„Nein", sagt sie langsam. „Danke."

Wütend, aber trotzdem höflich. Ihre Stimme klingt nicht ganz so wie die von Jez, aber sie ist sehr nah dran. Vielleicht ein klein wenig tiefer. Etwas heiserer. Eine Schlafzimmerstimme, wie man so schön sagt. So alt und abgestumpft ich auch sein mag, dagegen bin ich nicht immun. Wahrscheinlich, weil ich heute Abend noch nicht getrunken habe.

Drüben an der Bar ist meine liebste, schmollende, durch und durch angepisste Ex-Mahlzeit gerade armselig genug, um ihre schmackhaften Flirtversuche auf einen anderen Vampir zu lenken. Ich kenne seinen Namen nicht, aber er ist nur allzu gern bereit, dort weiterzumachen, wo ich aufgehört habe.

Er führt sie von der Bar weg und wirft mir ein Grinsen zu. Ich kann mir schon vorstellen, was er ihr ins Ohr flüstert, als er sie in Richtung Verlies führt.

Das ist, gelinde gesagt, etwas ärgerlich. Ich trommle kurz mit den Fingern auf dem Tisch, aber es ist schon in Ordnung. Ich habe mein Rätsel und bei all dem willigen Fleisch hier, bezweifle ich, dass ich lange hungrig bleiben werde.

Schließlich kommt eine Bedienung an unseren Tisch, um auf mein Winken zu reagieren. „Die letzte Runde ist vorbei, Sir." Sie versucht, ihren Blick ordnungsgemäß abzuwenden, aber ihre Augen zucken immer wieder zu meiner Begleiterin hoch. Ich weiß, was sie denkt. Aus den Augenwinkeln kann ich sehen, wie sich Gerüchte unter den Unterwürfigen ausbreiten. Sie erkennen Jez. Und sie können genauso gut wie ich eine Zeitung lesen, aber sie sind keine Vampire. Sie wissen nicht, was ich wusste, sobald ich sie riechen konnte.

„Bist du dir sicher, dass du nichts willst?", frage ich, aber die Kellnerin entfernt sich bereits und eilt zur Bar zurück, um die wundersame Auferstehungsgeschichte von Jez in einer anderen Ecke des Raumes zu verteilen. Ich spüre jetzt auch diskrete Blicke von anderen Vampiren. Das Gerücht verbreitet sich in den Schatten wie ein Lauffeuer.

Sie hebt ihre Hand und stellt das Getränk, das sie mitgebracht hat, in die Mitte des Tisches. Ich habe sie noch nicht einmal auch nur den winzigsten Schluck davon trinken sehen. Wenn sie wirklich Jez wäre, dann wäre sie jetzt schon mindestens beim dritten Glas, letzte Runde hin oder her. Dieses Mädchen hat ihren Wodka wirklich geliebt.

„Ich habe ein Getränk", sagt sie. „Trotzdem danke."

Immer noch höflich und immer noch mit dem Schimmer

dieser Wut, den ihre verräterischen Augen nicht zu verbergen vermögen. In dieser Hinsicht ist sie nicht klug. Sie weiß nicht, wie man lügt.

Vielleicht sollte ich es ihr beibringen. Und ich denke, dass mein Rätsel und ich zumindest ein wenig Spaß haben sollten.

Merris

Er streckt seine Hand aus, als wolle er meine schütteln, und ich muss mich wirklich zusammenreißen, nicht quer über den Tisch zu springen, ihn bei seiner Designerjacke zu packen und ihm ins Gesicht zu schreien. Warum sie? Warum Jez? Und warum spüre ich – während ich hier sitze, ihn anstarre, und verzweifelt darum kämpfe, nicht die Fassung zu verlieren, weil ich so stark zittere –, wie mich seine Hände so berühren, wie sie meinem Traum zufolge meine Schwester berührt haben? Mein Haar ist hochgesteckt, aber *ich spüre die Liebkosung, als er über meinen entblößten Nacken streicht. Die Kraft seiner Arme zieht mich auf seinen Schoß zurück und hält mich an seine starke Brust gedrückt fest. Nadeln in dem Handschuh, den er an der anderen Hand trägt, prickeln und kratzen über mich, während er seine Finger zwischen meine Oberschenkel schiebt. Ich verspüre Lust bei seiner Berührung, Schmerzen von den Nadelstichen und die unerträgliche Begierde im Schnalzen seiner Zunge auf meiner Haut, kurz bevor er die Vene an der Seite meines Halses mit einem saugenden Kuss bedeckt ...*

Mein Herz trommelt hart gegen mein Brustbein und reißt mich aus meinen geträumten Erinnerungen zurück ins Hier und Jetzt.

„Aleron", sagt er und streckt mir noch immer die Hand entgegen. Er wartet auf meine. „Mit wem habe ich das Vergnügen, mich zu unterhalten, wenn ich fragen darf?"

Ich muss gestehen, dass ich keine Ahnung habe, was ich jetzt tun soll. Von dem Moment an, als ich diesen ersten schrecklichen Traum hatte, hatte ich das Gefühl, ich würde nur noch aus Instinkt, Trauer und zu wenig Schlaf heraus funktionieren. Ich kenne sein Gesicht. Jetzt kenne ich auch seinen Namen. Der Mann, der meine Schwester getötet hat, sitzt mir direkt gegenüber. In einem überfüllten Nachtklub, in dem es nach verschiedensten Parfümen, Sex, Schweiß und Alkohol stinkt. Und ich kann überhaupt nichts beweisen.

Ein Teil von mir fragt sich, ob ich je wirklich geglaubt habe, dass ich ihn finden würde. Und schon gar nicht beim ersten Mal, bei dem ich Zugang zu diesem Club erhielt. Ich habe nichts vorbereitet. Er fragt mich nach meinem Namen und das Einzige, was mir einfällt, ist, zu sagen: „Du weißt, wer ich bin."

Ich schüttle seine Hand nicht. Ich will überhaupt keinen Teil von ihm berühren. Er merkt es, ist jedoch nicht beleidigt. Wenn überhaupt, wächst seine Belustigung und er steht auf. Er beugt sich über den Tisch und gibt mir alle Zeit der Welt, mich zurückzuziehen, wenn ich es wirklich wollte. Dann ergreift er meine Hand trotzdem. Er hebt sie zu seinen Lippen hoch. Seine Augen sind so schwarz wie die eines Hais und er küsst meinen Handrücken. Meine Hand schreckt nicht so zurück, wie sie es sollte. Stattdessen kribbeln meine Finger dort, wo mich seine Lippen berührt haben.

Er setzt sich wieder und leckt sich die Lippen, als könne er mich darauf schmecken. Und ich kann sehen, dass ihm der Geschmack gefällt.

„Tatsächlich weiß ich es nicht", korrigiert er mich mit einem Lächeln. „Aber ich weiß, wer du nicht bist. Meine

Jezebel wurde schon vor Wochen beerdigt. Ich weiß das, weil ich sie im Leichenschauhaus aufgesucht habe und weiß, wo sich ihr Grab befindet."

Meine Wut übersteigt fast meinen eisernen Willen, sie zu unterdrücken. Ich zittere so stark, dass ich nicht mehr atmen kann. „Du verlogener Bastard."

Die Worte ersticken mich fast. Sie schnüren mir die Kehle zu, sowohl vor Wut als auch wegen der aufsteigenden Tränen. Ich blinzele wie wild, um sie zurückzuhalten. Ich werde auf gar keinen Fall zulassen, dass er mich weinen sieht.

„Das ist wahr." Sein Lächeln wird weicher, wenn auch nur geringfügig. „Beide Punkte, obwohl meine Mutter es abgestritten hat. Aber ich *war* in der Leichenhalle und ich *weiß*, wo sie begraben liegt. Und", er hebt sein Glas, als wolle er mir zuprosten, „ich weiß, dass *du* nicht sie bist. Obwohl ich glaube, dass alle anderen in diesem Raum etwas anderes denken."

Alle anderen in diesem Raum sind mir völlig egal. „Jez war meine Schwester."

„Dein Zwilling", fügt er hinzu und ich bemühe mich sehr, ihm nicht das Grinsen aus dem Gesicht zu schlagen. „Ja, die Ähnlichkeit ist unbestreitbar, aber trotzdem bist du nicht sie. Du könntest mir deinen Namen verraten, wenn du möchtest. Oder ziehst du es vor, wenn ich dir einen Neuen gebe?"

„Als ob ich darauf hören würde." Ich kann mir nicht vorstellen, unter welchen Umständen so etwas geschehen würde.

Sein Lächeln wird breiter. „Möchtest du eine Wette abschließen?"

„Möchtest du eine Wette abschließen?", flüstert er Jez ins Ohr ...

Mir wird schwindelig. Für einen Augenblick versinkt der Nachtklub in Dunkelheit und ich kann nur noch hören, *wie er diese Worte in Jez' Ohr murmelt. So sanft wie ein Liebhaber. Ich sehe nur, wie er mit seinem behandschuhten Finger über den Venushügel meiner Schwester und zwischen ihre Beine gleitet. Ketten klirren – ihre Hände sind hoch über ihrem Kopf in Handschellen gefesselt, die sie auf ihre Zehenspitzen ziehen. Ein Balken zwischen ihren Knöcheln verhindert, dass sie ihre Beine schließen kann. Und doch klingt ihr Stöhnen, als die winzigen Nadeln, die in seinem Handschuh stecken, über ihr empfindlichstes Zentrum kratzen, wollüstig und nicht gequält ...*

Ich zucke zusammen, als ich in die laute und überfüllte Gegenwart des Raumes zurückgerissen werde. Ein dumpfes Pochen unwillkommener Erregung pulsiert zwischen meinen fest zusammengedrückten Beinen. Ich weigere mich, ausgerechnet eine solche Empfindung zu spüren. Gut. Soll er doch wissen, wer ich bin.

„Merris", sage ich.

Er soll genau wissen, wer hinter ihm her ist. Für das, was er getan hat.

„Merris." Er probiert den Geschmack meines Namens auf seinen Lippen. Genauso, wie er den Geschmack meiner Haut gekostet hat und es scheint ihm zu gefallen. „Mein tiefstes Beileid für deinen Verlust."

Lügner. Er sagt diese tröstenden Worte ohne den geringsten Anflug von Mitgefühl. Ich glaube, er ist nicht dazu fähig. Seine Augen sehen tot aus.

Er rutscht näher und zu meiner Seite der Sitzbank hinüber. Er senkt sowohl seine Stimme als auch seinen Kopf, als er sagt: „Erlaube mir, nur eines zu sagen, meine liebe Merris ..."

Ich will ihn töten.

„... obwohl ich weiß, dass du mir wahrscheinlich nicht glauben wirst ..."

Nicht ein Wort, das aus dem Mund dieses Mörders kommt.

„… ich habe deine Schwester nicht getötet."

Er starrt mich weiter mit diesen Augen an, die von der Wärme seines Lächelns nicht erreicht werden. „All diese wütenden kleinen Anschuldigungen, die ich in dir sehen kann. Habe ich deine Schwester gekannt? Ja, das habe ich. Habe ich mit ihr gespielt? Oh ja, absolut. Habe ich in der Nacht, in der sie gestorben ist, mit ihr gesprochen? Ja. Willst du wissen, was ich gemacht habe? Was sie gesagt hat? Was, soweit ich es weiß, mit ihr passiert ist – die Wahrheit, die ganze Wahrheit und nichts als die Wahrheit, so wahr mir Gott helfe?" Sein spöttisches Lächeln verblasst. Zum ersten Mal glaube ich, einen Hauch von Aufrichtigkeit zu erahnen, als er erneut sagt: „Ich habe deine Schwester nicht getötet. Aber wenn es Antworten sind, die du von mir willst, dann stelle deine Fragen. Wie auch immer sie lauten, ich werde dir sagen, was ich weiß."

Ich weiß es besser, als irgendeinem Wort zu vertrauen, das er sagt. Die Versprechen eines Lügners sind wertlos. Und doch. Im Schatten des Nachtklubs scheint er vor meinen törichten, tränenfeuchten Augen, aufrichtig zu sein. Und plötzlich fühle ich mich nichts als müde.

Vielleicht liegt es an der Trauer oder am Alkohol, den ich noch nicht zu trinken begonnen habe, den ich aber, noch bevor die Nacht zu Ende ging, wahrscheinlich trinken würde. Auf jeden Fall kann man es auf meinen Schlafmangel schieben, aber ich schüttle meinen Kopf und stimme dann zu.

„Gut", sage ich. Entschlossen diesem Mann, Aleron, – zumindest für eine Weile – zu glauben.

Es ist nicht der erste Fehler, den ich heute Abend machen werde.

Und es wird auch nicht der letzte sein.

 *leron*

SIE WIRD mir kein einziges Wort glauben, aber das ist in Ordnung. Im Laufe meines sehr langen Lebens bin ich schon vieles gewesen. Und im Moment passt es mir gut, ein Mann zu sein, der zu seinem Wort steht.

Was kann es schaden? Sie hat mich mit ihrer Rätselhaftigkeit neugierig gemacht, aber obwohl ich glaube, dass ich das Rätsel um sie gelöst habe, fühle ich mich seltsamerweise unwillig, das Spiel schon zu beenden. Vielleicht beschert es mir ja doch noch ein Abendessen. Und obwohl ich an Jez' Tod keine Schuld trage, fragt sich ein Teil von mir doch, ob sie noch am Leben wäre, wenn ich ihr mürrisches, schmollendes und zierliches Selbst an diesem Abend in mein Auto gezwungen hätte. Aber ich habe sie nicht gezwungen. Ich habe sie dort gelassen, wo sie war. Eine Erwachsene, die fähig ist, ihre eigenen schlechten Entscheidungen zu treffen. Und leider ist Tucson, so wie die meisten Städte, ein Ort der

Raubtiere. Nachdem ich sie zurückgelassen hatte, kam jemand vorbei, der noch gefährlicher war als ich.

Und das war nicht meine Schuld.

Ich weigere mich, mich wegen des Todes eines Wesens zu geißeln, das ohnehin zum Tode verurteilt war. Praktisch vom ersten Moment an, in dem es seinen ersten schreienden Atemzug tat. Jez war schon immer dem Tode geweiht.

Genauso wie ihre liebe, wütende Schwester.

Ich bin vielleicht kein weichherziger Narr, aber für einen Moment fühle ich mit ihr. Es ist unangenehm und unbehaglich. Ich habe schon seit Ewigkeiten nichts mehr für irgendwen gefühlt. Dies muss einer dieser melancholischen Momente sein, von denen ich so oft von meinen Zeitgenossen höre. Die Momente, in denen sie sich an den Verlust derer erinnern, die sie einst geliebt haben. Familienmitglieder, Liebschaften, Ehepartner, Kinder, wenn sie welche hatten, bevor sie zu diesem neuen Leben erweckt worden waren. Der Tod nach dem Tod. Jahr für herzloses Jahr, denn das ist das Schicksal von Sterblichen und Unsterblichen gleichermaßen. Sie stürzen wie die Fliegen in den Abgrund der Erinnerung und wir sehen ihnen nach, bis wir irgendwann immun gegen den Schmerz werden.

Um meiner heftigen Emotionen willen beschließe ich, das Mädchen aufzuheitern. Ich weiß, dass ihr nichts wirklich helfen kann, aber sie hat sich ihren wütenden Weg zu meinem Tisch gebahnt und dafür verdient sie wenigstens ein paar Antworten. Und ich … nun, ich werde sie ihr geben, weil es mir Spaß macht. Aber nachdem mein Katz-und-Maus-Spiel beendet ist und ich ihr das Wenige, das ich weiß, mitgeteilt habe, werde ich ihr Gedächtnis auslöschen. Ich werde ihr nicht die Erinnerungen an ihre Schwester oder den Schmerz ihres Verlustes nehmen, aber ich werde die kleine Merris nach Hause schicken. Ich kann mich nicht mehr erinnern, welche Zeitspanne für sterbliche Trauer angemessen ist, aber das Letzte, was die Vampire im Club Toxic brauchen, ist ein zorniger Mensch auf einer Mission, der beginnt, in unserem Jagdrevier herumzuschnüffeln.

So beginnen Vampir- und Hexenjagden. Und offen gesagt kann man immer noch Vampirjägerausrüstung auf eBay kaufen.

Mit zitternder Hand schiebt sie ihr Getränk von sich. Sie verschränkt die Arme auf dem Tisch und beugt sich zu mir vor. Ich sehe einen Sturm herausfordernder Fragen, der im hellen Grau ihrer Augen tobt. Das Fleisch ihrer Brüste ist prall im tiefen Ausschnitt ihres Kleides. Sie sind klein, aber eine richtige Handvoll. Und ich hätte nichts dagegen, ein bisschen mehr davon zu sehen.

„Die ganze Wahrheit?", erwidert sie.

„So wahr mir Gott helfe", versichere ich ihr. Selbst mit mehreren Zentimetern leerer Luft zwischen uns spüre ich die verführerische Wärme, die von ihrem lebendigen Körper ausgeht. Ich höre auch das gleichmäßige Pochen ihres Pulses. Das winzige Pulsieren der bleichen Haut an der Seite ihres Halses zeigt mir genau, wo die Arterie verläuft. Ich kann ihre Süße fast schmecken.

„Warum sie?" Sie versucht wirklich sehr, ihre Wut zu verbergen, damit ihre Stimme nicht zittert, als sie die erste Frage stellt. „Warum hast du dich für sie entschieden?"

Ich weiß, was sie wirklich fragt. Warum habe ich von allen Menschen auf der Welt ausgerechnet ihren Zwilling getötet?

Nur, dass ich es nicht war. Ein Mann kann seine Unschuld nur für eine gewisse Zeit beteuern, bis er anfängt, sogar vor sich selbst schuldig zu klingen.

Ich lächle und entscheide mich stattdessen, sie absichtlich falsch zu verstehen.

„Ich habe Jez gewählt", sinniere ich und zum ersten Mal seit Jahrhunderten versuche ich tatsächlich, meinen Jagdprozess nach dem schwer fassbaren ‚Warum' zu ergründen. Warum scheint ein liebliches Reh schmackhafter zu sein als ein anderes? Ich finde eine Antwort und obwohl ich weiß, dass sie ihr nicht gefallen wird, gebe ich sie ihr trotzdem. „Weil sie mir ziemlich betrunken in den Schoß gefallen ist." Und warum soll ich es auch nicht sagen? Schließlich habe ich ihr die Wahrheit versprochen. Und da ich vorhabe, ihr Gedächtnis später zu löschen, warum dann nicht – wie sagt man so schön –, alles preisgeben? „Ich war in dem Moment zu hungrig, um Nein zu sagen, und sie war genau nach meinem Geschmack."

„Hilflos?", rät Merris und ihre grauen Augen funkeln vor Empörung.

„Reizend", antworte ich. „Ein bisschen kleiner als mir lieb ist, aber mit Kurven an all den richtigen Stellen und, was sogar noch berauschender war, – sie war neugierig. Sie machte mir ein Angebot, das ich nicht ablehnen wollte."

„Sie hat dir ein Angebot gemacht." Aha. Ich habe die Neugierde meines Rätsels geweckt. „Welches Angebot?"

„Alles, was ich will, für nichts als den Preis eines Getränks."

Sie kämpft darum, nicht zusammenzuzucken, aber ich weiß, dass ich einen Nerv getroffen habe. Sie will nicht glauben, dass ihre Schwester so dumm sein würde, aber ich war wohl kaum der Erste, dem Jez ein solches Angebot gemacht hat. Und wie es scheint, wissen wir das beide.

„Lügner", sagt sie erneut, aber sie zittert.

„Häufig", stimme ich ihr zu. „Aber nicht in Bezug darauf. Ich habe dir die Wahrheit versprochen und gebe sie dir gern. Unsere liebe Jez hat so gern gefeiert. Sie war eine abenteuerlustige Seele. Und abenteuerlustige Seelen denken nicht oft an die Folgen, die sie heraufbeschwören. Ganz besonders, wenn ein hübsches Mädchen denkt, ein Tanz oder ein Kuss ist alles, was sie geben muss, um die Party mit einem weiteren Getränk in der Hand zu verlängern. Also habe ich ihr ein Getränk gekauft – einen Erdbeer-Limes. Die mochte sie ziemlich gern."

Sie kämpft darum, meinem Blick standzuhalten. „Und du hast etwas hineingetan."

Mein Rätsel macht mich wieder neugierig. „Nein, warum sollte ich? Sie hatte mir doch bereits alles versprochen und du und ich, wir wissen doch beide, dass Jez, sagen wir mal, solche Versprechen mit großer Freude einhielt." Ich verschränke meine Arme auf dem Tisch und beuge mich zu ihr vor. „Ihr einziger Fehler an diesem Abend…"

„An dem Abend, an dem du sie getötet hast", wirft sie mir vor.

„Nein, nein, nein." Ich winke mit der Hand ab. „Nichts von alledem ist an dem Abend passiert, an dem sie starb. Das war schon Wochen zuvor. Du hast gefragt, warum ich sie gewählt habe. Ich habe sie gewählt, weil mir langweilig und ich hungrig war, und weil sie mir in den Schoß gefallen ist. Dann hat sie prompt einen Arm um meinen Hals geschlungen und an meinem Ohr geknabbert. Und da ich selbst gerne Ohren zwicke, hat sie meine Aufmerksamkeit erregt. Deshalb habe ich sie gewählt."

Der Puls an Merris' Halsansatz schwillt an und für einen kurzen Augenblick wirken ihre Augen seltsam. Unkonzentriert. Ihr Atem stockt und unter dem dünnen Stoff ihres kurzen, schwarzen Kleides ragen die Spitzen ihrer Brustwarzen wie kleine Kieselsteine hervor. Ich bemerke solche Dinge nicht oft. Brustwarzen sind nett, aber nach fast neunhundert Jahren habe ich genügend von ihnen gesehen. Wenn ich meinen Blick heutzutage liebevoll über einen menschlichen Körper schweifen lasse, sehe ich nur die Wege der Arterien. Ich weiß bereits, wo Merris' verlaufen – Hals, innerer Oberschenkel, Klitoris.

Ich wette, sie hat eine köstliche Klitoris.

Ich kann regelrecht schmecken, wie die geschwollene Perle unter der Zuwendung meiner aufmerksamen Zunge anschwillt, und muss mich bemühen, nicht anzufangen zu sabbern.

„Meine Schwester war keine Prostituierte", haucht sie und blinzelt den Glanz der wütenden Tränen zurück.

Da ist es wieder. Dieses unangenehme, mitfühlende Gefühl steigt erneut in meiner Brust auf. Das, was mich dazu bringt, ihr den zusätzlichen Schmerz ersparen zu wollen. Ich tue es nicht. Sie will es wissen, also erzähle ich es ihr. Aber wenn es vorbei ist, werde ich nett sein. Ich werde ihr den Schmerz nehmen und ihren Kopf stattdessen mit glücklichen Gedanken füllen. Ich werde sie ohne eine Spur von Misstrauen, die ihre unruhige Seele aufwühlen könnte, zurück in die Welt schicken.

„Wir sind alle Prostituierte", korrigiere ich sie sanft. „Sieh mich einmal an. Ich habe deiner Schwester ein Getränk für das bezahlt, was sie mir gegeben hat. Und sieh dich einmal an", fahre ich noch sanfter fort. „Was würdest du nicht alles tun, um herauszufinden, was genau das war?"

Sie funkelt mich an. Ihre Stirn ist durch Hass und Verzweiflung gleichermaßen gerunzelt. Sie wendet sich ab, reißt ihren Blick jedoch fast genauso schnell wieder zu meinem zurück. Ein erneuter Schimmer von Entschlossenheit rollt durch ihre stürmischen Tiefen. „Was willst du?"

Ich gebe vor, darüber nachzudenken. „Biete mir an, was sie mir geboten hat, und ich sage dir nicht nur, was passiert ist, ich zeige es dir sogar."

Ihre Augen blitzen auf. „Ich bin auch keine Prostituierte."

Ich schüttele den Kopf. „Ich habe weder mit deiner Schwester geschlafen, noch sie umgebracht." Und dann füge ich, nur für den Fall, dass sie sich über Semantik streiten will, schnell hinzu: „Ich habe sie auch nicht gefickt."

Ihre hübschen Wangen färben sich pink. Ich glaube nicht, dass sie es wissen will, und doch kann sie sich nicht zurückhalten. „Was hat sie dir gegeben?"

„Eine Stunde ihrer Zeit." Der Jäger in mir erkennt jede feine Nuance ihres schwankenden Ausdrucks, als ich hinzufüge: „In der sie mir alles gab, was ich von ihr verlangte."

Sie kniff die Augen zusammen. „Aber keinen Sex?"

„Was wir zusammen erlebt haben, war wesentlich intimer. Das verspreche ich dir." Ich lächle. „Bist du neugierig?"

„Nicht einmal annähernd."

„Böses Mädchen", schelte ich sie. „Pass auf, dass ich dich für deine Lügen nicht über mein Knie lege. Du bist auf jeden Fall neugierig."

Mein kleines, rätselhaftes Mädchen mag Mysterien genauso gern wie ich. Sie windet sich praktisch auf ihrem Platz und versucht, all die verborgenen Dinge zu enträtseln, die ich nicht sage. Ich beuge mich noch näher zu ihr, senke meine Stimme, so weit es die laut dröhnende Musik erlaubt, und mache es ihr sogar noch schmackhafter. „Sie hat mir alles, was sie mir gegeben hat, hier in diesem Gebäude gegeben. Schätzchen, wir werden kaum den Raum verlassen müssen."

Sie stößt sich vom Tisch ab und lehnt sich auf ihrem Platz zurück. Wahrscheinlich, weil das die einzige Fluchtmöglichkeit ist, die sie ergreifen kann, ohne tatsächlich wegzulaufen. Sie funkelt mich an. „Sie wurde nicht in diesem Gebäude gefunden."

Oh, wir sind so hartnäckig starrköpfig, wenn wir es wollen.

„Merris", sage ich mit übertriebener Geduld. „Ich habe es dir doch bereits gesagt. Ich spreche nicht von der Nacht, in der sie starb. Ich spreche von der Nacht, in der wir uns kennengelernt haben. Wenn du wissen willst, was in der Nacht geschah, in der sie gestorben ist, werde ich dir das auch gern erzählen. Aber du wirst das Ereignis nicht verstehen, wenn du den ersten Abend nicht verstehst. Also, ja oder nein, meine liebe Möchtegern-Prostituierte. Auch wenn du der unendlich faszinierenden, intellektuellen Art angehörst. Wie sehr willst du die Antworten auf deine Fragen wissen?"

Sie ist wirklich unschuldig. Sie hat keine Ahnung, wie leicht es ist, all die Gedanken zu lesen, die über ihr ausdrucksstarkes, junges Gesicht huschen. Sie glaubt oder vertraut mir nicht, aber sie würde es gern. Sie möchte es unbedingt herausfinden, hat jedoch Angst vor dem, was sie erfahren könnte.

„Wir werden das Gebäude nicht verlassen?", fragt sie.

Sie glaubt, dass ihr die Menschenmenge im Club Toxic Sicherheit bieten wird. Sie hat keine Ahnung, wie vielen Vampiren sie ins Auge gefallen ist, seit sie diesen Raum betreten hat.

„Nicht einmal einen Schritt vor die Eingangstür", antworte ich. Und ich brauche mein Gewissen nicht zu beruhigen, denn es ist wirklich keine Lüge. Das Verlies ist weder von der Straße noch von der Seitengasse aus zugänglich. Es befindet sich im Keller und sie wird mir wie ein Lamm zur sprichwörtlichen Schlachtung direkt dorthin folgen.

～

MERRIS

. . .

ICH LAUFE NICHT vor ihm weg. Ich gehe nur zur verdammten Toilette.

Das sage ich mir selbst, während ich so langsam wie möglich durch den abgedunkelten Lounge-Bereich gehe und bei jedem Schritt Augen auf mich gerichtet spüre.

„Süße, jemand hat gesagt, du wärst tot", zischt eine der Kellnerinnen, als ich an ihr vorbei stolziere. Ich bleibe nicht stehen, um mit ihr zu sprechen. Ich ziehe den Kopf ein und mir wird übel. Ich schaffe es kaum zu den Toiletten, stemme die Tür auf und stoße mit einer Frau zusammen, die gerade herauskommt.

„Hey!", kreischt sie, aber ich bleibe nicht stehen.

Von den drei Toilettenkabinen ist nur eine frei. Sobald ich es hineingeschafft und die Tür hinter mir zugeschlagen und abschlossen habe, rebelliert mein geplagter Magen. Ich schaffe es kaum noch rechtzeitig, mich zu positionieren, aber nichts kommt heraus. Es ist nur trockenes Würgen, das nach dem zweiten Keuchen aufhört, bis ich den Kopf hängenlasse und schluchze.

Jemand klopft zögerlich an die Toilettentür.

„Es geht mir gut", antworte ich. Ich schnappe mir eine Handvoll Toilettenpapier, mit denen ich mir den Mund und die Augen abwische. Dann versuche ich es mit so ruhiger Stimme, wie es mir möglich ist, noch einmal. „Ich habe nur zu viel getrunken."

Wer auch immer das ist, geht nach einer halben Sekunde Pause weg. Als sich die Tür öffnet, werden die Geräusche des belebten Clubs draußen lauter, bevor sie wieder gedämpft klingen, als die Tür zufällt. In der Toilette ist jetzt alles still. Ich höre nur noch meine gehetzte Atmung, mein erbärmliches Schniefen und das Trommeln meines Pulses in meinem Kopf. Mein Puls führt Krieg mit dem Bass, der aus den Lautsprechern dröhnt.

Was mache ich hier?

Was versuche ich zu erreichen?

Ich sollte jetzt sofort gehen und … und, was? Den Bullen sagen, dass ich den Besitzer des Gesichtes gefunden habe, das mich in meinen Träumen heimsucht? Dass ich jede Nacht sehen kann, wie er meine tote Schwester betatscht und berührt. Und was würde ich erwarten, was sie basierend auf *diesen* Beweisen tun? Denn es ist wesentlich wahrscheinlicher, dass ich wegen dieser Behauptungen in die Psychiatrie eingewiesen werde, als dass er in einer Gefängniszelle landet.

Ich erhebe mich vom Boden, lehne mich gegen die Tür und versuche, aufzuhören zu zittern. Was mache ich denn hier? Wenn ich wirklich glaube, dass dieser Mann für Jez' Tod verantwortlich ist – und das glaube ich, ich muss es. Meine Träume sind oft verwirrend, aber sie haben mich noch nie angelogen – was soll es also bringen, wenn er mir Dinge erzählt?

Die Einzelheiten dessen, was sie ihm gegeben hat, sind in meinem Kopf noch glasklar. Ich weiß, dass er sie nackt auszieht. Ich weiß, dass er sie ankettet, ihre Beine spreizt und seine Hände zwischen ihre Schenkel schiebt, und das auf eine Art und Weise, auf die niemand seine eigene Schwester sehen wollen würde.

Welchen Nutzen bringt es also, diesem Mann zu folgen und aus seinem Munde zu hören, was er ihr angetan hat?

Meine Hände zittern. Ich putze mir ein letztes Mal die Nase, werfe das Taschentuch in die Toilette und greife dann in meine Handtasche, um mein Handy einzuschalten. Ich habe eine App zur Sprachaufzeichnung, die über eine Stunde lang laufen kann. Sie ist nutzlos dort draußen. Die Musik ist zu laut. Aber wenn ich ihn dazu bringen kann, mit mir an einen ruhigeren Ort zu gehen, schaffe ich es vielleicht, ihn zu einem Geständnis zu bringen. Vielleicht wird er etwas gestehen, das es wert wäre, zur Polizei gebracht zu werden. Und dann könnte ich vielleicht, nur vielleicht, den Mörder meiner Schwester hinter Gitter bringen.

Es ist ja nicht so, als könnte er mich inmitten eines überfüllten Nachtklubs umbringen. Solange ich diesen Ort also nicht mit ihm verlasse, werde ich sicher sein. Ich muss mich nur lange genug zusammenreißen, um irgendetwas Verdammendes aus ihm herauszukitzeln. Danach gehe ich direkt zur Polizei. Und schließlich werden sie keine andere Wahl haben, als ihre Arbeit zu tun.

Meine Schwester war keine Hure.

Ich bin es auch nicht, aber Aleron hat recht. Es gibt nichts, was ich nicht tun würde, um sein Geständnis in einer digitalen Tonaufnahme festzuhalten.

Absolut nichts.

Schließt das mit ein, den Mörder meiner Schwester zu ficken? Ich stähle mich für diese Möglichkeit und stecke das Telefon in eine Außentasche meiner Handtasche, wo es hoffentlich eine bessere Chance hat, unser Gespräch unbemerkt aufzunehmen. Ich bete allerdings, dass ich es nicht tun muss. Aber ‚nichts' bedeutet nichts, und in meiner Magengrube passieren die merkwürdigsten Dinge beim Gedanken daran, dass er mich so berühren könnte, wie ich es in meiner Vorstellung immer wieder sehe. Ich kann mir selbst einreden, dass mich allein der Gedanke daran krank macht, aber die Wahrheit ist, dass es sich überhaupt nicht wie Abscheu anfühlt.

Ich reibe meine verschwitzten Hände über meine von meinem Rock bedeckten Oberschenkel und verlasse die Toilette.

Aleron ist immer noch genau dort, wo ich ihn zurückgelassen habe. Er neigt seinen Kopf zu einer Seite und zieht einen seiner teuflischen Mundwinkel hoch, als er beobachtet, wie ich über die Tanzfläche zu ihm zurückkomme. Ich habe ihn fast erreicht, als er aus der Sitzecke rutscht und aufsteht. Er ist größer als ich, hat breitere Schultern und sieht jetzt, da er auf den Beinen ist, viel mächtiger aus, als es im Sitzen der Fall gewesen war. Er wird von einem Hauch von Reichtum, Macht und ruhiger Männlichkeit umgeben. Und Gott ... dieses Lächeln.

Meine Brustwarzen reagieren gegen meinen Willen. Und das sogar noch bevor er seinen Arm zu mir ausstreckt, als wolle er mich unter seine Fittiche ziehen. Ich nähere mich ihm nicht übermäßig, aber als er mir gestikuliert, vorauszugehen, legt er mir seine Hand auf den Rücken. Ganz leicht, zwischen meine Schulterblätter. Er führt mich wortlos und ich gehe, wohin er mich lenkt, auf dem kürzesten Weg durch die Menschenmenge, die die Tische in der Lounge bevölkern und am Rande der Tanzfläche stehen. Ich bemerke nicht, dass er mich zur Garderobe führt, bis wir vor den Sicherheitsmännern stehen und ein subtiler Stoß seiner Hand meine Richtung ändert.

Die Wachleute sehen uns an, machen jedoch keinerlei Anstalten, ihn aufzuhalten. Oder mich.

„Ich habe keinen Mantel", sage ich im Versuch, meine Nervosität zu verbergen. Ich wüsste sowieso nicht, warum wir einen brauchen würden. Er sagte bereits, dass wir den Club nicht verlassen würden.

Ich kann nicht sehen, was er berührt, aber plötzlich öffnet sich ein Abschnitt einer Wand, die ich für solide hielt. Sie offenbart eine Treppe, die nach unten führt.

Die Schwärze lässt mich innehalten. Mein Herz trommelt in meiner Brust und dann spüre ich nichts. Nur noch das subtile Wehen einer klimatisierten Brise, die von der Treppe hinaufsteigt, während er darauf wartet, ob ich ... was? Schreiend davonlaufen werde? Das würde ich gern. Ich starre in die Dunkelheit und kann mir nicht vorstellen, was mich dort unten erwartet.

„Du hast sie nicht dort hinuntergebracht", sage ich und hasse die zittrige Angst, die ich in meiner Stimme nicht verbergen kann.

„Doch das habe ich", entgegnet er und ich kann sowohl die Belustigung, als auch die Herausforderung in seiner Stimme hören, als er hinzufügt: „Sie kam äußerst bereitwillig mit ... wiederholt sogar, obwohl ich im Allgemeinen nicht jemand bin, der prahlt."

Als würde mein Gehirn diese Erinnerung brauchen. Meine Visionen schwirren mir schon die ganze Zeit durch den Kopf, seit ich heute Abend hierhergekommen bin. Ich bewege mich und stützte mich mit einer Hand an der kühlen Wand ab, während ich in die Schatten der Treppe hinabsteige. Das Licht von oben verschwindet in der tiefschwarzen Leere, in der ich kaum etwas wahrnehme ... außer ... gedämpfte Geräusche. Wimmern. Stöhnen. Das entfernte Klatschen von Haut auf Haut, nicht scharf oder laut, sondern leise.

Sex?

„Hab keine Angst", lockt er mich von hinten. „Ich verspreche dir, meine liebe Merris, dass dir dort unten nichts wehtun wird."

„Außer dir?", fordere ich ihn heraus. Meine Antwort bringt ihn zum Lachen. Ein kehliges leises Glucksen, das mich erschaudern lässt und von dem meine Brustwarzen noch härter werden.

„Ich bin noch nicht dort unten."

Und ich hatte es für klüger gehalten, mich zu vergewissern, dass er mir nicht wehtun wird. So nervös, wie ich bin, bemerke ich nicht, dass ich es laut gesagt habe, bis Aleron wieder lacht.

„Oh, aber ich habe dir doch versprochen, dass ich nicht

lügen werde. Nichts als die Wahrheit", erinnert er mich. „Aber wenn du dich dadurch besser fühlst, verspreche ich dir, dass ich nichts tun werde, das dich davon abhalten wird, hier wieder hinaus zu spazieren. Wenn wir fertig sind, werde ich alle deine Fragen nach bestem Wissen und Gewissen beantwortet haben. Und ich werde dich nicht berühren, bis du mich darum bittest."

Ich drehe mich um, um ihn anzustarren. Bei der Art, wie er mich ansieht, kneife ich die Augen zusammen. Ein Raubtier, das mich in die Dunkelheit treibt.

Was würdest du geben ...

Für meine Schwester? Ich wende mich wieder der Treppe zu und stelle mich der Dunkelheit. Ich gehe weiter hinunter.

Die dünnen Absätze meiner Schuhe, die auf den Stufen klappern, senden Echos durch das Treppenhaus nach oben. Das Licht von oben scheint uns nicht nach unten folgen zu wollen. Mit jedem Schritt verliere ich meine Fähigkeit, zu sehen ein wenig mehr. Diese Treppe allein scheint mir schon viel länger zu sein, als jede normale Treppe sein sollte. Ich weiß nicht, wie weit ich von ihrem Ende entfernt bin, aber ich bleibe stehen, als er mir auf die Schulter klopft.

„Ich werde an dir vorbeigreifen", warnt er mich vor.

Das nackte Fleisch meiner Arme kribbelt und eine halbe Sekunde, bevor ich seinen Mantel darüberstreichen spüre, läuft mir ein Schauer über den Nacken. Ein Riegel klickt und plötzlich öffnet sich eine Tür und unterbricht die Dunkelheit. Das Licht hier unten ist gedämpft, aber wenigstens gibt es Licht, und Gott stehe mir bei, es erzeugt eine Stimmung.

Ich war noch nie an solch einem Ort, aber ich weiß sofort, was es ist. Der Keller von Club Toxic ist ein Verlies. Nicht wie in einem Schloss oder einem Gefängnis, sondern ein BDSM Verlies und ... ja, okay, ein Gefängnis. Die Musik hier unten ist dunkler, tiefer, mit rhythmischem Bass, der mein

Herz im nervösen Takt mitschlagen lässt. Die roten Glüh-birnen an der Decke werfen Lichtstreifen über seltsame Möbelstücke. Ein riesiges, hölzernes X, verschiedene gepols-terte Bänke, ein Stahlkäfig in einer Ecke und schwarzgestri-chene Wände, die mit riesigen Stahlringen bestückt sind, an denen bereits eine Frau gefesselt ist.

Mit gefesselten Handgelenken und sie ist genauso nackt wie Jez in meinen Träumen. Mit dem Gesicht zur Wand greift sie nach einem Ring, während der ebenfalls nackte Mann hinter ihr mit einer Lederpeitsche über ihren Rücken schlägt. Das Geräusch des Aufklatschens, lässt mich zusammenzu-cken. Ihre stöhnende Reaktion rauscht jedoch direkt durch mich hindurch. Sie entfacht schwache Feuerimpulse an Stel-len, an denen es mich keineswegs behaglich fühlen lässt. Meine Brüste fühlen sich schwer an, als mir der Atem in der Kehle stockt. Meine Muskeln verspannen sich und meine Muschi zieht sich zusammen, als die Hitze sich ihren Weg zu ihr hinunter bahnt und den Schritt meines Höschens durchnässt.

Bevor ich mich stoppen kann, trete ich näher und wäre dem Mann fast in die schwingende Peitsche gelaufen.

Aleron greift meinen Arm und zieht mich zurück, bevor ich von den klatschenden Enden erfasst werde. Aber ich spüre den Luftstrom, als sie ganz harmlos an mir vorbeiflie-gen. Ich zucke noch einen Schritt zurück und stoße gegen Aleron, als der Mann mich aus dem Augenwinkel zurückwei-chen sieht. Automatisch prüft er seinen Abstand und lässt seinen dunklen Blick über mich gleiten, als er die Stirn runzelt.

„Verzeihung", sagt Aleron alles andere als entschuldi-gend. Als er mich hinter sich herzieht, folge ich ihm und wir gehen weiter. „Dimitri spielt gern in der Nähe der Tür", sagt er zu mir. Seine Stimme säuselt leise in mein Ohr. „Er genießt es, die Unvorsichtigen mit einem Rückschwung zu erwischen, wenn sie es am wenigsten erwarten."

Dimitri und seine nackte Frau sind jedoch nicht unsere einzige Gesellschaft an diesem Ort. Als wir an einer Tür vorbeigehen, höre ich die unverkennbaren Geräusche von heftigem Sex – das nasse Klatschen, das Stöhnen, das hungrige Saugen eines Mundes, der den Kontakt zur Haut unterbricht. Das darauffolgende leise Jammern der Enttäuschung. Und ganz hinten, auf einem erhöhten Podest unter dem Schein eines weiteren roten Lichtstreifens, befindet sich ein Mann – an einen Deckenzug gekettet, der ihn auf die Zehenspitzen zieht. Eine Frau mit entblößten Brüsten, deren Kleid aus silbernen Pailletten und weißem Material um ihre Taille hängt, kniet vor ihm. Ihr Mund bearbeitet seinen hochaufgerichteten Schwanz mit Hingabe. Sie trägt ein Halsband, genau wie die Mitarbeiterinnen oben. Hinter dem Mann, an dem sie sich zu schaffen macht, bringt sich ein größerer Mann in Position. Er packt die Kehle des angeketteten Mannes, rückt sich mit der anderen Hand den Schwanz zurecht. Vor meinen ungläubigen Augen rauscht Spannung durch den Körper des Mannes in Ketten, als der andere von hinten in ihn eindringt.

Schmerz und Lust verzerren sein langes Stöhnen, als der größere Mann zu stoßen beginnt. Er ist nicht sanft. Der Hebezug klappert bei jedem harten Stoß. Die Frau bewegt ihren Mund schneller und passt sich dem Rhythmus an. Wie auf Kommando beißen der große Mann und die Frau gleichzeitig zu und der Mann in Ketten versteift sich mit einem Schrei. Sein ganzer Körper zittert bei seinem Orgasmus und ich kann mich nicht abwenden. Noch nicht einmal, als Aleron meinen Arm packt und mich stolpernd durch einen Samtvorhang in eine sehr dunkle, halbprivate Nische zieht.

Sobald ich in der Nische bin, falle ich mit dem Rücken gegen die Wand. Mein Herz schlägt wie wild und mein eigener hektischer Atem erstickt mich, so entsetzt und alarmiert – und Gott, sogar erregt – bin ich, dass ich mich selbst kaum wiedererkenne.

„Was ist dieser Ort?", fordere ich und das bloße Trällern meiner eigenen Stimme klingt im gleichen Moment erstickt und lustvoll und ungläubig. „Meine Schwester ist auf gar keinen Fall mit dir hier hinuntergegangen!"

Aleron kommt nicht näher, aber ich war mir in meinem ganzen Leben noch nie eines Mannes so bewusst.

„Doch, das ist sie", sagt er und ich weiß, dass er nicht lügt. Nicht, weil er sich an sein zweifelhaftes Versprechen hält, mir nur die Wahrheit zu sagen, sondern weil ich *es sehen kann. Die Nacktheit eines Körpers, der meinem gleicht, hochgezogen an den Fesseln an ihren Handgelenken. Ihre nackten, blassen Brüste, die Alerons knetende Hände füllen, während er sie drückt, daran zupft und leicht zwickt, damit die Knospen ihrer Brustwarzen für ihn stehen. Sich nach ihm sehnen.*

Im Gegensatz zu dem Mann dort draußen ist er vollständig bekleidet. Das Dunkel seines teuren Jacketts steht in scharfem Kontrast zum Weiß ihrer Haut, als er seine Handschuhe anzieht. Sie kratzen über meine Brüste zu meinem Bauch und von der Hüfte zu den Oberschenkeln. Ich spüre das mit Nadeln besetzte Leder auf meiner Haut, so als ob es tatsächlich mir geschehen würde.

Ich schüttle den Kopf und spüre, wie sich die imaginären Finger ihren Weg zwischen meine wild zitternden Schenkel bahnen, als der echte Aleron einen Schritt auf mich zukommt. Mit seiner wirklichen Hand, nackt, ohne die prickelnden Stacheln, die in meinen Gedanken über meine Klitoris kratzen, stützt er sich neben meinem Kopf an der Wand ab.

„Gib mir ein Getränk aus, hat sie zu mir gesagt", sprach Aleron so sanft wie ein Liebhaber. Ich kann den Tequila in

41

seinem Atem riechen, als er meine Wange küsst. Ich kann die Würze seines Eau de Cologne riechen. Es ist dezent, weder süßlich aufdringlich, noch überwältigend. Es spielt genauso wild mit meinen Sinnen wie die Visionen in meinem Kopf. Auch darin kann ich sein Parfum riechen. Es ist die gleiche schwindelerregende würzige Mischung. Er trägt auch den gleichen Mantel.

Die Handschuhe ... meine Vision verrät mir, wo sie sich befinden. Sie stecken ordentlich zusammengerollt in einer seiner Innentaschen.

„Also habe ich es getan. Erdbeer-Limes. Die hat sie geliebt."

Und das hat sie wirklich. Ich habe nie verstanden, warum. Für mich schmecken diese verdammten Dinger einfach schrecklich. Ich ersticke die Tränen, die in meiner Kehle aufsteigen wollen. Meine Augen suchen sich die dümmsten Sachen aus, über die ich weinen kann.

„Ich habe ihn ihr hingehalten", sagt Aleron sanft und ich kann in der Dunkelheit dieses vermeintlich privaten Raumes nichts in seinem Gesichtsausdruck erkennen, das andeuten würde, dass er lügt. „Ich fragte, *was wirst du dafür tun?* Ihre Antwort war offenkundige Flirterei. *Was möchtest du denn gern?"*

In meinen Gedanken höre ich ihn sagen: *Alles ist ein sehr umfassendes Versprechen,* gefolgt von Jez' kehligem Lachen. *Mach dir keine Sorgen um mich. Ich bin ein großes Mädchen. Ich weiß, was ich tue.*

„*Alles,* hat sie mir versichert", sagt Aleron. „Also habe ich das Getränk auf den Tisch gestellt und gesagt, dass sie es haben kann, plus alle weiteren, die sie an diesem Abend noch trinken würde. Der Preis, eine Stunde ihrer Zeit, in der sie tut, worum ich sie bitte. Ich habe mit ihr gespielt, meine liebe Merris, und dann habe ich sie gehenlassen. Sie war danach vielleicht noch drei oder vier Stunden hier, bevor sie schließlich nach Hause ging. Ziemlich betrunken, aber all die köstlichen Dinge, die ich mit ihr gemacht habe, haben ihr sicher nicht geschadet."

„Du hast sie unter Drogen gesetzt", beschuldige ich ihn, „und dann hast du sie ausgenutzt."

Sein Kiefer verkrampft sich und zum ersten Mal verschwindet ein Hauch seiner Belustigung. Eine diffuse Spur von Wut nimmt ihren Platz ein. „Das habe ich nicht", antwortet er gefährlich leise. „Ich brauche keine Drogen und mein Schwanz hat meine Hose die ganze Zeit, während ich mit ihr gespielt habe, nicht verlassen. Das war es nicht, was ich von ihr wollte."

„Du hast sie gefickt", beharre ich.

Er lächelt wieder, aber der Schein seiner Belustigung lässt nach und seine Wut steigert sich leicht. Er behält sie jedoch fest im Griff. Er schluckt sie hinunter und mit völlig emotionsloser Stimme erwidert er: „Möchtest du Schritt für Schritt genau wissen, was ich getan habe?"

Meine Muschi zieht sich wie wild zusammen. Nein, das möchte ich nicht. Aber ich will es wissen. Ich muss es wissen. Ich brauche Beweise und muss die Lücken füllen, mit denen mich meine Visionen necken.

Ich habe die besten Absichten.

Aber wie das Sprichwort schon sagt, ist der Weg zur Hölle mit ihnen gepflastert ...

KAPITEL 3

M erris

„DU WIRST ES MIR ZEIGEN", stelle ich klar, aber bewege mich nicht. „Du wirst mir genau sagen, was du mit ihr gemacht hast."

„Du gibst mir Tat für Tat und ich werde dich Wort für Wort bezahlen", verspricht er. „Aber wenn wir das machen wollen, müssen wir anfangen. Was ich will, braucht Zeit, und die Mitarbeiter hier werden bald damit beginnen, Leute rauszuwerfen. Alle privaten Partys müssen bis vier Uhr morgens beendet sein."

„Und ich spaziere hier einfach heraus, wenn wir fertig sind?"

„Genau wie sie es getan hat, ja."

„Unverletzt?"

„Mm." Sein Lächeln ist verlockend, voller Herausforderungen und Geheimnisse. Und ich gebe es nur ungern zu, voller Verführung. Es zieht mich an. „Mehr oder weniger."

Ich vertraue ihm nicht. Das kann ich mir nicht leisten. Aber es nicht zu wissen, frisst mich bei lebendigem Leibe auf. Als er mir seine Hand entgegenstreckt, ergreife ich sie. Seine Bitte um Zustimmung ist kaum mehr als symbolisch und dass ich sie ihm gebe, lässt mich erschaudern. Er zieht mich nur zwei Schritte von der Wand weg, bevor er meine Hand wieder fallenlässt. Ich schlinge meine Arme um mich und sehe zu, wie er seinen Mantel auszieht. Ohne ihn scheinen seine Schultern so viel breiter zu sein. Sein Hemd ist maßgeschneidert, das strahlende Weiß eine geisterhafte Blässe in den Schatten dieses schwach beleuchteten Ortes.

Es ist offensichtlich, dass er in der Dunkelheit so viel besser sehen kann. Ich kann noch nicht einmal erkennen, wo er den Stuhl hergezogen hat. Ich erkenne gerade mal die schwarzen Umrisse, als er ihn in die Mitte unseres halbprivaten Raumes stellt und sich setzt. Er knöpft seine Hemdmanschetten auf und rollt seine Ärmel bis zu den Ellbogen hoch.

Regungslos beobachte ich ihn. Die rote Deckenbeleuchtung erzeugt definitiv auch hier in diesem Raum eine gewisse Stimmung und ich gebe der Atmosphäre die Schuld für das, was mit mir geschieht – das Zusammenziehen meines Unterleibs, die Anspannung meiner Oberschenkel, die immer fester werden, während ich zusehe, wie er seine Hemdärmeln Zentimeter für muskulösen Zentimeter an seinen Unterarmen aufrollt. Er ist wesentlich muskulöser, als ein so schlanker Mann sein sollte. Wer ist dieser Typ? Ein Model … Filmstar … Bodybuilder … oder der verdammte amerikanische Ninja Warrior? Ich habe keine Ahnung, aber was er tut, sollte nicht so wichtig sein wie das, was er schon getan hat. Er hat meine Schwester getötet. Ich halte an diesem Glauben mit beiden Händen fest. Meine Visionen waren noch nie falsch, aber obwohl sie mir nicht den Moment ihres Todes zeigen, weiß ich doch, dass er bei ihr war. Ich *weiß* es.

Er winkt mich mit der Bewegung eines Fingers zu sich heran.

Ich starre ihn an, wie er dort auf diesem Stuhl sitzt. Wenn er einen Lapdance erwartet, hat er Pech gehabt. Sie wollten mir in der sechsten Klasse bei einer Schulaufführung Jitterbug-Tanzschritte beibringen. Alles endete damit, dass sie mich stattdessen mit einer Triangel zur Band gesetzt haben. Ich bin nicht sexy. Ich bin nicht graziös. Ich qualifiziere mich kaum als echtes Mädchen und muss mich wirklich bemühen, in diesen Stöckelschuhen überhaupt geradeaus gehen zu können.

„Komm her", lockt er mich und fügt dann noch etwas hinzu, von dem er weiß, dass ich es nicht ablehnen kann. „Du willst es doch wissen, nicht wahr?"

Ich gehe zu ihm, aber mein Körper ist angespannt und ich kann nicht aufhören, zu zittern. Ich schaffe nur ein paar Schritte, aber sie reichen, um mich in seine Reichweite zu bringen. Ich bemühe mich, nicht auf seinen Schoß zu starren oder auf die Blässe seiner Hände in der Dunkelheit des Raumes oder, Gott bewahre, auf die Beule im Schritt seiner Hose, die gar nicht weit davon entfernt ist, wo seine Hand jetzt auf seinem Oberschenkel ruht.

„Ich habe ihr gesagt, sie soll sich über mein Knie legen", sagt er. Er beobachtet mich mit seinen schattenhaften Augen. „Sie hat gelacht, aber das war der Preis für mein Getränk. Sie nannte mich versaut" – ein kurzes Lächeln lässt seine hellen Zähne aufblitzen, aber es ist da und dann genauso schnell wieder weg – „aber sie hat es getan. Oben. Mitten in der Lounge, umgeben von Menschen, die lachten, redeten, tranken … Und genauso wie wir flirteten. Ich glaube, es hat

sie fasziniert. Aber wie ich bereits sagte, war Jez eine wahr-
haft abenteuerlustige Seele."

Das war sie wirklich. Ich schlucke schwer, als er sich auf
den Schenkel klopft. Ich starre darauf und dann in sein
Gesicht. Langsam dämmert mir, was er von mir erwartet. Es
ist kein Lapdance.

„Du willst mir den Hintern versohlen?" Ich habe in keiner
meiner Visionen gesehen, dass er so etwas mit Jez gemacht
hätte.

„Du tust für mich, was sie getan hat, und ich werde dir
sagen, was ich weiß."

Das war der Deal, er hat recht. Aber irgendwo mittendrin
hat das Ganze eine ausgesprochen versaut anmutende
Wendung genommen.

Ich fühle mich völlig lächerlich, als ich mich seiner
rechten Seite nähere und dabei seine Hände und seinen Schoß
im Auge behalte. Mein Hintern kribbelt auf unerklärliche
Weise. Es ist das seltsamste Gefühl – prickelnd von etwas,
das ich nur mit Vorfreude vergleichen kann, obwohl das
falsch sein muss. Das muss es einfach. Genauso falsch wie
die Flut feuchter Hitze, die in meine privatesten Stellen nach
unten strömt, als ich mich widerwillig herabsenke. Er hilft
mir, mich auf seinen Oberschenkeln in Position zu bringen,
die unter meinem Bauch und meiner Hand so viel härter sind,
als ich es erwartet hatte. Das ist mir alles so fremd. Ich liege
über seinem Knie, aber ich weiß nicht, wie oder wo ich ihn
berühren soll.

Mit mir hat er dieses Problem nicht. Ohne ein Wort zu
sagen, greift er unter den Rock meines kurzen Kleides. Seine
Hand ist überraschend kühl, als er die Innenseite meines
Oberschenkels berührt. Mit dem Arm umschlingt er meine
Taille und in einer kurzen hebenden, ziehenden Bewegung
positioniert er mich noch höher über seinem Schoß. Meine

Füße verlassen den Boden. Fast hätte ich mir auf der anderen Seite die Nase am Beton aufgeschlagen, aber es gelingt mir, mich schnell mit beiden Händen abzustützen.

Das ist verrückt.

Er behält seinen Arm um eine Taille geschlungen und hält mich an Ort und Stelle fest. Mit der anderen Hand schiebt er meinen Rock bis zur Hüfte hoch und entblößt den Stoff meiner Unterwäsche.

Mein Höschen ist nicht gerade sexy. Warum sollte es das auch sein? Ich bin heute Abend nicht in diesen Club gekommen, um irgendjemandem meinen Hintern zu zeigen. Und schon gar nicht Aleron.

„Entspann dich", beruhigt er mich und lässt seine Finger in einem Muster über meinen schutzlos entblößten Hintern gleiten.

Er hat leicht Reden. Er ist ja nicht derjenige, der sein hellblaues Panty-Höschen von einem Killer beäugen lässt. Zum ersten Mal an diesem ganzen Abend bin ich dankbar, dass die Omaunterwäsche, die ich normalerweise gern trage, nicht unter das Kleid gepasst hat.

„Das ist interessant", sagt er und streicht mit einem Finger leicht an der elastischen Beinnaht meines Höschens entlang. „Hätte ich nicht bereits gewusst, dass du nicht dein Zwilling bist, hätte dich das hier verraten. Ich habe deine Schwester nie in etwas anderem als einem Tanga gesehen."

Er hebt seine Hand und ich mache mich bereit, geschlagen zu werden. Meine zweite Überraschung kommt eine halbe Sekunde später, als er mich sanft mit den Fingern berührt und auf die Mitte meiner linken Pobacke klopft. Er zieht meinen Rock hinunter und mich wieder hoch, damit ich auf seinem Knie sitze.

„Ich habe ihr oben den Hintern versohlt", sagt er. „Sie war kein Fan, aber sie war herrlich entschlossen, alles auszuhalten, was ich zu tun wählte. Und das gefiel mir. Also habe ich Jez' Hintern in Brand gesetzt und erst als ich mir sicher war, dass sie kurz davor stand, ihr Safeword zu benutzen, habe ich aufgehört."

Meine Visionen haben mir nichts von alledem gezeigt. Vielleicht sollte ich froh sein, denn meiner Fantasie fiel es ohnehin nicht schwer, sich vorzustellen, wie es sich abgespielt haben könnte. Nur dass es nicht meine Schwester ist, die sich in meiner Vorstellung unter dem ständigen Angriff seiner offenen Handfläche windet. Ich bin es und es ist mein Hintern, den er mit einem scharfen Schlag nach dem anderen Rot färbt, bis ich nicht länger stillsein oder stillhalten kann.

Meine Brüste schmerzen sehnsüchtig. Meine Brustwarzen schwellen an und ich kann kaum verhindern, dass die Heiserkeit meiner Erregung in meiner Stimme mitschwingt. „Was meinst du denn mit *Safeword*?"

„Ein Safeword ist ein ausgewähltes Wort, das du jederzeit benutzen kannst. Ich höre dann sofort auf mit dem, was ich tue."

Ich spotte und kann es mir kaum vorstellen. Er muss mich für dumm halten.

Dann blitzen seine Augen erneut. Sie sprühen vor Belustigung und fordern mich heraus. „Möchtest du eins?"

Als ob er sich daran halten würde.

Ich weiß jetzt schon, dass er es nicht täte. Denn natürlich tut er das nicht. Es ist mehr als lächerlich. Wer hat denn jemals von einem Wort gehört, das einen Mörder aufhalten kann? Es ist verrückt!

Oder nicht?

„Such dir eins aus", fordert er mich heraus. „Etwas Ungewöhnliches. Etwas, das du normalerweise nicht schreien würdest, während du, sagen wir mal, einen Orgasmus hast."

Hitze brennt in meinem Bauch und steigt in mein Gesicht.

Ich versuche, von seinem Knie aufzustehen, um wenigstens ein paar Zentimeter Abstand zwischen uns zu bringen. Ich schäme mich, zuzugeben, dass ich mir nur zu gut vorstellen kann, wie es sich anfühlen würde, wenn er mich zum Orgasmus bringt.

Das gefällt mir nicht. Ich kann nicht klar denken, wenn ich auf seinem Schoß sitze, seine Brust an meiner Seite und seinen Arm um meine Taille spüre, während seine entspannte Hand leicht gegen meine Hüfte drückt. Anstatt mich jedoch zu bewegen, überrasche ich mich selbst. Ich sage: „Also gut …" Ich versuche, mir ein Wort auszudenken, aber ich bin nicht sonderlich gut in dieser Art von Spielchen. „Rumpelstilzchen."

Er versucht, mich nicht auszulachen. „Rumpelstilzchen", stimmt er mit einem Nicken zu. „Und so funktioniert es. Solltest du an irgendeinem Punkt denken, du kannst es nicht mehr aushalten, während ich mit dir mache, was ich mit ihr gemacht habe, sage dieses Wort."

„Und dann hörst du auf." Ich weiß nicht genau, ob ich es glauben kann, als er nickt. Aber ich stimme widerwillig zu. „In Ordnung."

„Ich hörte also auf, ihr den Hintern zu versohlen, und sagte ihr, sie solle aufstehen." Aleron sieht mich erwartungsvoll an.

Es dauert eine Minute, bis ich begreife, dass er darauf wartet, dass ich mich ihm füge. Ich bin nur allzu froh, von seinem Schoß aufzuspringen.

„Ich sagte ihr, sie solle sich das Höschen ausziehen." Er lehnt sich auf seinem Stuhl zurück, verschränkt die starken Arme und wartet.

Ich würde wirklich gern sagen, dass ich mir nicht vorstellen kann, dass Jez mitten in einem Nachtklub einen Höschen-Striptease für jemanden aufführt, aber leider kann ich es mir nur zu gut vorstellen. Ich greife unter meinen Rock und ziehe meine Unterwäsche darunter hervor. Ich habe keine Zeit für seine Psychospiele. Wenn er denkt, dass ich sie ihm nun als eine Art Trophäe dieses Abends überreiche, ist er verrückt geworden.

„Sie reichte sie mir", sagt er, streckt die Hand mit der Handfläche nach oben aus und wartet wieder.

Arschloch.

Ich klatsche ihm meine Unterwäsche in die Hand und sehe zu, wie er sie neben seinem Stuhl auf den Boden fallen lässt. Es stört mich extrem, dass er sie dort liegenlässt, wesentlich mehr, als hätte er sie sich in die Tasche gestopft. Eine kleine Stelle zwischen meinen Schulterblättern juckt mit wachsendem Unbehagen und doch spüre ich dieses schreckliche, erwartungsvolle Kribbeln in meinen Brüsten, meinem Unterleib … in meinen Händen. Sie sehnen sich danach, ihn anzuspringen, meine Unterwäsche vom Boden aufzuheben und sie schnell außer Sichtweite zu schaffen. Kein Höschen zu tragen, während ich vor ihm stehe, ist mir so skandalös peinlich. Und er weiß die ganze Zeit, dass es nur ein subtiles Wort seinerseits gebraucht hatte, damit ich sie für ihn ausziehe.

Und das Fehlen eines bestimmten Wortes meinerseits.

„Ich verlangte von ihr, sie solle sich auf mein Knie setzen."

Mein Kiefer schmerzt von der Kraft, mit der ich die Zähne zusammenbeiße. Ich gehe zu ihm und lasse mich so förmlich wie möglich auf seinen Schoß sinken.

„Tatsächlich hat sie die Beine über mir gespreizt." Er lächelt, als er mich korrigiert. „Ich habe sie nicht darum gebeten. Das hat sie von ganz allein gemacht."

Ich springe wieder auf und reibe mit meinen verschwitzten Handflächen über meinen Rock. Meine Beine zittern zu stark, als dass ich weglaufen könnte. Mein Herz fühlt sich sowohl eingesperrt als auch wild an, aber ich bin zu weit gekommen, um jetzt einfach zu gehen. Vor allem nicht wegen etwas so unfreiwillig Reizvollem, wie breitbeinig auf seinem Schoß sitzen zu müssen.

Der Rock meines Kleides ist zu eng. Um mich mit gespreizten Beinen auf ihn zu setzen, muss ich ihn bis zum Ansatz meiner Oberschenkel hochziehen. Seine Schulter ist stark und kräftig und fühlt sich kühl an, als ich mich mit der Hand daran abstütze, bevor ich mich vorsichtig hinuntersenke, um mich zu setzen.

Er berührt mich nicht mit seinen Händen. Das muss er nicht. Ich fühle mich auch so an allen Stellen belästigt, an denen er mich unbeabsichtigt berührt. Mit jedem Atemzug streifen meine Brüste über seinen Oberkörper. Hinter der Barriere unserer Kleidungsstücke kann ich sein Herzklopfen zwar nicht spüren, aber ich fühle mein eigenes und es rast. Es schlägt so schnell. So heiß. Es lässt mich in einem Feuer glühen, das sich mehr als nur peinlich anfühlt. Es mag seinen Ursprung vielleicht in meiner Brust haben, aber es bleibt nicht dort. Die Hitze strömt bereits durch mich hindurch. In meine Gebärmutter und hinein in meine leere Weiblichkeit, bis die rieselnde Feuchtigkeit aus mir tropft. Ich spüre noch immer den Phantomklaps, den er mir gegeben hat, kurz bevor er mein Höschen stahl. Mein Hinterteil pulsiert. Genau wie die Hitze in mir pocht es, bis ich nichts als den dumpfen Sehnsuchtsschmerz spüren kann.

Und ich will es nicht. Gott, wie wenig ich es will. Nicht für diesen Mann.

„Zu diesem Zeitpunkt waren wir schon hier unten", sagte Aleron. Er beobachtet meine Reaktion genau, hebt eine Hand an meine Wange und streicht mir mit der Rückseite seines Fingers eine verirrte Haarsträhne aus den

Augen. „Ich sagte ihr, sie solle sich umdrehen. Ich möchte ihren Rücken an meiner Brust spüren und wir werden ein Spiel spielen."

„Was für ein Spiel?" Meine Stimme zittert genauso stark wie der Rest von mir. Ich Klinge atemlos und er muss dies auf jeden Fall gehört haben.

Er lächelt wieder. Dieses faule Lächeln, das nichts aussagt, als er darauf wartet, dass ich ihm gehorche.

Meine Beine zittern, aber ich stehe auf. Es gibt tausend Gründe, warum ich ihm meinen Rücken nicht zuwenden sollte, aber ich erinnere mich selbst daran, dass dies ein öffentlicher Ort ist. Es gibt Leute hier unten. Er würde es nicht wagen, mir hier etwas zu tun, wo er doch so leicht erwischt werden könnte.

Mit dem Rücken zu ihm und meinem Gesicht von ihm abgewandt, lasse ich mich auf seinen Schoß sinken. Seine muskulösen Oberschenkel unter mir sind atemberaubend hart. Ich lehne mich langsam zurück, bis ich gegen seine Brust stoße. Ich habe Angst, es zu spüren, aber da ist keine pralle Erektion, die gegen meinen Hintern drückt. Ich bin seltsamerweise ebenso enttäuscht wie erleichtert.

„Unser Spiel ist ganz einfach", sagt Aleron. „Mit nichts als meinen Händen werde ich dich dazu bringen, zu kommen. Und du wirst dich mir mit nichts anderem als deinem Willen widersetzen. Wenn du Erfolg hast, hast du es besser gemacht als deine Schwester. Wenn ich Erfolg habe, bekomme ich einen Preis."

„Was für einen Preis?" Ich bezweifle, dass ich das fragen muss. Ich bin mir fast sicher, dass ich genau weiß, wie dieser ‚Preis' aussehen wird.

„Einen Kuss", sagt er nur und überrascht mich. „Genau hier." Mit seinen kühlen Lippen drückt er kurz gegen die Seite meines Halses. Und ich kann nicht anders, als das pulsierende Pochen meines wollüstigen Herzens zu spüren, das bei seiner Berührung zu flattern beginnt.

„Das ist alles?", frage ich äußerst skeptisch. „Du hast meine Schwester geküsst?"

„Sie hat das Spiel in weniger als elf Minuten verloren."

Ich drehe meinen Kopf, um ihn anzustarren.

„Habe ich vergessen, das Zeitlimit zu erwähnen?", fragt er amüsiert. „Böser Aleron. Ja, es gibt ein Zeitlimit. Wenn ich es nicht schaffe, dich innerhalb von zwanzig Minuten zum Kommen zu bringen, dann kann es erstens niemand und zweitens gewinnst du das Spiel."

„Was bekomme ich, wenn ich gewinne?"

„Das völlige Fehlen von Befriedigung. Ich verstehe, dass das ziemlich ärgerlich wäre."

Ich runzele die Stirn. „Ich meine es ernst."

Über meinen Mangel an Humor stößt er ein leises Seufzen aus. „Wie wäre es damit: Ich unterlasse alle weiteren Versuche, das hier in die Länge zu ziehen, und erzähle dir einfach alles, was ich weiß. Ich stelle dir alle vor, mit denen deine Schwester hier unten gespielt hat und lasse dich deines Weges ziehen. Einverstanden?"

„Wer wird die Zeit stoppen?"

Er streckt seinen rechten Arm aus und zeig mir seine Armbanduhr. „Eine raffinierte Erfindung. Sie hat sogar einen Wecker."

„Schon gut, schon gut", brumme ich und rolle fast mit den Augen. Er ist wirklich ein Arschloch.

„Haben wir eine Abmachung?"

Er lässt seine Arme sinken und seine Hände auf meinen Oberschenkeln ruhen. Es ist eine leichte Berührung, völlig unpersönlich, aber für mich fühlt sie sich alles andere als das an. Er streichelt oder liebkost mich nicht, aber mein Puls flattert immer noch, wenn ich daran denke, wie eine kleine

Bewegung seiner Finger ihn dazu bringen könnte – und würde, wenn ich dem zustimme –, mich an anderen Stellen zu berühren.

Wenn ich dadurch die Antworten bekomme, die ich brauche …

Beschämenderweise denke ich nicht an die Antworten, als ich zustimmend mit dem Kopf nickte. Es ist die Hitze, das Pochen und die Art, wie meine Haut bis in meine Brustwarzen kribbelt, wenn er meinen Hals mit seinen Lippen berührt.

„Zwanzig Minuten", sage ich. Nicht eine Sekunde mehr.

Um ganz ehrlich zu sein, bin ich mir nicht einmal sicher, ob ich elf Minuten schaffen werde.

„Zwanzig Minuten", wiederholt er zustimmend, greift nach meinem Rock und zieht in einer zügigen Bewegung den eng anliegenden Stoff nach oben. Er entblößt mich dadurch sowohl vorn als auch hinten bis zur Taille. Es ist genauso unpersönlich, als er seine Hände in den Ausschnitt meines Kleides schiebt, mir die Ärmel von den Schultern zieht und meine Brüste ins Freie befördert. Meine Brustwarzen sind harte, enge kleine Knospen, die sich nur noch stärker zusammenziehen, als sein kühler Atem über mein Ohr kitzelt. „Du hast doch nichts dagegen, wenn ich Handschuhe trage, oder?"

Er zieht sie aus der Innentasche seines Mantels, der über der Stuhllehne drapiert ist. Es ist eine theatralische Inszenierung, ihn dabei zu beobachten, wie er seine Hände in das schwarze Leder schiebt.

„Man nennt sie Vampirhandschuhe."

Ich zittere, als er seine behandschuhte Hand umdreht und das schwache Licht sich auf den scharfen Spitzen der Metallstacheln fängt, die über der gesamten Länge eines jeden Fingers angebracht sind.

„Hab keine Angst", beruhigt er mich, als ich zittere und er

seine Hand zu meinem Gesicht führt. „Wie du gleich feststellen wirst, kann ein kleiner beißender Schmerz" – er
berührt die Kante meines Kiefers und mein Ohrläppchen
sanft mit der Spitze seines Fingers – „deine Lust" – er kratzt
mich und folgt der Linie meiner Gänsehaut, als er über mein
Kinn und an meinem Hals hinabgleitet – „so viel süßer
machen."

Er lässt seinen Finger über meinen Hals und hinunter zu
meiner Brust wandern, während ich gleichzeitig spüre, wie er
die Stacheln an seiner anderen Hand an der Innenseite meines
linken Oberschenkels ruhen lässt. Mit diesen Fingern kratzt er
leicht nach oben und folgt der Innenseite meines Oberschenkels bis zu dem Punkt, an dem bereits jedes einzelne meiner
Nervenenden zum Aufruhr bereit ist.

In dem Moment weiß ich es mit Sicherheit.

Elf Minuten werde ich definitiv nicht schaffen.

Aleron

SIE FÜHLT sich angenehm in meinen Armen an, das muss ich
ihr lassen. Ihre Brüste haben genau die richtige Größe und
passen bequem in meine Handfläche, während ich mit den
bissigen Spitzen meiner Handschuhe leicht über die Knospen
ihrer Brustwarzen schnippe und kratze. Sie sitzt breitbeinig
auf mir und passt zu meinem Körper, als wäre sie für mich
geschaffen. Die Hitze ihres Arsches, die durch meine Kleidung brennt, lässt meinen Körper auf eine Weise reagieren,
wie er es normalerweise nicht tut. Nicht für Jez. Für niemanden. Nicht seit einer sehr langen Zeit. Ich fühle mich sogar
inspiriert, sie zu ficken. Ich fühle mich unerwartet jung, mein

Schwanz regt sich unter ihr und richtet sich auf der Suche nach ihrer Körperwärme nach oben auf.

Es ist die Süße ihres Blutes, sage ich mir. Die Vorfreude auf meine Mahlzeit, wenn ich gewinne. Ich kann bereits riechen, wie es sich auf köstliche Weise durch ihre Adern bewegt, während ich ihre Muschi mit meiner Hand umschließe und dabei eine Welle verführerischer Pheromone freisetze, die mich reizen. Ich kann ihre Erregung riechen. Dieser Teil ist nicht neu, aber die Spannung in ihrem Körper zu spüren, wie sie versucht, gegen mich anzukämpfen ... oh, nun, das bringt das Vergnügen auf eine ganz neue Ebene.

Ich bin kein guter Mann. Ich erinnere mich auch an keinen Zeitpunkt, an dem ich das jemals war. Man sagt, dass Zeit selbst die Zügellosen zügelt und vielleicht stimmt das auch. Denn während ich mich in den letzten Jahrhunderten damit begnügt habe, meinen Brüdern zu folgen – zu leben, zu jagen, und insgeheim inmitten unserer auserwählten Beute zu existieren, ohne dass die Menschen es bemerken würden – genügt schon ein halbwegs widerwilliges Zucken ihrer Hüfte, die sich an meinem Schwanz reibt, um mich daran zu erinnern, wie gut es sich anfühlt, wenn die Beute nicht ganz so willig ist.

Sie versucht, den Kopf abzuwenden, so als könnte sie es nicht ertragen, zuzusehen. Aber dann zuckt ihr Blick fast ebenso widerwillig wieder zurück. Sie schaut auf sich selbst herab und jeder Atemzug ist ein winziger Anflug von Unglauben über die Empfindungen, die ich ihr beschere.

Ich bin so ... sanft mit ihr. Ich zupfe an ihren Brustwarzen und kämpfe gegen den Drang an, sie zu zwicken und zu kneifen. Ich halte sie in meinen Armen, als sie sich unter der immer stärker werdenden Kraft meiner tätschelnden Hand windet. Ich versohle ihr die hübsche Muschi, bis das Stechen der Fingerstacheln nicht mehr ganz so sanft ist und sie beschließt, ihre weit gespreizten Beine zusammenzudrücken. Es muss sogar noch mehr stechen, meine jetzt zwischen ihren zusammengepressten Oberschenkeln gefangene Hand zu spüren.

„Sei nicht ungehörig", locke ich sie. Ich säusele neben ihrem Ohrläppchen, in das ich am liebsten beißen würde. Aber ich habe ihr nur meine Hände versprochen. Normalerweise liebe ich die Herausforderung meiner selbst auferlegten Einschränkungen, aber nicht heute. Heute schmerzt mich jedes Wimmern ihrer unerwarteten Not, das ihren Lippen entweicht, genauso sehr, als würde ich diese Handschuhe an mir selbst benutzen. „Öffne dich für mich."

Dass sie es nicht will, zeigt sich in den ruckartigen Zuckungen ihrer Beine, als sie sie zögerlich wieder auseinander drückt.

Ich liebe ihren Duft.

Ich bin so … erregt. Ich kann mich nicht erinnern, wann dies das letzte Mal bei etwas so Einfachem wie einem Abendessen passiert ist. Ich rede mir ein, dass es ihre Rätselhaftigkeit ist. Aber vielleicht ist es auch einfach nur der reibende Druck ihres heißen, kleinen Hinterns, der sich auf meinem Schoß windet, während ich meine Finger in ihre Spalte schiebe und ihre Schamlippen spreize, damit ich ihr Aroma frei genießen kann.

Sie krümmt den Rücken, wirft ihren Kopf ganz auf meine Schulter zurück und greift mit ihrer heißen, sehnsüchtigen Hand nach der Seite meines Nackens. Als ich ihre Klitoris finde, dämpft sie ihr Stöhnen hinter ihren fest zusammengepressten Lippen.

Ich liebe es.

Ich kratze sie.

Der kleinste Hauch von frischem Blut steigt in die Luft und als die Spannung in ihr steigt, rollt sie plötzlich ihren

Kopf und dreht ihn seitlich herum, um ihr Gesicht an meinem Hals zu vergraben. Sie beißt. Ich spüre das stumpfe Kneifen ihrer menschlichen Zähne. Nicht hart und auch ohne Schmerzen. Aber in dieser unbeständigen, schwindenden halben Sekunde verwandelt sie mich vom Raubtier zur Beute.

Das hat noch nie jemand getan.

Ich fühle mich … ist dieser eisige, weiße Blitz etwa … Angst, die in mir aufkeimt? Oder ist es eine Lust, wie ich sie in meinen neunhundert Jahren noch nicht erlebt habe? Ich weiß es nicht, aber ich greife mit der Hand in ihr Haar und packe eine Handvoll Haarnadeln und Dutt. Ich reiße ihren Kopf herum, um ihre Zähne von meinem Fleisch zu lösen und die schlanke Krümmung ihrer Kehle zu entblößen.

Sie keucht bei der Plötzlichkeit dessen. Ihr Körper versteift sich und sie hält still. Ihre Beine sind noch immer weit gespreizt und ihre harten Brustwarzen strecken sich meiner Berührung entgegen. Ihr Geruch ist exquisit, Lust und süßes Blut. Ihre Muskeln zucken und verraten, wie nahe sie ihrer Niederlage bereits ist.

„Ich bin der Master", sage ich zu ihr und schiebe meine Hand zwischen ihre zitternden Beine. „Ich bin der Einzige, der hier beißt."

Ein Klaps zur Bestrafung. Trotz meiner Vorliebe für diese Handschuhe wünsche ich mir, meine Hand wäre dafür entblößt. Ich schließe sie um ihre Weiblichkeit und Wärme – und wünsche mir, auch dafür wäre meine Hand nackt – und drücke zu. Sie krümmt sich, schreit und klammert sich an meinem Handgelenk und meinem Hals fest.

Ich halte es nicht aus.

Ich reiße mir den Handschuh mit den Zähnen ab und schiebe ihr zwei Finger in den Mund.

„Leck", befehle ich.

Sie versucht, sich abzuwenden, aber ein kurzer Ruck an

ihrem gefangenen Haar macht sie wieder gefügig und gehorsam.

„Leck", knurre ich und sie tut es. Die Spitze ihrer betörenden Zunge stößt heraus, um ihre Nässe auf meinen Fingerspitzen zu hinterlassen.

„Ich bin der Master", sage ich erneut und greife zwischen ihre Beine. Ihre Hitze ist die exquisiteste, die ich je gespürt habe. Das Zittern, wenn ich sie berühre, Haut auf Haut, ist berauschend.

„N-nein", stöhnt sie. Sie starrt hilflos die Lichter an der Decke an, aber ihre Klitoris gehört mir und ich liebe sie mit allem Geschick eines Mannes, der neunhundert Jahre damit verbracht hat, den weiblichen Körper zu studieren. In den letzten Jahrhunderten habe ich diese Fähigkeit intensiv geübt – ich kann es, ohne nachdenken zu müssen. Ohne mich darum kümmern zu müssen.

Aber was ich mit der kleinen Merris in meinen Armen mache, ist ganz sicher keine Gewohnheit. Es fühlt sich nicht wie automatisierte Routine an. Es fühlt sich neu an, genau wie das anhaltende Gefühl ihrer Zähne, das ich noch immer an meinem Hals kribbeln spüren kann. Es fühlt sich so heiß an wie das Feuer in ihrer Mitte, als ich meine Finger tief in sie schiebe. Ich spüre jedes einzelne sich anspannende Zucken in ihrem Körper. Ihr Keuchen, das Quietschen und ihre verzweifelten Schreie sind die Musik, die mein kaltes Herz zum Singen bringt. Sie kann nicht stillhalten. Sie zuckt mit der Hüfte und reitet meine stoßenden Finger mit zunehmender Verzweiflung.

„Nein ... nein!", schreit sie. Aber ‚Nein' ist nicht unser Safeword und ich habe viel zu viel Spaß mit ihr, als dass ich aufhören könnte. „Nein!", kreischt sie erneut und packt mein Handgelenk.

Aber die zuckenden Krämpfe ihres Orgasmus flehen ‚Ja',

als er durch ihren Körper reißt und sie sich auf meinem Schoß krümmt. Ihr erschütternder Schrei hallt durch die Räume des Club-Verlieses. Ihre Erlösung ist der süßeste Sieg, den ich je so nah an meiner Brust gehalten habe.

„Ich gewinne", flüstere ich. Aber zum ersten Mal seit langer Zeit mache ich mir nicht einmal die Mühe, auf die Uhr zu schauen. Das Spiel ist mir völlig egal. Ich will, dass sie noch einmal für mich kommt. Ich will, dass sie kommt, während ich meinen Schwanz so tief in ihre wundervolle Wärme grabe, wie es irgend möglich ist. Ich will das wilde Klopfen ihres Herzens spüren, wenn ich meine nackte Brust an ihre presse. Ich will ihren Mund, ihren Körper in Besitz nehmen … und das nicht nur mit meinem Körper, sondern auch mit meinen Zähnen.

Leider wurde mir nichts von diesen Dingen versprochen.

Der Wecker an meiner Uhr piept.

Die Spannung in ihrem Körper lässt mit den wogenden Zuckungen ihres vorübergehenden Höhepunktes nach. Sie keucht, stöhnt und wimmert in meinen Armen. Normalerweise hätte ich in dem Moment von ihr getrunken, in dem ihr Orgasmus sie überkommt, aber mein reizendes kleines Rätsel hatte die Frechheit, mich zu beißen.

Ich halte sie, wiege sie und lasse sie sanft zu sich selbst zurückfinden, bevor ich langsam einen Arm um ihre Taille schlinge. Ich reibe meine Nase an ihrem Hals und halte ihr Haar fest, als ich ihren Kopf zur Seite ziehe.

„Was machst du da?", fragt sie mit der sinnlichen, heiseren Stimme einer Frau, die noch immer im Nachglühen ihrer Lust schwelgt.

Ich lecke sie und genieße den Geschmack ihrer Haut und das Gefühl all dieses heißen, süßen Blutes, das in den Adern unter meinen Lippen pulsiert.

Ich lasse sie die Spitzen meiner Zähne spüren und ihr Körper versteift sich.

Ihr Atem stockt. Sie klingt nun nicht mehr wie eine gut gefickte Frau, als sie stottert: „Was machst du da?"

„Mein Kuss", erinnere ich sie. „Sollte ich vergessen, es dir später zu sagen, meine liebe Merris: Ich hatte schon seit Jahren nicht mehr so viel Spaß. Bitte spreize deine Beine weiter. Ich mag deinen Duft."

Sofort schließt sie sie, widersprüchliches kleines Ding, und windet sich. Sie kämpft nicht gegen mich an, noch nicht, aber sie ist unsicher und will aufstehen.

Wenn es nach mir ginge, würde sie für den Rest ihres Lebens jede Nacht nackt vor mir knien.

Leider war das auch nicht Teil unseres Spiels.

„Böses Mädchen", sage ich zärtlich und beiße zu.

KAPITEL 4

 *leron*

MERRIS STOLPERT, unsicher auf ihren Füßen, aber meine
Hand an ihrem Ellbogen verhindert, dass sie stürzt, als ich sie
durch den Raum führe, damit sie auf meinem nun freien Stuhl
Platz nehmen kann. Der Rausch der Orgasmen, die ich ihr
beschert habe, rötet ihre Haut noch immer. Der Schwall der
Endorphine von meinem Biss kribbelt wahrscheinlich immer
noch an all den Stellen, an denen ich sie liebkost habe,
während ich sie mir schmecken ließ. Sie ist noch zweimal
gekommen, während ich von ihr trank. Ich hätte die ganze
Nacht an ihr weiterschlemmen können, aber ich möchte sie
lieber nicht töten. Ehrlich gesagt habe ich seit Jahrzehnten
nicht mehr getötet, aber sie war ein so unerwartetes Vergnügen, dass ich zugeben muss, dass mir das Aufhören schwer-
gefallen ist. Ich wollte den Kontakt zwischen uns einfach
nicht unterbrechen.

Selbst jetzt ist ihr Rock noch immer um ihre Taille gerafft

und auch ihr Höschen liegt noch auf dem Fußboden. Ich sollte sie ihre Würde zurückgewinnen lassen, aber es erscheint mir als eine solche Verschwendung, ihre Schönheit unter Kleidung zu verstecken.

„Was hast du mit mir gemacht?", murmelt sie und greift nach oben, um ihren Hals zu berühren, wo die Einstichstellen meines Bisses immer noch feucht sind. Die blutroten Tropfen sind wie Juwelen vor dem Kontrast ihrer blassen Haut.

Ich greife nach ihrer Hand, bevor sie da Blut berühren kann und wische es ab. „Ich habe dir einen Kuss gegeben", sage ich zu ihr.

„Und du hast das Gleiche mit Jez getan?"

Und natürlich führt unser Gespräch wieder zu ihrer Schwester zurück. Ich sollte nicht überrascht oder halb so verärgert darüber sein, wie ich es bin. „Ja, das habe ich." Obwohl ich keine auch nur annähernd so große Inszenierung daraus gemacht habe, Jez meine Zähne spüren zu lassen.

Eine knappe Sekunde, bevor ein Schatten die Öffnung des Samtvorhangs verdunkelt, der vor dem Eingang zu diesem halbprivaten Spielbereich hängt, höre ich das Rascheln einer Bewegung. Es handelt sich um eine der menschlichen Ange- stellten im Club Toxic. Sie trägt ein Halsband, das die Spuren der regelmäßigen Bisse verdeckt. In ihrer Hand hält sie ein Tablett, auf welchem Schokolade, Saft oder Wasser, und Stücke von Wurst und Käse angeboten werden. Ich nehme ihr das Tablett ab und schicke das Mädchen mit Anweisungen und einem Nicken davon. Sie sieht mich zunächst nur erschrocken an. Aber sie geht und für ein paar weitere Minuten sind es wieder nur Merris und ich in der Privat- sphäre meines liebsten Speisezimmers.

„Hier." Ich helfe ihr, zu trinken. Ihre Hand zittert leicht, entweder von ihrer Blutspende oder von den Orgasmen. Ich bin mir nicht sicher. Sie isst Käsewürfel und Schokolade aus meinen Fingern, bis ihr Stück für Stück wieder einfällt, dass wir kurz zuvor noch Feinde gewesen waren. Dann nimmt sie das angebotene Essen, das ich ihr reiche, und runzelt beim Kauen die Stirn.

„Was hast du mit mir gemacht?" Sie versucht erneut, ihren Hals zu berühren, aber ich greife nach ihrer Hand.

„Nicht anfassen", ermahne ich sie und gebe ihr einen spielerischen Klaps auf den Handrücken, bevor ich ihr ein weiteres Stück Schokolade reiche. „Lass mich das versorgen."

Ich verbinde sie, etwas, das hier normalerweise die Angestellten tun. Aber meine Zeit mit ihr läuft ab und ich begnüge mich damit, die mir verbleibenden Sekunden mit ihr zu horten und sie ganz für mich allein zu behalten, anstatt sie in die Obhut eines anderen zu geben.

Außerdem hatten wir eine Abmachung, sie und ich. Und ich möchte meinen Teil dieser Abmachung einhalten.

„Es wird innerhalb von ein paar Tagen heilen und alles wird gut."

„Hast du meine Haut verletzt?" Sie ist unbeirrbar. Als sie dieses Mal an ihren Hals greift, lasse ich sie die Ränder des kleinen, quadratischen Pflasters abtasten. Sie drückt dagegen, um zu sehen, ob es schmerzt.

„Nur ein wenig Blutspiel", versichere ich ihr. Die Standardantwort. Es hat keinen Sinn, eine Gazelle zu erschrecken, bevor man sie zurück in die Herde schickt. „Aber jetzt weißt du alles, was ich mit deiner Schwester gemacht habe. Ein paar berauschende Zärtlichkeiten in den Schatten hier, ein Knabbern an ihrem Hals und dann habe ich sie mit Schokolade gefüttert. Danach habe ich sie wieder nach oben geschickt, wo sie noch etwas trank, bevor sie in einem Taxi nach Hause fuhr. Es war das einzige Mal, an dem ich mit ihr gespielt habe. Ich spiele niemals mit jemandem zweimal."

Ich kann den Funken des Misstrauens in ihren hübschen Augen zu sonnigem Leben erwachen sehen. „Das ist eine Lüge."

Ihr Beharren darauf, dass ich mit ihrer Schwester ins Bett gestiegen sei, obwohl es genau der Darstellung entspricht, die ich gern porträtiere, beunruhigt mich. „Ist es das, was sie dir erzählt hat?"

„Das musste sie nicht. Ich …" Sie verstummt plötzlich, als der Vorhang zur Seite gezogen wird und Leander, ein Vampir, der fast so alt ist wie ich, die Dunkelheit unseres Raumes betritt.

Er schaut auf das Pflaster an ihrem Hals, auf das Tablett in ihrem Schoß und dann auf mich. Ich kann sehen, dass er sich darüber ärgert, nicht zum Abendessen gerufen worden zu sein.

Als würde ich teilen.

„Du hast nach mir verlangt?", fragt er trocken. Und dann erkennt er sie und sein Gesicht zeigt offensichtlichen Schock.

„Das ist Leander", stelle ich ihn vor. „Zwei Abende nach unserem Spiel kam Jez in den Club zurück und bat um eine weitere ‚Dosis', wie sie es nannte. Aber leider mache ich es mir zur Gewohnheit, nie zweimal mit derselben" – ich sage beinahe *Essens*- „Partnerin zu spielen. Also habe ich sie ihm vorgestellt." Ich spüre, wie sich Leanders Blick in meinen Rücken bohrt. „Er war derjenige, der als Nächstes mit ihr gespielt hat. Ob er sie gevögelt hat oder nicht, ist eine Frage, die er nur selbst beantworten kann."

Sie glaubt mir nicht oder zumindest will sie es nicht glauben. Als sie an mir vorbei zu Leander schaut, funkelt ein Schimmer von Verwirrung in ihrer Wut. Das Rätsel beginnt von Neuem. Warum ist sie so hartnäckig?

„Erwartest du ernsthaft, dass ich darauf antworte?", fragt

Leander leicht neugierig. Nur ein Vampir wäre in der Lage, den zunehmenden Zorn in seinem Ton zu hören.

Er funkelt mich an. Ich funkele zurück. Wir tauschen ein ganzes unausgesprochenes Gespräch mit unseren Blicken aus.

Das kann unmöglich dein Ernst sein.

Beantworte einfach die Frage.

Übernimmst du die Verantwortung für die Folgen?

Ja.

Verdammt noch mal. Leander unterdrückt einen ungeduldigen Seufzer. „Ich habe" – er rollt mit den Augen – „deine Schwester nicht *beschmutzt* ..." Er bleibt stehen und starrt erst sie und dann mich in sorgfältig maskierter und doch zunehmender Irritation an. „Ein guter Ruf interessiert jedoch keinen mehr. Ich muss meinen Club schließen. Warum soll ich ..."

„Aber du hast mit ihr gespielt", unterbreche ich ihn. Obwohl sie versucht, es zu verstecken, ist mein liebes Rätsel bei Weitem nicht so geschickt darin wie wir, den Schmerz zu verbergen, den sie bei dem Gedanken an ihre Schwester in unserer beider Arme verspürt.

„Kaum", erwidert Leander. „Sie war ... nicht sie selbst."

Also gut, jetzt spüre ich das Kribbeln zweier Rätsel.

„Nicht sie selbst?", fragt Merris.

Als er zwischen ihr und mir hin und her schaut, kommt Leanders Gesichtsausdruck einem Stirnrunzeln näher, als ich es je zuvor gesehen habe. „Sie stand unter Einfluss."

Jetzt lache ich ihn fast aus. „Jez hatte eine Vorliebe für Wodka, aber seit wann hat das jemals jemanden gestört ..."

Jetzt ist Leander an der Reihe, mich zu unterbrechen. „Ich spreche nicht von Alkohol. Sie hatte ... andere Sachen in ihrem System, und die wollte ich wirklich nicht in meinem haben."

Ich bin überrascht.

Merris ist wütend. Sie verschränkt ihre Arme vor ihrer Brust, so als wäre diese Umarmung das Einzige, das sie davon abhält, mehr zu tun oder zu sagen, als: „Meine Schwester hat keine Drogen genommen. Niemals."

Leander wirft ihr einen Blick zu. „Vielleicht kanntest du sie nicht so gut, wie du denkst. Denn als ich" – er wirft mir einen Blick zu – „mit ihr *gespielt* habe, war dieses Mädchen völlig zugedröhnt. Du kannst es leugnen, so oft du willst – das hat sie auch getan –, aber sie wurde trotzdem rausgeworfen. Soweit ich weiß, hat sie den Schnuppertest danach noch zweimal nicht bestanden und der einzige Abend, an dem sie hereingelassen wurde, war natürlich …"

Er verstummt, als würde er nach einer taktvolleren Weise suchen, als *die Nacht, in der sie starb*, zu sagen, aber Merris wendet sich bereits ab. Sie kehrt uns beiden den Rücken zu. Mit einem Schulterzucken wirft mir Leander einen Blick zu, bevor er geht. Aber ich kenne die Regeln und ich kenne meine Verantwortung.

Ich beobachte Merris und warte darauf, dass sie das Gehörte verarbeitet. Ich bin ein wenig überrascht über das anhaltende Mitgefühl, das ich für jemanden spüre, der für mich nicht mehr als eine weitere Mahlzeit hätte sein sollen. Ich habe an einem wunderschönen Hals gespeist, aber das Abendessen ist vorbei. Es ist an der Zeit, sie ihres Weges zu schicken. Dennoch empfinde ich Bedauern. Es wird mir leidtun, sie gehen zu lassen. Fast würde ich sie gerne noch einmal wiedersehen, aber das ist unpraktisch. Ich bin unsterblich. Und ihr Leben ist nur ein vorübergehender Augenblick. Jetzt gerade hier und doch schon bald wieder verschwunden. Eine tiefere Bekanntschaft als diese mit ihr zu schließen, ist den unvermeidlichen Verlust, der folgen wird, einfach nicht wert.

Es ist eine Lektion, die ich wiederholt und ausführlich gelernt habe.

Merris hebt den Kopf und sieht mich endlich wieder an. Sie ist wirklich schrecklich darin, irgendetwas zu verbergen. Ich kann den Schmerz, der sie zerreißt, so einfach auf ihrem Gesicht lesen, als wäre sie ein offenes Buch in meinem Schoß.

„Was ist in jener Nacht geschehen?", flüstert sie. „Ich weiß, dass sie dich gesehen hat. Ich weiß, dass du sie berührt hast."

„Über die Nacht, in der deine Schwester starb, gibt es nur wenig zu berichten." Ich bin brutal ehrlich mit ihr, obwohl auch dabei ein Anflug von Bedauern in mir aufsteigt. Ihr Schmerz, es zu hören, wird jedoch nicht ewig währen. Ich beabsichtige, dafür zu sorgen. „Sie hat mich auf der Tanz- fläche entdeckt, während ich mit einer anderen spielte. Ich habe nicht mit ihr gesprochen, dafür war keine Zeit. Die Rausschmeißer haben sie von der Tanzfläche entfernt. Es war ihr dritter Verstoß. Die Besitzer hier mögen kein Drama, deshalb wusste ich, dass ich sie nie wiedersehen würde. Und doch war sie da. Sie saß in der Gasse, lange nachdem der Club geschlossen hatte und ich mich für den Abend verab- schiedete. Es tut mir leid, das sagen zu müssen, aber rückbli- ckend würden einige ihrer Verhaltensweisen mehr Sinn ergeben, wenn man weiß, dass sie von Drogen high war."

Ihr ausdrucksstarkes Gesicht zuckt und sie schluckt hart. Sie schüttelt einmal den Kopf und sagt trotzdem nichts.

„Ich habe ihr angeboten, sie nach Hause zu bringen", sage ich und mit etwas mehr Zögern gebe ich zu: „Sie hat es abge- lehnt. Sie hat mich angefleht, ihr mehr zu geben, aber wie ich schon sagte, spiele ich niemals zweimal mit derselben Partne- rin. Und sie … Nun, sie sah nicht gut aus. Sie saß immer noch dort, als ich ging. Ein paar Tage später hörte ich, dass sie gestorben war."

Sie sieht mich mit weit aufgerissenen, nicht blinzelnden

und nicht überzeugten Augen an. „Du warst der Letzte, der sie gesehen hat."

Mein armes Rätsel. Sie braucht jemanden, der verantwortlich ist, und in ihrem Kopf bin ich das.

Dann sei dem so.

„Habe ich meinen Teil unserer Abmachung eingehalten? Gibt es noch etwas, was du fragen möchtest?"

Mit ihren Händen drückt sie ihre Arme. Sie wendet sich ab, aber ihr Blick findet zu meinem zurück. Sie schüttelt den Kopf.

Ich greife nach dem Vorhang und ziehe ihn für sie zur Seite. Sie streift an mir vorbei und ein Hauch verlockender Apfellotion und der Duft der Wunde an ihrem Hals steigen mir in die Nase.

Zwei Schritte vor dem Raum bleibt sie so abrupt stehen, dass ich fast gegen ihren Rücken gestoßen wäre. Sie starrt auf etwas und man braucht kein Genie zu sein, um zu sehen, was es ist. Lucy, eine Stammkundin hier, ist immer noch mit den Händen hoch über ihrem Kopf an die Wand gefesselt. Aber jetzt ist ihr Gesicht nicht länger der Wand zugewandt, sondern ihr Rücken. Sie hat ihre Beine um Dimitris Taille geschlungen. Er packt ihren Hintern und gräbt seine Finger in die Striemen, die er auf ihrer Haut hinterlässt. Sie reibt sich an ihm und in diesem Augenblick glaube ich, einen Hauch von Erregung an Merris zu riechen. Obwohl ich das plötzliche Pochen ihres aufgeschreckten Herzens spüre, das nun viel schneller schlägt. Sie hat Angst. Nicht weil Lucy sich an ihm reibt, ihn fickt und stöhnt, während sie mit hilflosem Verlangen nach mehr schreit, sondern weil Dimitri von ihr trinkt. Er hat sie gebissen. Nicht nur einmal, sondern mehrfach. Und unter den roten Leuchten, die alles in einen teuflischen Schein hüllen, fließt ihr süßes Blut aus mehreren Bisswunden, während er leckt, küsst und saugt.

Merris berührt die Seite ihres eigenen Halses und folgt mit den Fingern den Rändern des von mir angebrachten Pflasters.

Dimitri ist erregt und während ich mir sicher bin, dass Lucys Arsch, der sich an ihm reibt, auch ein Grund dafür ist, ist es hauptsächlich das aus ihren Wunden tropfende Blut. Es entfacht einen schwachroten Schimmer in seinen Augen. Etwas mehr als nur eine Reflexion der Lichter über uns. Er ist nicht gerade subtil. Es ist auch nicht das erste Mal, dass er an diesem speziellen Körper speist. Ich befürchte, dass hier etwas mehr als nur persönliche Vorlieben im Spiel sein könnten, aber dieses gebrochene Herz wird er selbst aushalten müssen. Es wird erst dann zu meiner Sorge, als er plötzlich merkt, dass Merris ihnen zuschaut – oder vielleicht kann er ihr frisches Blut riechen. Wie dem auch sei, er reißt den Kopf herum und das teuflische Glühen in seinen Augen ist genauso offensichtlich wie die Reißzähne, über die er sich leckt, als er sie anstarrt.

Merris springt zurück und prallt gegen mich, aber ich halte sie schon. Mit einer Hand greife ich nach ihrem Arm und hebe die andere Hand an ihre Kehle, wobei ich ihren Kopf an meine Schulter ziehe.

„Oh mein Gott", keucht sie, aber alles passiert so schnell und sie starrt Dimitri immer noch an. Es dauert ein paar panische Herzschläge, bis sie meinen Griff bemerkt, und schon sind meine Lippen an ihrem Ohr. Ich richte meinen Blick weiter auf Dimitri und sorge dafür, dass er nicht näher kommt. Er tut es nicht, aber ich kann hören, wie das hungrige Knurren tief in seiner Kehle grummelt, als er Merris anstarrt.

„W-warum hast du aufgehört?", wimmert sein Abendessen benommen.

Er leckt sich das Blut von den Lippen und lächelt Merris

an, bevor er sich erneut seiner willigen Mahlzeit zuwendet und noch einmal teuflisch zubeißt.

Sein Abendessen keucht, gefolgt von einem Stöhnen. Sie wird zweifellos tagelang Rollkragenpullover tragen müssen, damit niemand ihre Bisswunden sieht.

Dieses Schwein.

Ich lasse ihn meine Missbilligung sehen, aber er lacht nur. Während er trinkt, ist sein Blick noch immer auf Merris gerichtet. Die arme Merris zittert von Sekunde zu Sekunde mehr. Sie weiß, was sie sieht, aber sie will es nicht glauben. Genauso wenig wie sie glauben will, dass ich unschuldig bin … zumindest was den Mord an Jez betrifft.

Plötzlich wird sie sich meiner bewusst. Und meiner Hand an ihrer Kehle. Meiner Brust an ihrem Rücken und meines Armes, der ihre Taille umklammert und sie fest an mich drückt.

Sie dreht sich, bevor ich meinen Griff festigen kann, aber sie versucht nicht, sich loszureißen. Noch nicht. Nein, sie starrt mich an und offenes Entsetzen lässt ihr bereits liebliches Gesicht noch schöner wirken, als sie auf meinen Mund starrt. Sie sucht nach den Reißzähnen und, Gott steh mir bei, es fesselt mich. Es gab eine Zeit, in der wir Vampire vom Schrecken der Menschen gelebt haben. Wir lebten für ihren Schmerz, für die Angst. Dass BDSM ein akzeptierter Teil der Welt geworden ist, hat uns die Möglichkeit eröffnet, weiterhin auf die Art und Weise zu speisen, die uns am besten gefällt – unser Festmahl mit jedem Hieb und Schrei zu versüßen, wovon unsere Opfer nachgiebig und willig werden, wie gut marinierte Steaks, die nur darauf warten, dass man den nächsten Bissen nimmt. Wir lassen keine große Anzahl an Leichen mehr zurück, aber wir sind nicht halb so zivilisiert, wie wir gern erscheinen wollen. Und dies hätte mir nie klarer sein können als in den Sekunden, in denen ihr Blick auf meine Lippen gerichtet ist. Alles in mir schreit plötzlich, ihr zeigen zu wollen, was genau ich wirklich bin.

Warum auch nicht?

Ich habe heute Abend bereits gespeist. An ihr sogar, aber plötzlich ist mir das nicht mehr genug.

Für eine übermächtige, animalische Sekunde fühle ich mich wie frisch erschaffen. Die Schärfe meines Hungers nach ihr ist ungeheuerlich. Aber sie wird von einem zweiten Hunger begleitet und dieser ist ebenso schockierend zu identifizieren wie unerwartet.

Lust.

Mein Schwanz ist teuflisch hart, eingeklemmt zwischen ihrer Hüfte und meinem Oberschenkel, und das passiert nicht für jede.

„Das ist verdammt noch mal unmöglich", haucht sie und ich kann das Aphrodisiakum ihrer Angst riechen. Wenn ich sie jetzt beißen würde, würde sie wahrscheinlich schreien – diesen lieblichen, schrillen Schreckensschrei, den ich schon viel zu lange nicht mehr gehört habe.

Nein, tatsächlich sind wir überhaupt nicht sonderlich zivilisiert.

Und ich bin in diesem Augenblick mit meinen aufrührerischen, nahezu jugendlichen, inneren Begierden, die alle um Vorherrschaft in mir kämpfen, der König der Unzivilisierten.

Merris weiß, was sie gesehen hat. Ich sehe es in ihren Augen. Dieses Entsetzen, das nur durch das unwahrscheinlichste aller Worte – *Vampir* – ausgelöst wird. Die moderne Filmkultur hat sie angelogen. Wir sind keine Geschöpfe aus Mythen und Fantasien, wie man es ihr hatte weismachen wollen.

„Ist schon gut", sage ich zu ihr, zu meinem hübschen Rätsel, während ich meine Gedanken an ihrer köstlichen Panik vorbei in ihren Kopf dringen lasse. „Vergiss es", flüstere ich und mein Griff um ihre Taille ist nun, während ich ihr Bewusstsein mit meinem Willen fülle, das Einzige, was sie vor einem Sturz bewahrt.

Sie saugt einen tiefen Atemzug ein und ihre Augen weiten sich nur für einen Augenblick, bevor ich ihr Gedächtnis auslösche.

„Brauchst du Hilfe?", fragt Dimitri. Lucy sieht in seinen Armen komatös aus. Ihr Körper ist erschlafft, die Augen sind offen, verschwommen und starren nur. Sie sieht betäubt aus, ist es aber nicht. Sie fliegt. Sie schwebt in dem Zwischenraum zwischen Orgasmus, Schmerz und den Endorphinen, die bei seinen aggressiven Bissen ausgeschüttet wurden.

„Nur wenn du sterben willst", antworte ich. Er glaubt, ich mache Witze. Tu ich aber nicht.

„Nächstes Mal", lacht er.

Es wird kein nächstes Mal geben, nicht mit meiner Merris.

Mein Wille gräbt sich in ihren und ihr Geist öffnet sich für mich wie eine Blume. Ich liebe die Weichheit, den Mangel an vielschichtigen Blütenblättern, der durch eine gut erlernte Fähigkeit namens Täuschung entsteht. Sie könnte keinen einzigen Gedanken vor mir verbergen, selbst wenn sie es wollte. Und da sie unter meinem Bann steht, unternimmt sie noch nicht einmal den Versuch.

Ich sehe ihre Erinnerungen wie Blitze bunter Farben, die sich gut anfühlen, wenn ich sie berühre. Ich tue mein Bestes, um sie alle zu liebkosen, und erkenne sie an dem unterschiedlichen Grad der Emotion und des Leidens, der mit jeder einzelnen verbunden ist. Ihr Misstrauen ist am leichtesten zu finden. Mit einer telepathischen Berührung beruhige ich es. Ich finde ihren Ärger und löse auch ihn auf. Nun kann sie in Frieden trauern. Ich finde die schattenhafte Vertiefung, in der sich alles verbirgt, was sie in dieser Nacht gesehen, gefühlt und gedacht hat. Es ist alles so frisch in ihrem Gedächtnis. So frisch, dass ich fast sehen kann, wie Fragmente einer Filmrolle in ihrem Kopf ablaufen. Mit ein wenig Widerwillen lösche ich jede Spur von mir, die ich finden kann.

Ich finde die Trauer und die Leere, die der Verlust ihrer Schwester hinterlassen hat, und fülle sie mit dem Einzigen, was mir einfällt. Ich sage ihr, dass es für sie im Club Toxic nichts herauszufinden gibt. Ich sage ihr, dass es keine Fragen mehr gibt, die beantwortet werden müssen. Ich sage ihr, dass es eine schreckliche Tragödie ist, aber eine, von der Jez nicht wollen würde, dass sie sich noch länger damit herumschlägt. Ich sage ihr, dass sie nach Hause gehen und trauern soll und dann, wenn sie bereit dazu ist, ihr Leben weiterleben muss.

Und dann, als ich meinen Willen aus ihrem Kopf entziehe, sage ich auch mir selbst, dass es an der Zeit ist, loszulassen. Der heutige Abend war in vielerlei Hinsicht ein unerwartetes Vergnügen, aber ich wiederhole mein Spiel nie zweimal mit derselben Partnerin. Und dieser Ort ist für jemanden wie Merris nicht sicher.

Sie erwacht aus der Benommenheit, in die ich sie versetzt habe, als wäre sie betrunken. Unglaublich betrunken. Aber wenigstens erwacht sie wieder. Es gibt immer ein Risiko, wenn man jemandem das Gedächtnis löscht.

Ich helfe ihr in Richtung Treppe und stütze ihr Gewicht ab, bis sie so weit aufgewacht ist, dass sie auf eigenen Beinen stehen kann. Während wir die Treppe hinaufgehen, werden ihre Beine allmählich kräftiger. Als wir oben ankommen, bemerkt sie, dass ein Arm um ihre Taille geschlungen ist und dass ich an diesem Arm hänge.

„Ich glaube nicht, dass du, was auch immer du getrunken hast, gewohnt bist, ", sage ich sanft zu ihr.

„Nein, ich ..." Sie berührt ihren Kopf und schaut sich in

77

der Garderobe um, bevor sie sich dreht, um noch einmal die Treppe hinunterzuschauen. „Ich ... ich schätze nicht."

„Ich glaube, du hast nach dem Ausgang gesucht", schlage ich vor. „Und stattdessen unsere Besenkammer gefunden."

„Oh." Sie schaut noch einmal auf meinen Arm und dann wieder in mein Gesicht. „Entschuldigung, ich ..." Sie verstummt und ihre Augen sehen seltsam aus. Die Pupillen erweitern sich und ihr Atem stockt. Ihre Brustwarzen stellen sich auf und stoßen gegen den Stoff ihres allzu freizügigen Kleides. Die zarteste, verlockendste Röte steigt in ihr auf und färbt nicht nur ihr Gesicht, sondern auch ihre Brust.

Man muss kein Vampir sein, um den Schwall feuchter Erregung zu erkennen, der ihr Höschen durchnässt hätte, wenn es nicht noch immer vergessen in einem Häufchen auf dem Fußboden des Verlieses liegen würde.

Als sie mit einem Aufschrecken wieder zu sich kommt, entzieht sie sich meinen Armen. Sie öffnet den Mund, nur um ihn dann ohne ein Wort wieder zu schließen. Sie tritt noch einen Schritt zurück, aber ihre Röte vertieft sich und die Spitzen ihrer Brustwarzen werden noch deutlicher. So als wollten sie sich mir entgegenstrecken, begierig darauf, dass Schnippen meiner Zunge oder das scharfe Kratzen meiner Zähne zu spüren, während ich erst die eine und dann die andere verzehre.

Es ist schockierend, wie leicht ich mir diese Frau nackt vor mir liegend vorstellen kann. Vor mir – unter mir – ihr blasser Körper von den Spuren meiner besitzergreifenden Bisse gezeichnet.

Ihr Atem stockt erneut. „Ich ... ich muss gehen", stammelt sie, kurz bevor sie sowohl mir als auch der Garderobe entflieht.

Das Bedürfnis, ihr zu folgen, ist ebenso entsetzlich wie unwiderstehlich, aber schon nach wenigen Schritten bleiben meine rebellischen Füße wie angewurzelt stehen. Ich sehe ihr nach, als sie sich ihren Weg durch die dünner werdende Menge bahnt, die hartnäckig die Tanzfläche füllt. Obwohl die Sperrstunde von vier Uhr morgens bereits vorbei ist, wurde die Musik noch nicht ausgeschaltet. Bis dahin werden die Feiernden bleiben. Ebenso wie die Jäger, die ihnen nachstellen, und davon gibt es einige.

Ich sehe, wie sich Köpfe drehen, als sie sich ihren Weg zur Tür erkämpft, und sie auf Schritt und Tritt von Vampirnasen und geschärften Sinnen verfolgt wird. Das ist der Grund, sage ich mir … nicht meine abtrünnigen Triebe, die mich ihr folgen lassen. Ich möchte nur sicherstellen, dass es auch niemand anderes tut. Sobald ich sehe, dass sie sicher in einem Taxi sitzt und von diesem Ort verschwindet, dann, und nur dann, werde ich zufrieden sein.

Dann werde ich sie gehenlassen.

MERRIS

Was geschieht mit mir?

Meine Beine schwanken. Meine Nerven zittern, genau wie die Wand, die ich zum Abstützen benutze, als ich, so schnell wie es durch ein so dichtes Gedränge von Menschen möglich ist, zum Ausgang eile. Sie sind alle zusammengepfercht, lachen, tanzen, hüpfen, springen und haben riesigen Spaß. Der Rhythmus der Musik bebt. Wie auch mein Körper, aber die Anspannung in meiner Brust sagt mir, dass dies Panik sein sollte, und keine Erregung.

Ich muss von hier verschwinden.

Mein Herz klopft schneller als der stetig hämmernde

Bass, der den Boden unter mir beben lässt. Es kribbelt in meinem Nacken und Dringlichkeit flüstert in mein Ohr. Ich fühle mich beobachtet. Ich fühle mich verfolgt. Ich fühle mich völlig geil und wenn ich über meine Schulter zurückblicke, sehe ich nur die Visionen, die durch meine Gedanken rasten, als ich diesem attraktiven Fremden ins Gesicht und *ihn mit mehr als nur einem Arm um meine Taille sah.*

Es war die seltsamste Verschmelzung von Erotik und Angst. Seine Hände waren überall auf meinem Körper, zogen mir das Kleid – dieses Kleid, das sich jetzt trage – von meinem ... – dem Körper meiner Schwester – nein, nein ich glaube, von meinem Körper. Er entkleidet mich wie einen Schatz, während sein Mund nie weit von meiner Haut entfernt ist. Ich spüre die Liebkosungen seines Kusses in meiner Halsbeuge gefolgt von ... der schmusenden Zärtlichkeit, die dem Biss vorausgeht ... das Stechen seines süßen Saugens, gefolgt vom Rausch der Euphorie. Es ist wie ein Orgasmus, der durch meine Adern strömt, bevor wir rückwärts gegen eine Wand taumeln, die nicht wie eine Wand hier in diesem Club aussieht.

Ich kann ihn hinter mir nicht sehen, aber Gott, wie sehr ich seinen Kuss an meinem Hals noch immer spüren kann.

Ich stoße mit jemandem zusammen, weil ich nicht aufpasse.

„Entschuldigung ... es tut mir leid ..." Ich dränge weiter und schaue kaum in das Augenpaar, das genauso blau wie kalt ist. Er ist blond, nicht viel größer als ich, und fast ein wenig zu schwer für seine Statur. Außerdem hat er sich seit Tagen nicht rasiert. Früher mochte ich dieses schäbige, raue Äußere an einem Mann. Jetzt scheint es so, dass mein Typ eher dunkelhaarig, dunkeläugig und so attraktiv wie der Teufel ist.

Ist er immer noch hinter mir? Ich drehe mich um, um

nachzusehen, und beachte den blonden Mann schon nicht länger, als der meinen Arm packt. Mein eigener Schwung, mich an ihm vorbeizudrängen, wirbelt uns beide herum.

„Wie zum Teufel bist du immer noch am Le...", sagt er, aber dann höre ich nichts mehr. Keinen Ton, obwohl sich sein Mund noch weiter bewegt.

Es ist, als würde sich die Zeit verlangsamen und so in die Länge ziehen wie Molasse im Winter. Alles, was ich sehe, alles, was ich höre, – alles verschwimmt, bis das, was mir durch den Kopf geht, nicht mehr die Tänzer im Hintergrund oder der Griff an meinem Arm, der enger wird, bis es wehtut, ist. Es ist *meine Schwester, die irgendwo in einer Gasse kauert ... mit tief aufgekratzten Armen, die sie um ihre Knie geschlungen hat. Mit Tränen, die ihre Wimperntusche auf ihrem Gesicht verwischen, während sich dieser Mann neben ihr hinhockt.*

„Komm mit", sagt er mit Worten, die widerhallen, als ob sie unter Wasser wären. „Es gibt jemanden, den ich dir vorstellen möchte."

Die Vision wird abrupt unterbrochen. Genau wie der Griff des blonden Mannes, der sich von meinem Arm löst, als mein dunkeläugiger Teufel nach seinem Handgelenk greift und ihn wie eine Marionette herumreißt. Ich stürze fast. Es ist beinahe so, als hätten meine Beine überhaupt keine Kraft und als könnte ich nicht mehr denken.

Ich muss von hier verschwinden.

Ich muss nach Hause gehen.

Ich fange an zu rennen und steuere auf den Ausgang zu. Der Geruch und die Geräusche des Nachtklubs treten in dem Augenblick in den Hintergrund, in dem ich die kühle Luft auf mir spüren kann.

Ich glaube, ich habe den Türsteher erschreckt. Er wirft mir einen finsteren Blick zu, aber ich achte auf nichts als die

Freiheit des Bürgersteigs der Stadt. Anstelle der Hoffnungs-vollen, die hineingelangen wollen, befinden sich nun diejenigen hier, die den Club verlassen. Sie stehen vor der Tür in einer Schlange und warten darauf, dass sie an die Reihe kommen, in eines der Taxis zu steigen, die ständig ankommen und abfahren. Ich muss nach Hause gehen. Das ist der einzige Gedanke in meinem Kopf. Es gibt hier nichts für mich. Ich *muss* nach Hause gehen.

Ich hebe meinen Arm und laufe auf die belebte Straße zu, um mich vom Club zu entfernen. Ich möchte ein Taxi stehlen, bevor es sich zu den anderen in die Reihe stellt. Wenn nicht, würde es mindestens zwanzig Minuten dauern, bis ich den Anfang der Schlange erreiche und endlich gehen kann. Und dann höre ich es, den plötzlichen Knall von Feuerwerkskör-pern – *pop-poppop*. Oder die schnellen Fehlzündungen eines wirklich defekten Autos. So hört es sich zumindest für mich an, bis die hinteren und seitlichen Beifahrerfenster des Taxis, das langsamer wird, um mich einzusammeln, zerspringen.

Ein glühender Schmerz zerreißt meine linke Körperhälfte. Von vorn nach hinten. Zuerst glaube ich, dass ich von flie-gendem Glas geschnitten wurde. Dann fangen alle an zu schreien und rennen. Ich werde von hinten geschlagen, sodass ich in der Nähe des Taxis flach auf den Bürgersteig stürze. Es dauert nur zwei Sekunden, bis der erschrockene Fahrer erkennt, dass jetzt vielleicht nicht die beste Zeit oder der beste Ort zum Anhalten ist.

Reifen quietschen und er biegt zurück in den Verkehr ein. Er lässt mich mit brennendem Schmerz und aufgeschnittenen Rippen zurück. Ich liege mit dem Gesicht nach unten auf dem Bürgersteig und werde unter dem Gewicht von jemandem halb zerquetscht. Es ist niemand anderes als der dunkeläugige Teufel, der meinen Körper zum Singen bringt.

Nun ... zumindest, wenn ich nicht gerade blute.

„Was …" Ich versuche, meinen Kopf vom Boden hochzu-
heben, aber seine Hand auf der Rückseite meines Schädels
macht dies unmöglich.

„Es ist noch nicht vorbei", sagt er und zwingt meinen
Kopf ganz weit auf den Boden hinunter. Erst als ich zwei
Zuckungen seines Körpers spüre, gefolgt von einem leisen,
knurrenden Ausatmen, wird mir bewusst, was passiert. Er
beschützt mich mit seinem Körper und er wurde gerade angeschossen.

Zweimal.

„Oh mein Gott!" Ich erstarre und halte mich mit beiden
Händen an seinem Arm fest. An dem, den er benutzt, um
mich nach unten zu drücken. Ich kann nichts sehen außer dem
Bürgersteig, gegen den meine Wange gequetscht ist, die
Straße und die zischenden Reifen der Autos, die viel
schneller als die in dieser Zone der Stadt erlaubten Fünfzig
fahren.

„Ich würde auch beten, wenn ich du wäre", knurrt der
Fremde auf mir. „Denn wenn ich das hier überlebe, meine
Liebste, dann wirst du eine höllische Standpauke
bekommen."

Ich weiß nicht genau, warum das, was er gerade gesagt
hat, eine solche Reaktion hervorrufen würde, aber für einen
Augenblick pulsiert das Brennen zwischen meinen Beinen
heißer und härter als der Schmerz in meinen aufgeschnittenen
Rippen.

Er wird noch einmal getroffen und dann hört es plötzlich
auf. Alles verstummt – aber nicht wirklich. Die Schießerei
hört auf, aber das Geschrei geht weiter. Die Leute, die nicht
in den Club zurückkehren konnten, bevor der Türsteher die
Tür zugezogen und verriegelt hat, sind hier draußen und
verkriechen sich hinter allem, was ihnen irgendwie Unterschlupf bieten könnte. Die Geräusche der Stadt sind immer

noch überall um mich herum zu hören. Seltsamerweise glaube ich, das Heulen von Wölfen zu hören, aber ich höre auch Autos, Hupen, Polizeisirenen in der Ferne … sie nähern sich mit jedem zitternden Atemzug und mit jeder Sekunde, die vergeht. Schließlich befinden wir uns praktisch in der Innenstadt von Tucson. Hier ist es niemals völlig still, noch nicht einmal mitten in der Nacht.

Und doch scheint alles unheimlich still zu sein, als die Schüsse plötzlich verstummen. Ich kann meinen Atem hören; ich kann mein Herz schlagen hören. Aber ich höre nichts von dem Mann, der auf mir liegt. Ich beginne schon, zu befürchten, dass er tot sein könnte, als er schließlich langsam den Kopf hebt. Er wartet, aber als keine weiteren Schüsse mehr erklingen, rutscht er mit seinem Gewicht von mir herunter und ich kann mich endlich bewegen. Er starrt mit stark irritiertem Blick in die Richtung der Straße, aus der die Schüsse gekommen sind. Dann schaut er in die andere Richtung, aus der sich die heulenden Sirenen nähern, bevor er schließlich mich anstarrt.

So als wäre das alles meine Schuld.

„Wo sonst bist du gewesen und wem genau hast du deine kleinen Fragen noch gestellt?", fordert er.

Ich schüttele völlig verblüfft den Kopf. „Welche Fragen?"

Ein Muskel zuckt an seinem Kinn. Am Ende dieser sehr langen Straße blitzen plötzlich rote und blaue Lichter auf. Er wendet seinen Blick von mir ab, packt mit leichter Irritation, die sich zu offener Verärgerung wandelt, meinen Arm und zieht uns beide auf die Füße.

„Was machst du denn …" Ich verstumme mit einem Keuchen, als er meine Seite berührt und den zerrissenen Rand meines Kleides hebt, um einen genaueren Blick auf meine schmerzende Seite zu werfen.

„Es ist nur ein Streifschuss", entscheidet er, lässt meinen

Arm jedoch nicht los. Und noch bevor ich irgendetwas tun kann, als zu keuchen, beugt er sich vor, packt mich bei den Oberschenkeln und plötzlich hänge ich über seiner Schulter.

„Was machst du denn?", kreische ich und kralle mich an seinem Mantel fest, um das Gleichgewicht zu halten, als meine Füße den Boden vollständig verlassen.

„Ich ärgere mich über mich selbst", antwortet er trocken. „Doppelt. Ich kann nicht wieder zurückbringen, was bereits ausgelöscht wurde, und es gibt Bugattis nur mit Lederausstattung. Bitte versuche, nicht auf meine Sitze zu bluten."

„Was?"

Er zischt. Er packt mein Kinn mit überraschend sanfter Hand und zwingt mich, ihn anzusehen. „Schlaf", befiehlt er.

Und innerhalb eines Wimpernschlags taucht mein Bewusstsein in die Dunkelheit ein.

KAPITEL 5

M *erris*

ICH HABE KEINE AHNUNG, wie schnell wir fahren. Ich weiß nur, dass ich aus etwas aufwache, dass sich wie ein von Drogen verursachter Nebel anfühlt. Meine Augen sind offen. Das sind sie schon eine ganze Weile. Ich sitze auf dem Beifahrersitz eines Sportwagens, der zu den schicksten Wagen gehört, die ich je gesehen oder in denen ich je gesessen habe. Wir liegen sehr tief auf der Straße. Ich habe das Gefühl, regelrecht darauf zu sitzen. Aber während alles vor den Fenstern an uns vorbeirauscht – und, wie ich feststelle, dies schon seit geraumer Zeit – ist die Fahrt so ruhig, dass es fast so erscheint, als würden wir uns überhaupt nicht bewegen.

Meine Augen brennen und sind so trocken, dass es beim Blinzeln schmerzt. Ich kneife sie einen Augenblick lang zu, rolle dann meinen müden Kopf in die andere Richtung herum und genieße den Anblick des attraktiven Fremden neben mir.

Groß und schlank und gut gekleidet. Er trägt das Kaliber an Kleidung, das man von jemandem erwarten würde, der ein solches Auto fährt. Sein Sitz ist ganz nach hinten geschoben, um genügend Raum für seine sehr langen Beine zu bieten.

„Du bist wach", bemerkt er, ein wenig zu fröhlich.

Ich habe mich schon nicht mehr so träge gefühlt, seit ich im Alter von neun Jahren aus der Narkose meiner Blinddarmoperation aufgewacht bin. Ich versuche zu sprechen, schaffe es aber nur, zu summen.

„Ich nehme an, du weißt nicht mehr, wer ich bin?"

Natürlich weiß ich das. Er ist der Mann, der mir durch den Nachtklub gefolgt ist, nur um mir dann das Leben zu retten, als die Schießerei auf der Straße begann. Er wurde angeschossen … glaube ich.

Und ich ebenfalls. Ich versuche, an mir herabzusehen, aber mein schwerer Kopf fällt mir auf die Brust und ich schlafe fast wieder ein. Ich lehne ihn gegen die Kopfstütze und kämpfe darum, meine Augen offenzuhalten.

Er schüttelt den Kopf. „Verzeih mir, Schätzchen. Du darfst jetzt aufwachen."

Ich atme tief durch und die Schwere meines Körpers scheint fast sofort zu verfliegen. Mein Kopf ist dennoch wie benebelt und es ist anstrengend, einen zusammenhängenden Gedanken zu fassen. „Wir … wir müssen ins Krankenhaus fahren", murmele ich.

„Das ist nicht nötig", beruhigt er mich. „Du wurdest nur gestreift."

Mit jedem Atemzug löst sich der Nebel in meinem Kopf ein wenig weiter und ich beginne, mich etwas mehr zu erinnern. „Habe ich auf dein kostbares korinthisches Leder geblutet?"

Er wirft mir ein seitliches Lächeln zu und schaltet einen Gang höher, um über die Kreuzung zu rauschen, bevor die

Ampel von Gelb auf Rot springen kann. „Tatsächlich ist es Gaucho. Aber man hat mir gesagt, die Nähte wären extravagant. Und nein, nicht dass ich wüsste. Und wenn doch, bin ich mir sicher, dass das Auto es überstehen wird." Er löst eine Hand vom Lenkrad und streckt sie mir entgegen. „Aleron, meine liebste Merris. Ich weiß, dass du dich nicht mehr daran erinnerst, aber wir haben uns etwas angefreundet."

Reflexartige Manieren verlangen von mir, dass ich seine Hand schüttle. Aber obwohl meine Gewohnheit versucht, mich zu bewegen, schafft mein Arm es nicht. Ich schaue verwirrt nach unten auf den Sicherheitsgurt. Anscheinend hat er mich angeschnallt, Arme, Hände, Hüfte und alles.

„Ah", sagt er und legt seine Hand zurück aufs Lenkrad. „Nun, ich nehme an, das ist meine Schuld. Aber ich werde mich nicht dafür entschuldigen. Sicherheit geht vor, Liebling. Du bist ohnehin schon viel zu zerbrechlich."

„Ich bin nicht zerbrechlich." Es kostet mich Mühe, aber es gelingt mir, meine Arme aus den Schulter- und Hüftgurten herauszuziehen.

„Im Vergleich zu mir bist du es."

Wo sind wir? Ich schaue erneut aus dem Fenster und beobachte die verschwommene Landschaft, als wir die Bundesstraße verlassen und nach Nordosten fahren. Ich weiß nicht, wann genau wir die Innenstadt von Tucson hinter uns gelassen haben, aber wir befinden uns weit außerhalb des Stadtzentrums. Wir fahren in Richtung Oro Valley, wo billiger Wohnraum eingezäunten Wohnanlagen weicht, die dann noch besseren Unterkünften Platz machen. Als wir schließlich im Vorgebirge ankommen, kann man es nicht einmal mehr Häuser nennen. Dies hier sind Villen – mit verputzten Wänden und roten Tonziegeldächern, die sich auf riesigen Grundstücken befinden. Sie werden von sorgfältig gepflegten Kiesgärten, Palo Verde Bäumen und Arizona-

Eschen umgeben, sowie einer bunten Vielfalt von Wüstengräsern und Kakteen.

„Du wohnst *nicht* hier draußen", sage ich, als er in eine der kurvenreichen Straßen einer weitläufigen Wohnsiedlung einbiegt, deren Häuser alle Swimmingpools haben, die allein schon größer als meine gesamte Wohnung sind. „Was bist du, ein Filmstar?"

Er ist amüsiert. „Nicht ganz. Obwohl ich mich heute Nacht wie einer fühle. Ich musste, nachdem ich den Club verlassen habe, für eine Weile ziellos herumfahren. Denn eine Zeit lang hat uns jemand verfolgt."

„Verfolgt?", stottere ich verblüfft. „Warum? Wer?"

„Das sind die Millionen-Dollar-Fragen, nicht wahr?"

Wir fahren an zwei Häusern vorbei. Eins auf seiner Seite der langen kurvenreichen Straße und eins auf meiner. Ich weiß nicht, wie lange wir gefahren sind oder wie lange ich geschlafen habe, aber es ist jetzt nicht mehr mitten in der Nacht. Der Horizont hinter dem Haus, das ich ansehe, ist pflaumenfarben. Im Hof des Hauses krümmen sich die Schatten der Wüstenweiden wie bucklige, alte Männer. Es kann doch unmöglich schon die Morgendämmerung sein, oder?

Er biegt in die Einfahrt des nächsten Hauses ein und wir schlängeln uns nun eine Weile in diese Richtung. Wir lassen die gedämpften Gartenlichter der schicken Anwesen hinter uns und fahren durch einen unbeleuchteten Gartenabschnitt, von dem ich nicht viel sehen kann. Aber was ich sehe, ist von Kakteen überwuchert.

„Warum fahren wir nicht ins Krankenhaus?", frage ich, als das Haus in Sichtweite kommt.

„Weil Schussverletzungen Fragen aufwerfen", sagt er und nähert sich einem der Garagentore.

„Wir hätten nicht vor der Polizei fliehen sollen."

„Polizei", sagt er ironisch, „bedeutet noch mehr Fragen und möglicherweise über einen langen Zeitraum hinweg. Und ehrlich gesagt, habe ich keine Zeit. Außerdem wirst du wieder heilen. Dein Streifschuss ist kaum mehr als ein Kratzer. Das verspreche ich dir. Ich werde mich darum kümmern."

Warum beruhigt mich das nicht? Warum werde ich von Sekunde zu Sekunde immer unruhiger? Ich kann nur an Zuhause denken, daran wie weit Tucson entfernt ist und in welcher Richtung es liegt, nur für den Fall, dass ich mich zu Fuß auf den Weg machen muss. Ich bin mir schmerzlich bewusst, dass ich, sollte ich mir ein Taxi rufen müssen, nicht einmal weiß, wo ich bin und wie ich es zu mir lotsen soll.

Oh scheiße, ich zucke zusammen. Mein Telefon.

Ich taste mich selbst ab, aber ich habe nicht das Gefühl, dass es mir vorn in mein Kleid gerutscht ist. Außerdem sehe ich meine Handtasche nirgends. Sie befindet sich nicht um meinen Sitz herum oder zu meinen Füßen auf dem Boden. „Wo ist meine Handtasche?"

„Es lag keine Handtasche auf dem Boden, als ich dich eingesammelt habe. Hast du sie im Club gelassen?"

Ich lasse meinen Kopf wieder gegen den Sitz fallen und stöhne: „Oh mein Gott, nein. Scheiße. Hör mal, ich kann nicht hier sein. Ich muss nach Hause gehen. Und ich meine jetzt gleich. Ich *muss* nach Hause."

Er sieht mich an und schüttelt erneut den Kopf. Und gerade als er vor einem Garagentor anhält, das sich, als hätte es ihn kommen gespürt, von allein öffnet, dreht er sich zu mir um. „Sieh mich an, Merris."

Ich tue es, formuliere jedoch innerlich bereits Entschuldigungen, für welche Gründe auch immer er haben wird, warum ich bleiben soll. Für alle bis auf den einen, den er mir gibt.

„Du musst nicht mehr nach Hause gehen."

Die aufkeimende Ängstlichkeit in mir lässt plötzlich nach, als sich eine dunkle Schwere über meinen Gedanken ausbreitet und alles, bis auf das verschwimmende Echo seiner Worte, die in jede letzte Ecke meines Geistes dringen, verbannt.

Und dann ist die Schwere plötzlich, so als hätte die Welt mit den Fingern geschnippt, auch verschwunden.

„Vertrau mir", sagt er, als wäre es ganz normal, dass ich mit einem fremden Mann nach Hause fahre. „Du bist hier wesentlich sicherer als an jedem anderen Ort. Ich nehme dich mit hinein, spiele Arzt für deinen Kratzer, stelle dir ein bequemes Bett bereit, in dem du schlafen kannst und das in einem Zimmer, das du sicherer verriegeln kannst als Fort Knox selbst. Ich werde dir sogar ein Telefon und eine Nummer geben, damit du Club Toxic anrufen kannst, um zu sehen, ob jemand dort deine Handtasche gefunden hat. Gibt es noch irgendwelche anderen Probleme, die dir einfallen? Denn ich habe wirklich nicht den ganzen Morgen Zeit."

„Du wurdest angeschossen", erinnere ich ihn. „Wer wird deine Wunden verbinden?"

Inzwischen ist das Garagentor vollständig auf und wartet darauf, dass wir hineinfahren.

Er sieht mich erneut mit seinem leichten Seitenlächeln an, aber in seinen dunklen Augen scheint mehr Berechnung als wirkliche Belustigung zu schwimmen. „Ich komme schon zurecht. Es war nichts Ernstes und tut nicht einmal weh. Hier." Er hält seine Hand hoch, flach und ruhig, damit ich sie inspizieren kann. „Siehst du? Nicht einmal das geringste Zittern. Wäre ich wirklich verletzt, würde ich zumindest zittern, oder?"

So als würde es ihn wahrnehmen, erwacht das Haus zum Leben. Eins nach dem anderen schalten sich die Lichter ein und werfen ein viel helleres Licht in den Wagen. Seine Hand ist so ruhig wie ein Felsen. Ich bin verwirrt. Ich hätte schwören können, dass ich drei deutliche Erschütterungen gespürt habe, als er angeschossen wurde, während er versuchte, mich zu beschützen.

Aber ich habe es nicht mit eigenen Augen gesehen. Ich habe auch keine Wunden gesehen, aber Schusswunden sind Schusswunden, sagt mir mein Kopf. Aber dann lächelt er und legt seine Hand auf den Schaltknüppel.

„Lass uns hineingehen", sagt er. Also tun wir dies, trotz meiner Bedenken.

Das hier ist kein Haus, es ist eine Villa. Im Auto war ich zu sehr auf ihn konzentriert, um auf irgendetwas anderes zu achten. Aber er hilft mir auszusteigen und bietet mir die stetige Unterstützung seines Armes an. Ich keuche und stöhne und halte mir die brennende Seite. Sobald der Schmerz jedoch so weit abgeklungen ist, dass ich darüber hinaus andere Dinge wahrnehmen kann, starre ich nur noch. Dieses Haus ist riesig – und ich bin immer noch nur in der Garage.

Dieser Mann hat elf Autos, alle Sportwagen, außer eins – das älteste Fahrzeug sieht eher wie ein Buggy als ein Auto aus. Das Verdeck ist offen und das Lenkrad ist an einer sehr dünnen Stange befestigt, die in der Mitte eines schmalen Sitzes, der für zwei Personen gedacht ist, nach oben ragt.

„Mm", summt er und bemerkt meinen starrenden Blick. „Die Mademoiselle hat ein scharfes Auge."

„Läuft das überhaupt noch?"

„Nur, wenn ich mich entscheide, es zu fahren." Er hebt seine Hand. „Jungs und ihre Spielzeuge."

„Du hast ein paar wirklich teure Spielzeuge." Ich starre voller Ehrfurcht, als wir an einem nachtblauen Oldtimer-Porsche vorbeikommen, der neben einem atemberaubend modernen, silberschwarzen Lotus Exige geparkt steht.

Der teure Luxus hört in der Garage nicht auf. Er lebt in keinem Haus, er wohnt in einem Museum. Es ist kühl und ruhig und in jeder Ecke springt etwas ins Auge. Geschichte und Luxus verschwimmen in einem äußerst willkürlichen Beispiel dafür miteinander, wie jemand mit mehr Geld als Verstand leben kann. Das Innere ist modern, mit hohen gewölbten Decken, die mit massiven Holzbalken versehen sind und mit Steinböden, die auf Hochglanz poliert wurden. Die gesamte Vorderseite des Hauses besteht aus Fenstern und die Möbel sind zweckmäßig und spärlich. Eine romanische Büste steht auf einem Beistelltisch aus viktorianischem Marmor, auf dem Aleron seine Brieftasche, seinen Schlüsselbund und sein Telefon ablegt. Die Büste hat eine Diamondbacks Baseballkappe auf dem Kopf und in einer in die Wand eingelassenen Glasvitrine direkt darüber befindet sich eine ganze Sammlung von Kopfbedeckungen. Es handelt sich um eine historische Kollektion, die ich nur deshalb identifizieren kann, weil ich Zuhause nichts anderes zu tun habe, als mir viele Filme anzusehen.

Ich erkenne einen Sherlock Holmes Hut, eine Melone, Zorros Hut, einen Dreispitz, Offiziersmützen aus dem Ersten und Zweiten Weltkrieg, eine Gasmaske, einen schwarzen Filzhut der Musketiere, komplett mit roter Schärpe und einer etwas abgenutzt wirkenden Feder und eine Reihe Baseballkappen, die alle übereinandergestapelt sind. Die oberste wird von einer Zeichnung eines Hot Dogs geziert und trägt die Aufschrift: „Das heißt *Mister* Hot Dog".

„Zum Badezimmer geht es hier entlang", sagt er und ich folge ihm durch das Wohnzimmer, vorbei an etwas, das wie ein waschechter Van Gogh aussieht, einer Wandvitrine mit Uhren, die genauso chaotisch ist wie die Hutsammlung, und einen kurzen Flur dahinter. Er nimmt die erste Tür und das Badezimmer erscheint mir fast wie eine Höhle. Es ist riesig, mit zwei quadratischen Steinwaschbecken und Wasserhähnen, die wie alte Wasserpumpen aussehen. Die eingelassene Whirlpool-Badewanne ist groß genug für sechs Personen. Die Toilette hat einen eigenen privaten Raum. Die Dusche jedoch nicht – klare Glastrennwände verbergen nichts von dem grauen Steininterieur mit einer Regenwalddusche, die mir eine Vision beschert, sobald ich sie erblicke. Sie fühlt sich so stark und real an, dass ich *die Wassertropfen, die über meinen Körper laufen, geradezu spüren kann. Ich hebe mein Gesicht zum sprühenden Wasser hinauf und fahre mir mit den Händen durch mein langes, braunes Haar. Ich spüle den Rest der seidigen Haarpackung aus, als Aleron hinter mir auftaucht. Die Hitze des Wassers lässt seine Haut erröten und verdrängt seine Blässe, als er meine Handgelenke packt und mich in seine Umarmung zieht. Er platziert meine Hände hoch oben an der Wand vor mir.*

„Durch meinen Willen gefesselt", flüstert er und zwickt mein Ohrläppchen. Ich habe keine Ahnung, was das bedeutet, aber ich verstehe seinen nächsten Befehl. Die Spitze seines stolzen Schwanzes streichelt über meine Arschritze und gleitet in die schattige Stelle darunter, als er Einlass verlangt. „Kippe deine Hüfte nach hinten. Soll ich mir nehmen, was mir gehört?"

„Ja", flüstere ich in meiner Vision.

„Merris?"

Ich zucke zusammen und werde ins Hier und Jetzt zurückgerissen. Ich kann den Phantomdruck seines Schwanzes immer noch an meinem Eingang spüren, als ich ihn erneut ansehe. Der Phantomdruck verschwindet, aber der berauschende Puls und das Pochen meiner plötzlich sehnsüchtigen Muschi nicht. Meine Brüste schwellen an und werden schwer. Hitze steigt in mein Gesicht, als ich mich selbst im wandgroßen Spiegel jenseits des Waschbeckens entdecke. Ich erröte, verdammt.

Und er bemerkt es natürlich. Genau wie ich bemerke, als ich in den Spiegel sehe, dass die Tapete an der Wand direkt hinter mir und hinter der noch offenen Tür genau mit der Tapete übereinstimmt, die ich in meiner Vision im Club Toxic gesehen habe. Dieser schmale Wandabschnitt direkt hinter der Tür ist die Stelle, an der Aleron zuschlagen wird. Kurz bevor er dieses Kleid zerreißt, um mich für seine Hände, seinen hungrigen Mund und den ersten atemberaubenden Stoß zu entblößen, mit dem er das festnagelt, wovon ich zunächst dachte, es wäre der Körper meiner Schwester. Aber jetzt weiß ich, dass ich das auf der vollen Länge seines hämmernden Schwanzes bin.

„Merris?", fragt er und dreht sich jetzt vollständig zu mir um. Er neigt den Kopf. Plötzlich erkenne ich, was er wirklich ist – dafür sieht er allerdings schrecklich besorgt aus. Ich kann es in meinem Kopf genau sehen. Ich sehe es in den mächtigen Bewegungen seines Körpers, während er mich fickt. Ich sehe es in der Art und Weise, wie er mein Kinn packt und meinen Kopf dreht, um meinen Hals zu entblößen – einen Hals, der bereits seine Bissspuren trägt. Ich sehe es im Aufblitzen der Reißzähne, kurz bevor er mich beißt, und meine schwankenden Knie geben fast unter mir nach.

Ich greife mit einer Hand nach der Tür mit der anderen nach dem Waschtisch. Denn meine Visionen sind zwar manchmal schwer zu durchschauen, aber sie irren sich nie. Ich weiß genau, dass das, was ich gerade gesehen habe, irgendwann eintreffen wird. Ich bin mir nicht sicher, was mir mehr Angst macht: Die unwiderlegbare Tatsache, dass Aleron ein mythisches Wesen ist, welches es überhaupt nicht geben sollte, oder der Rausch des absoluten Lustempfindens, das mich zerreißt, als Aleron mit seinen hungrigen Zähnen die

Haut an meinem Hals durchbricht, während mich sein rasender Schwanz mit voller Kraft an die Wand drängt, und ich komme.

Intensiver und länger als je zuvor.

Ich komme in den Armen eines Vampirs.

Aleron

IHRE AUGEN MACHEN WIEDER diese Sache – die Pupillen weiten sich, bis ich nur noch das Schwarze sehen kann. Sie starrt. Zuerst in die Dusche und dann an mir vorbei in den Spiegel. Ich folge ihrem Blick, aber ich kann nicht sehen, was sie plötzlich erröten und dann dermaßen blass werden lässt. Sie zittert. Heftig. Aber ihre Brustwarzen sind steife, kleine Knospen, die ich gern schmecken würde. Mir läuft das Wasser im Mund zusammen. Und sie errötet. Ihre Haut hat diese zartrosa Farbe, die ich schnell zu lieben lerne.

„Merris?"

Sie reißt ihren Blick zu mir zurück und ihre Pupillen schrumpfen wieder zu ihrer normalen Größe. Ihr Atem stockt bei jedem zittrigen Einatmen und sie starrt mich jetzt genauso an, wie sie zuvor den Spiegel angesehen hat.

„Zeig mir deine Zähne", sagt sie und konzentriert ihren Blick auf meinen Mund.

Mein Gott. Kann sie sich erinnern?

Zunächst fassungslos kann ich nicht reagieren. Nicht, bis sie plötzlich aus dem Badezimmer und in den Flur hinunterrennt. Und genau das ist der Grund, warum ich keine Menschen in mein Haus mitbringe.

Ich rolle fast mit den Augen und stürze ihr hinterher. Es

wäre so viel einfacher, sie einfach zu fangen, aber ich tue es nicht. Ich laufe schlicht an ihr vorbei und bleibe vor ihr stehen – eine schnelle, verschwommene Bewegung, aus der für ihr menschliches Auge auf magische Weise ein fester Körper auftaucht, kurz bevor sie gegen meine Brust stößt und daran abprallt. Ich greife ihren Arm, aber nur damit sie nicht fällt. Es tut ihr weh. Sie hält sich die Rippen, zieht jedoch bereits wieder an mir, um ihren Arm aus meinem Griff zu befreien, sobald sie ihr Gleichgewicht wiederfindet.

Ich lasse sie los und hebe meine Handflächen kapitulierend hoch. „Bleib ruhig", sage ich, aber sie rennt schon wieder. Zurück ins Badezimmer, wo sie nach der Tür greift. Aber ich bin trotzdem schneller. Eine weitere verschwommene Bewegung und ich bin bereits hinter ihr, als sie sich umdreht, um die Tür zwischen uns zuzuknallen. Ich fange die Tür auf und helfe ihr, sie zuzudrücken. Allerdings bin ich mit ihr im Bad und das ist ihr Problem. Ich habe keine Lust, dieses Spielchen den ganzen Morgen lang fortzusetzen. Ich habe einfach nicht den Luxus der Zeit.

Als sie meine Hand über ihrer sieht, wirbelt sie herum und presst sich flach gegen die Tür. Ich rieche ihre Angst. Der Duft ihrer Erregung ist jedoch genauso attraktiv. Und ihre steifen kleinen Brustwarzen – sind sie pink? Sind sie braun? Es ist egal – sie sind beide gefangen unter dem dünnen Material ihres knalligen Partykleides, von dem ich jetzt weiß, dass es wesentlich besser aussehen würde, läge es in Fetzen zerrissen auf meinem Badezimmerboden.

Ich stoppe ihre nächste Bewegung mit ruhiger Hand und einem leisen: „Hör mir zu, Merris."

Es ist eine zwingende Angewohnheit. Dieser Drang, in ihren Geist zu greifen und alles zu beruhigen. Alles außer ihrer Bereitschaft, das zu tun und genau auf das zu hören, was ich als Nächstes zu ihr sagen werde. Wenn man so lange gelebt hat wie ich, dann werden bestimmte Fähigkeiten zur zweiten Natur. Die meisten Vampire können Menschen bezirzen – Vorschläge unterbreiten, die das darauffolgende Verhalten ihres menschlichen Gegenübers verändern. Der Erfolg der Suggestion hängt vom Alter und der Stärke des Bezirzenden ab, sowie von der Intelligenz und dem Willen des betroffenen Menschen. Mit meinem Alter und meiner Stärke habe ich die Kunst der Suggestion bis ins Detail verfeinert.

Ich gehe nicht einfach nur durch die Köpfe meiner Opfer, ich tanze darin. Es gibt nichts, wozu ich Merris im Moment nicht zwingen könnte, aber ich zögere seltsamerweise, überhaupt etwas zu sagen. Ja, ich möchte, dass sie sich beruhigt, aber es wäre mir lieber, sie würde es aus freien Stücken tun. Weil sie weiß, dass ich ihr nicht wehtun werde, und nicht nur, weil ich es befohlen habe. Wenn dieses Kleid in Fetzen endet, dann deshalb, weil sie es sich selbst vom Leib reißt, weil sie mich so verzweifelt begehrt.

Das ist seltsam für mich. Der Wunsch nach freiwilliger Ergebenheit von jemandem, der für mich nicht mehr sein sollte als ein weiteres Abendessen.

Widerwillig senke ich meine Hand. Und noch widerwilliger benutze ich überhaupt keine Gedankenkontrolle, als ich zaghaft frage: „Möchtest du meine Zähne sehen?"

Ihr Blick fällt erneut auf meinen Mund.

Oh, das ist so anders. Das letzte Mal, als ich freiwillig jemandem meine Zähne gezeigt habe, war die Bastille soeben gestürmt worden. Ich tat es, um einen armen Franzosen zu Tode zu erschrecken. Kurz bevor ich mit so vielen Bissen über seinen Körper herfiel, dass sein Blut zu dem berauschenden Geschmack versüßt wurde, nach dem wir uns alle so sehnen. Ich war in meiner Jugend wirklich wesentlich unbeherrschter, als ich es jetzt bin.

Noch ist mir nicht bewusst, welch großer Fehler dies ist, aber ich entblöße meine Reißzähne so wenig bedrohlich, wie es mir vampirisch möglich ist.

Sie starrt. Ihr normalerweise ausdrucksstarkes Gesicht wirkt wie eine Maske. Ich wäre ziemlich stolz auf sie, wenn es mir in diesem Augenblick nicht so wichtig wäre, genau zu wissen, was sie gerade denkt.

Sie sieht mich erneut mit ihren sanften, grauen Augen an. Ihre Winzigkeit betört mich. Ich bin völlig verblüfft über das fremdartige und doch nicht zu leugnende Bedürfnis, das jetzt so verführerisch in mein Ohr flüstert. Es sagt, dass jemand, der so klein und schmächtig ist ... eine Kombination aus bezaubernd und betörend ... nicht ohne einen Beschützer durchs Leben gehen sollte.

Als hätte es jemals einen Zeitpunkt in meinem Leben gegeben, an dem ich einer so absurden Definition dieses Wortes entsprochen hätte.

Ich muss Abstand zwischen uns bringen, bevor ich etwas Dummes tue. Ich stoße mich von der Tür ab und gebe ihr Raum.

„Wirst du mir wehtun?", fragt sie.

Ich trete bis zum Waschbecken zurück und überspiele mein Unbehagen mit einem weiteren Lächeln. „Nein. Und ich glaube, dass wir diese Diskussion bereits geführt haben. Ich werde mich um deine ..."

Wunden kümmern ... die Worte gehen unter, als sie die Badezimmertür gegen die Wand schlägt. Und dann sprintet sie wieder los. Ihre winzigen Füße treten einen überstürzten Rückzug durch den Flur in Richtung Haustür an.

Ich könnte mich selbst treten.

„Zweite Runde", sage ich und versuche, nicht genervt zu sein.

Ich jage ihr nach, aber sie hat nun genug Vorsprung, dass

sie es schafft, tatsächlich um die Ecke in Richtung Garage zu biegen. Sie versucht, auf dem gleichen Weg zu entkommen, den wir hereingekommen sind. Höchstwahrscheinlich mit einem meiner Autos in ihrem Besitz.

Ich nehme die Abkürzung durch den Küchendurchgang und beabsichtige, ihr den Weg abzuschneiden und sie vor der Garagentür zu stoppen.

Sich so schnell bewegen zu können wie wir hat seine Vorteile. Wer würde sich denn nicht gerne schneller bewegen als jeder andere im Raum? Nur wenige Leute würden jedoch zugeben, dass eine solche Geschwindigkeit auch ihre Nachteile hat. Wenn zum Beispiel plötzlich die schwere Marmorbüste eines jungen römischen Mannes vor einem auftaucht, bleibt einfach keine Zeit zum Stehenbleiben.

Mein liebes Rätsel schlägt mir mit meiner eigenen Statue ins Gesicht. Sie bricht mir nicht nur die Nase, Wange, Stirn und möglicherweise die Augenhöhle, sondern schleudert mich auch flach auf den Rücken. Ein schwacher Vampir hätte das Bewusstsein verloren. Aber ich bin nicht schwach und ich würde ihr lieber meinen unterwürfigen Hintern auf einem vergoldeten Tablett servieren, als jemals zuzugeben, dass ich ein paar Sekunden verloren habe.

Sobald ich wieder zu Sinnen komme, werde ich sicherstellen, sie dies wissen zu lassen.

KAPITEL 6

leron

WENN ES IRGENDETWAS TRAURIGERES GIBT, als einen neunhundert Jahre alten Vampir, der sich auf dem Küchenboden
wälzt und sich die Nase hält, während seine Knochen
langsam wieder zusammenwachsen ... nun, ich habe keine
Ahnung, was das sein könnte. Vielleicht ist es der Schmerz,
aber mein Schädel dröhnt tatsächlich. Mein eigenes Blut füllt
meinen Mund. Es schmeckt nicht süß. Es schmeckt wütend.

Gehirnerschütterung, denke ich, während ich mich am
nächstgelegenen Schrank hochziehe, nur um wieder auf die
Beine zu kommen. Die Beschützergefühle, die mich bis eben
geplagt haben, sind jetzt Gott sei Dank verschwunden. Was
gut für mich ist, allerdings nichts Gutes für ihr wohlgeformtes
Hinterteil bedeutet, sobald ich sie in die Finger bekomme.

Taumelnd, als hätte ich ein Niveau der Trunkenheit
erreicht, das nicht einmal mehr möglich ist, greife ich nach
den Wänden des Durchgangs, damit ich nicht über meine

eigenen Füße stolpere, als ich die Ecke umrunde. Ich erwarte völlig, dass sie dort am Boden kauert. Möglicherweise bereit, mich dieses Mal mit dem Tisch zu schlagen.

Ich stolpere, während sich der Raum weiterdreht, aber sie ist nicht da. Der Tisch ist leer und die Tür zur Garage noch immer geschlossen.

Also gut. Ich gebe es zu. Sie hat mich erwischt, aber ich glaube wirklich nicht, dass ich länger als ein oder zwei Sekunden bewusstlos war.

Oder?

Fast habe ich Angst vor dem, was ich finden werde, aber es gelingt mir, schließlich einen der sechs sich vor meinen Augen bewegenden Türknaufe zu greifen, bevor ich die Tür aufreiße. Die Garage ist dunkel, bis die Bewegungsmelder mich wahrnehmen. Die Tore der Garagenbuchten sind geschlossen und alle meine Autos sind noch da. Sie ist nicht hier draußen.

Meine schwankenden Schritte stabilisieren sich, als ich zurück ins Haus gehe. Ein kurzer Blick durch das Wohn-zimmer bestätigt mir, dass nicht nur die Haustür noch immer geschlossen ist, sondern auch die Außenbeleuchtung nicht ausgelöst wurde. Ich spitze die Ohren. Ein leises Geräusch verrät mir, dass sie sich erneut ins Badezimmer begeben hat, wo sie sich zweifellos für sicher eingeschlossen hält. Ich denke, es ist höchste Zeit, dass ich ihr zeige, wie wenig sicher sie im Moment vor mir ist.

Mit jedem Schritt normalisiert sich mein Gleichgewicht etwas mehr. Ich beuge mich über die Küchenspüle und wische mir das Blut vom Gesicht. Vorsichtig berühre ich meine Nase. Knochen brauchen in der Regel länger, um zu heilen, aber genau wie bei Schusswunden ist *länger* ein rela-tiver Begriff. Der Schmerz beginnt bereits nachzulassen. Am schlimmsten ist es immer noch im Augenbereich, wo sich möglicherweise leichte Blutergüsse bilden könnten.

Ich lasse Merris in ihren Ängsten über die Folgen ihrer überstürzten Handlungen schmoren – denn, oh ja, sie werden Konsequenzen haben –, und gehe durch den Flur. Ich bin mehr als ruhig, als ich an der geschlossenen Badezimmertür vorbeikomme. Ich spüre, dass sie sich auf der anderen Seite dagegen lehnt und lauscht.

Hab keine Angst, mein Liebling, du wirst meine Aufmerksamkeit noch früh genug bekommen.

Ich gehe weiter bis in mein Schlafzimmer – das bei Weitem nicht sicher genug wäre, als dass ich dort schlafen könnte, aber es scheint sicher genug zu sein, um meine Kleidung und meine Toilette zu beherbergen – und ich ziehe mir meine Jacke aus. Die jetzt natürlich ruiniert ist. Selbst wenn es die Blutflecken meiner vorübergehend gebrochenen Nase nicht darauf gäbe, gibt es immer noch drei Einschusslöcher im Rückenbereich.

Undankbares Luder.

Mein Hemd ist ebenfalls ruiniert. Ich werfe beides in den Müll. Meine Hose lege ich für Consuela zurecht, meine Haushaltshilfe, die in – ich schaue auf meine Armbanduhr – weniger als vier Stunden hier sein wird. Ich kritzle eine schnelle Notiz mit aufgelisteten Anweisungen bezüglich meines unkooperativen Hausgastes, die ich in der Küche hinterlasse. Die Sonne wird in dreiundvierzig Minuten aufgehen, verdammt. Aber immer noch genug Zeit, um mich um ein paar Dinge zu kümmern.

Ich säubere mich, ziehe mir eine frische schwarze Hose und ein ordentlich gebügeltes weißes Hemd an, und begebe mich dann in die hinterste Ecke meines begehbaren Kleiderschranks. Ich öffne beide Schranktüren und begutachtete kurz die Folterwerkzeuge, die ich gelegentlich einsetze, wenn ich eine Unterwürfige finde, die sie aushalten kann. Ich habe schlimmere Dinge zur Verfügung als nur ein paar Handschuhe.

Stöcke und Ruten hängen ordentlich aufgereiht an Haken an der Innenseite der Tür. Ich durchsuche meine Sammlung von Fesseln. Weil ich ein Weichling bin, wähle ich ein Paar, das mehr als fähig ist, sie festzuhalten, gleichzeitig jedoch auch gepolstert, sodass die zarte Haut ihrer Handgelenke nicht verletzt wird. Ich verzichte auf Seile und entscheide mich direkt für Ketten, die ich dann mit einem Vorhänge-schloss an einem stabilen, schmiedeeisernen Pfosten am Fuß meines Bettes befestige. Ich achte darauf, dass sie lang genug ist, um die Toilette im Bad zu erreichen, ohne ihr jedoch Zugang zu irgendetwas zu geben, dass sie benutzen könnte, um sich bei einem weiteren Fluchtversuch in Schwierigkeiten zu bringen.

Denn natürlich wird sie es versuchen. Sie ist ein Rätsel, kein Idiot.

Ich prüfe die Stabilität des Bettrahmens. Er ist massiv, ein Himmelbett, das aus Schmiedeeisen anstelle von Holz gemacht ist, und mit dicken Samtvorhängen darum, die das Licht abschirmen sollen. Es ist verdammt schwer. Mit ausrei-chend Zeit könnte ein Vampir oder ein Wandler vielleicht daraus ausbrechen, aber ganz sicher kein Mensch. Sie wird einfach nicht stark genug sein, um die Kette zu brechen oder das eiserne Bettgestell zu verbiegen. Mit einem Vorhänge-schloss befestige ich die Handschellen am Ende der Kette. Ich schlage sogar die Bettdecke für sie zurück und bringe einen Erste-Hilfe-Kasten mit antibiotischer Salbe und Verbandszeug, den ich auf den Nachttisch lege, damit ich sie wie ein richtiger Gastgeber versorgen kann. Das Zimmer ist jetzt bereit für meine liebe, kleine Unruhestifterin. So bereit wie momentan möglich zumindest.

Fast.

Ich gehe zurück in den Schrank, wo ich meine bescheidene Sammlung von furchteinflößenden Rohrstöcken überspringe und auch die schweren Lederriemen und die bösartigsten meiner Peitschen zugunsten eines kleinen hölzernen Paddels mit einem Schlagteil, das nicht breiter oder länger als meine Handfläche ist, ignoriere. Ich scheine wirklich weich zu werden, eine so väterliche Vergeltung zu erwägen, obwohl ich bezweifle, dass sie mit meiner Einschätzung diesbezüglich übereinstimmen wird, sobald ich sie über mein Knie gelegt habe.

Ich klopfe mit dem Paddel auf meine Handfläche und bin entschlossen. Dann kremple ich mir die Arme meines frischen Hemdes hoch, schließe den Schrank und gehe zurück in die Küche, um einen Schraubenzieher zu holen, mit dem ich den Türknauf des Badezimmers zerlegen kann. Ich schließe gerade die Schublade, als ich ein Klopfen am Vordereingang höre.

Zu dieser Zeit am Morgen?

Ich verlasse die Küche und werfe einen Blick auf die blinkenden roten, blauen und weißen Lichter, die sich an den Wänden meines Wohnzimmers reflektieren, ganz zu schweigen von den beiden uniformierten Polizisten, die mich durch die offenen Fenster mit argwöhnischer Sorge betrachten.

Mein liebes Rätsel. Ich werfe der geschlossenen Badezimmertür einen wirklich genervten Blick zu. Jetzt werde ich ihr richtig den Hintern versohlen.

Ich schiebe sowohl das Paddel als auch den Schraubenzieher in meine Gesäßtasche, unterdrückte ein Seufzen und durchquere das Wohnzimmer, um die Tür zu öffnen.

Der Horizont ist bereits grau und wird mit jeder Sekunde heller. Meiner Uhr zufolge habe ich jetzt weniger als zwanzig

Minuten Zeit. Ich habe nicht nur zwei Polizeibeamte auf meiner Veranda stehen, sondern auf halbem Weg meiner Einfahrt, etwa einhundert Meter vom Haus entfernt, auch einen Krankenwagen und ein Feuerwehrauto. Jetzt bin ich wirklich extrem verärgert.

„Guten Morgen", sage ich sanft.

„Morgen", antwortet einer der Beamten höflich.

Der andere ist ein Mann nach meinem Geschmack. Er verzichtet ganz auf die Höflichkeiten und kommt direkt auf den Punkt. „Wir haben einen Anruf von dieser Adresse erhalten, in dem eine mögliche Entführung gemeldet wurde. Dürfen wir reinkommen?"

„Nein."

Die Beamten werfen sich Blicke zu.

„Soweit ich weiß, muss zuerst ein Durchsuchungsbefehl eingeholt werden."

„Sir, wir haben einen Notruf von einer Frau erhalten, die behauptet, dass sie an dieser Adresse festgehalten wird. Wir müssen Sie nun bitten, nach draußen zu treten, damit wir das Haus durchsuchen können."

Ich habe *wirklich* keine Zeit für so etwas. Meine unangebrachte Zuneigung für sie mag meine Merris bislang schon mehr als einmal verschont haben. Aber solche Gefühle hege ich für niemanden sonst auf meinem Grund und Boden.

„Sie brauchen nicht hereinkommen", sage ich und dringe in ihre beiden Köpfe gleichzeitig ein. „An dieser Adresse geht nichts vor sich." *Jedenfalls nichts, was eine strenge Züchtigung nicht beheben könnte.* „Sie sind einem Streich zum Opfer gefallen. Es tut mir wirklich sehr leid, dass Sie den ganzen Weg umsonst auf sich genommen haben. Fahren Sie vorsichtig, Kollegen, und bitten Sie die Rettungssanitäter höflichst, auf ihrem Weg aus der Einfahrt nicht gegen den

Saguaro Kaktus zu fahren. Er ist älter als Sie alle zusammen und ich liebe ihn sehr."

Ich lasse ihre Gedanken los, ziehe mich ins Haus zurück und schließe die Tür. Ich weiß bereits, wie das passiert ist. Um den Beweis dafür selbst zu sehen, gehe ich durch das Wohnzimmer zurück in den kurzen Flur in der Nähe der Garagentür, wo die Marmorbüste, die, seitdem ich sie um 1760 herum gekauft habe, meine Kopfbedeckung gehalten hat, jetzt in drei Teile zerbrochen auf meinem ebenfalls zertrümmerten Steinfliesenboden liegt. Auf dem Boden zwischen den Stücken oder auf dem viktorianischen Marmortisch, wo ich gewöhnlich meine Brieftasche, meinen Autoschlüssel und mein Telefon ablege, befindet sich nichts.

Alle drei sind weg.

Ich bin mir ziemlich sicher, dass Merris sie hat.

Draußen auf der Veranda kommen die Polizeibeamten wieder zu sich. „Verfluchte Telefonstreiche", meckert einer, als sie zurück zu ihrem Streifenwagen gehen.

„Fahr nicht gegen den Kaktus!", ruft der andere den Sanitätern zu.

Ein paar Minuten später reflektieren sich keine blinkenden Lichter mehr auf meinen Wänden. Nach ein paar weiteren Minuten sind alle verschwunden. Nach so vielen Jahren spüre ich den nahenden Sonnenaufgang wie eine physische Empfindung, die zur Warnung in mir brummt. Ich habe keine Zeit, mich um sie zu kümmern. Und ganz besonders keine Zeit für die Badezimmertür.

Schießerei oder nicht, ich hätte sie niemals mit zu mir nach Hause nehmen dürfen. Und ganz gewiss hätte ich nicht zulassen dürfen, dass ich sie mag. Und warum dies nach der Sache mit der Büste, meinem Fußboden – *meinem Gesicht* – immer noch der Fall ist, weiß ich wirklich nicht. Aber da ist sie, diese unglaubliche Zuneigung, die sich in diesem

Moment ein wenig wie Wut und sehr viel Toleranz anfühlt, und mich quer durch das Haus dorthin treibt, wo nun nur eine einzige verschlossene Tür zwischen mir und der Quelle meines jüngsten Wahnsinns steht.

Der Türpfosten splittert rund um den Riegel, als ich die Tür eintrete. Man sollte annehmen, dass jemand, der dumm genug ist, die Polizei auf einen Vampir zu hetzen, und außerdem seine persönlichen Sachen zu stehlen, zumindest genug gesunden Menschenverstand hätte, sich zu verstecken. Es würde nicht funktionieren. Ich bin so im Einklang mit ihr, dass ich sie überall finden könnte. Aber Merris weiß das nicht. Sie versteckt sich jedoch auch nicht. Sie steht am Waschbecken, klammert mein Handy an ihre Brust und starrt mich mit ihren großen, grauen Augen und einem Gesichtsausdruck an, der verrät, dass sie dieses Ergebnis irgendwie erwartet hat.

„Wie genau", frage ich sie und lehne meine Schulter gegen den jetzt zerstörten Türpfosten, „glaubst du, sollte ich damit umgehen?"

„Du wirst mich töten", antwortet sie, ohne zu zögern. „Jez wurde mit Bissspuren wie meinen an ihrem Hals gefunden."

Mein Blick fällt auf ihren Hals. Das Pflaster klebt nicht mehr so, wie ich es ursprünglich angebracht habe. Es ist schief, die Seiten zerknittert. Sie muss es lange genug gelöst haben, um darunter zu schauen.

„Hast du sie auch getötet?" Zum ersten Mal ist sie nicht wütend, als sie mich beschuldigt. Irgendwie wäre es mir fast lieber, wenn sie es wäre. Trotz allem, was sie getan hat – die Polizei, der Angriff, das unglaubliche Ärgernis über den gesamten Fluchtversuch – bin ich irgendwie nur schlecht gewappnet, um mit ihrer Traurigkeit umzugehen.

Die Versuchung, auf sie zuzugehen und ihren Schmerz schnell verschwinden zu lassen, sodass keiner von uns dieses

Gefühl spüren muss, ist sehr stark. Eine mitfühlende Person würde wissen, was man in solchen Situationen sagen soll, aber ich … ich habe nicht viel Übung im Umgang mit Mitgefühl.

„Ich habe deiner Schwester in der Nacht, in der sie gestorben ist, nichts getan. Die Spuren an ihr waren nicht meine." Obwohl das die Frage aufwirft – wessen Bissspuren es waren? Denn als sie auf der Tanzfläche im Club Toxic auf mich zukam, während sie schrie und sich selbst zerkratzte, waren keine frischen Bissspuren an ihr zu sehen. Auch nicht, als ich versuchte, sie später an diesem Abend aus der Gasse zu locken.

Jemand hat möglicherweise von ihr getrunken, aber ich war es nicht.

Hatte heute Abend im Club derselbe Jemand einen Blick auf Merris geworfen und sie in Panik mit ihrem Zwilling verwechselt? Vampire haben wenig Bedarf für Schusswaffen. Außer wenn es sich um Wandler oder Menschen handelt, machen sich die wenigsten von uns Mühe mit Waffen. Wir *sind* Waffen und in den meisten Fällen wesentlich leiser und tödlicher, als es Kugeln jemals sein könnten. Aber wenn der Vampir, der Jez ermordet hat, diese Aufgabe an einen sterblichen Helfer weitergegeben hat … ah, nun, ich glaube, mein Rätsel wurde gerade noch rätselhafter.

„Du hast versucht, mir zu helfen", sagt sie leise.

„Ja", gebe ich zu, auch wenn das überhaupt nicht zu mir passt.

Sie lässt ihre Schultern hängen. „Und ich habe dich mit einer Statue ins Gesicht geschlagen. Habe ich dir wehgetan?"

Kein Vampir irgendwo auf der Welt wäre so dumm, einen Menschen wissen zu lassen, dass er ihm wehtun könnte. Und dann gibt es mich.

„Nur ein wenig."

„Habe ich …", sie zuckt zusammen, „sie zerbrochen? Es war doch hoffentlich niemand, den du gekannt hast … ein alter Freund, oder so?"

„Nun, er hat seit etwa dreihundert Jahren meine Hüte für mich getragen." Ich weiß nicht, ob ich mich geschmeichelt oder beleidigt fühlen soll, dass sie mich für so alt hält. Ich sehe an mir hinunter. Nein, ich sehe gut aus. Jeder Zentimeter an mir gleicht einem Mann in seiner körperlichen Höchstform – stärker und schneller, als ich es jemals war, bevor ich verwandelt wurde.

Meine innere Uhr schlägt Alarm und zählt die Sekunden zu einem Sonnenaufgang hinunter, der all das in einem einzigen Blitz aus Feuer und Asche ändern könnte, wenn ich meinen attraktiven Hintern nicht nach unten bewege. Ich sollte bereits dort sein, aber ich habe ein Problem und stehe direkt vor ihr. Nach allem, was sie bereits getan hat, werde ich ihr nicht den ganzen Tag hier oben allein vertrauen, während ich schlafe.

Ich kann sie auch nicht mit mir nach unten nehmen. Der Eingang ist geheim und mit mehr Schlössern versehen als ein Tresorraum in der Zentralbank. Aber alle diese Schlösser lassen sich von innen öffnen. Ich kann definitiv nicht darauf vertrauen, dass sie nicht dort unten herumwandert, nicht, während ich komatös und wehrlos bin.

Ich habe keine Wahl und keine Zeit mehr, mich zu streiten. Also ist es Plan A. Die Notiz, die ich für Consuela hinterlassen habe, muss einfach genügen. „Komm, ich zeige dir, wo du schlafen kannst."

Ich könnte sie schneller zur Kooperation zwingen, wenn ich einfach in ihren Kopf eindringen und sie zwingen würde. Aber allein der Gedanke daran missfällt mir. Außerdem ist sie, als ich das Badezimmer verlasse, immer noch reumütig genug, um mir zu folgen. Oder vielleicht ist sie einfach nur so müde. Schließlich war sie die ganze Nacht mit mir unterwegs und der einzige Schlaf, den sie bekommen hat, waren die wenigen Minuten, in denen ich sie ausgeschaltet habe.

„Wow", sagt sie, als ich sie in mein Schlafzimmer bringe. Aber ich kann es in ihren Augen sehen. Sie denkt, ich will hier mit ihr schlafen. „Ähm …"

Ihre Bedenken sorgen für eine willkommene Ablenkung. Ich bewege mich schnell und verschwimme, als ich zum Bett eile, um die Kette und die Fesseln zu greifen, bevor sie überhaupt etwas merkt. Noch bevor sie reagieren kann, habe ich ihr rechtes Handgelenk mit der Fessel gefangen. Ihr linkes Handgelenk ist gesichert, bevor sie mehr tun kann, als mit einem entsetzten Aufschrei zurückzuspringen.

Sie starrt auf ihre gefangenen Handgelenke, wo das dicke schwarze Leder der gepolsterten Handschellen ihre Hände zusammenbindet. Die wenige Reue, die sie aufgrund ihres früheren Fehlverhaltens empfunden hat, verschwindet.

„Was?", fragt sie und streckt ihre Handgelenke aus, damit ich sie sehen kann. Als wäre ich nicht der direkt Verantwortliche dafür.

„Es tut mir leid." Ich bin überrascht, wie sehr mich das ehrlich quält. Es ist nur … nicht schmerzhaft genug, um sie gehenzulassen. „Ich habe einfach nicht genug Zeit, um etwas anderes zu arrangieren. Ich komme bei Sonnenuntergang zurück."

„Was?", fragt sie noch einmal und zieht die Augenbrauen hoch. „Warte! Du kannst mich hier nicht einfach so zurücklassen!"

Durch die Schlafzimmervorhänge kann ich sehen, wie der gesamte Horizont in Orange- und Gelbtönen leuchtet. Ich habe keine Zeit mehr.

„Versuche zu schlafen", sage ich zu ihr, ziehe mich aus dem Zimmer zurück und schließe die Tür hinter mir.

„*Was?*", schreit sie und ich höre das Rasseln der Kette, als sie mir nachläuft. Aber ich renne jetzt selbst und als ich schließlich meine Schlafzimmertür aufspringen höre – wenn ich auch nur einen Riss in meiner verputzten Wand finde, werde ich ihr nach dem Aufwachen den Hintern versohlen –, bin ich bereits in der Garage. Der geheime Zugang sieht aus wie eine vom Boden bis zur Decke reichende Lochraster-platte voller Werkzeuge. Er befindet sich zwischen zwei massiven Werkzeugkästen und wenn man nicht genau weiß, wo man dagegenstoßen muss, öffnet er sich nicht. Außerdem hat man vom Öffnen der Tür bis zur Deaktivierung des Fingerabdruckscanners nur fünfzehn Sekunden Zeit, bevor sich die Gewölbetür unten an der Treppe schließt und verriegelt.

Kühle umgibt mich bei jedem Schritt in die Tiefe. Die Dunkelheit ist fast schwarz, aber meine Augen gewöhnen sich schnell daran, bis sich die Lochrasterplatte sanft wieder schließt und erneut einrastet. Ein gedämpftes Licht geht an, als ich den Sicherheitsalarm im Raum scharfmache. Die Gewölbetür schließt sich und die vielen Klickgeräusche der einrastenden Schlösser sind einer der beruhigendsten Klänge, die ich kenne.

Innen angekommen, gerät meine innere Uhr in Panik, obwohl ich jetzt in Sicherheit bin. Zumindest vor der Sonne. Ich hätte schon längst im Bett sein sollen. Vor langer Zeit schliefen Vampire in Särgen, um sich während unserer verwundbaren Stunden bei Tageslicht vor Sterblichen zu verstecken. Eine tote Person, die in einem Bett liegt, tendiert dazu, Panik auszulösen. Eine tote Person in einem Sarg, nun, das ist ganz normal. Und es ist auch schon so lange so, dass die meisten meiner Zeitgenossen es immer noch tun.

Ich hingegen habe die klaustrophobische Notwendigkeit von Särgen oder gar Grüften noch nie gemocht. Ich habe ein normales, übergroßes Bett hier unten. Meine Fußböden sind aus Beton, die Decke gewölbt und die Luft zirkuliert ständig, sodass es nie muffig oder eingeschlossen riecht. Es ist sauber und ordentlich und ich mag die Illusion von Räumlichkeit.

Ich spüre bereits wie die Schwere des Tages, die meinem Körper die Kraft entzieht, über mich kommt. Ich ziehe meine Schuhe aus und steige ins Bett. Als ich mich zurücklehne, berühre ich vorsichtig die wunden Stellen in meinem Gesicht. Aber sobald mein Kopf das Kissen berührt, nimmt meine Müdigkeit gewaltsam überhand.

Mit etwas Glück träume ich von etwas Erholsamem und nicht von dem unglaublich nervtötenden Wesen oben in meinem Schlafzimmer.

~

MERRIS

DER ANFALL, den ich in dem Moment hatte, als Aleron hinausging und mich hier als seine Gefangene in seinem Schlafzimmer zurückließ, war genauso kurz wie aussichtslos. Meine Rippen schmerzen, aber darüber hinaus war es eine lange Nacht und ich bin erschöpft. Die Kette und die Fesseln machen mich wütend, aber ich bin einfach zu müde, um irgendetwas anderes zu tun, als mich mit dem Gesicht nach unten ins Bett fallen zu lassen. In Ordnung, zuerst schmolle ich noch, aber dann schlafe ich schließlich doch.

Ich weiß nicht, wie spät es ist, als ich schließlich zum leisen Geräusch des sich drehenden Türknaufs aufwache. Zumindest weiß ich, dass es nicht mehr Morgen ist. Mein Schädel dröhnt und mein Mund ist so trocken, als hätte ich schon seit einer Ewigkeit kein Wasser mehr getrunken. Ich

weiß nicht, ob das eine Folge davon ist, dass ich angeschossen wurde, dass mein Schlafrhythmus völlig durcheinander ist oder dass ich seit mehr als zwölf Stunden keinen
einzigen Tropfen von irgendetwas getrunken habe. Und doch
vergesse ich in dem Augenblick, in dem ich sehe, wie eine
ältere mexikanische Frau ihren Kopf hineinsteckt, um mich
anzusehen, alles andere.

Als sie sieht, dass ich wach bin, kommt sie nur so weit ins
Zimmer hinein, dass sie das Tablett mit Mittagessen, welches
sie trägt, auf dem Boden abstellen kann.

Ich krieche auf die Knie und streckte ihr meine gefesselten Handgelenke entgegen. „Helfen Sie mir!"

Lachend wendet sie den Blick ab und scheint schrecklich
verlegen zu sein, als sie auf Spanisch losrasselt: „*Gracias
pero no. No me impliques en tus juegos sexuales.*"

Ich habe keine Ahnung, was sie gerade gesagt hat, aber
sie schüttelt nur den Kopf. Sie hebt ihre Hand und zieht sich
zügig wieder zurück.

Auf dem Tablett mit Essen hat sie mir zwei Wasserfla-
schen mitgebracht, die so kalt sind, dass auf der Plastikober-
fläche bereits Kondenswasser abperlt. Es gibt außerdem ein
Glas Orangensaft, etwas, das so aussieht und riecht wie ein
Wurst-Spinat-Omelett und auf einem Teller daneben ein
Stück Toast. Neben dem Teller liegen zwei Aspirin-Tabletten.

Ich könnte ein absolutes Miststück sein und das Tablett
samt Inhalt den Flur hinunterschleudern, aber ich bin durstig,
hungrig und mein Absolutes-Miststück-Gen ist stark unter-
entwickelt.

Meine Kette reicht weit genug, um das Tablett zu holen,
und ganz ehrlich, nichts hat jemals auch nur halb so gut
geschmeckt wie der Orangensaft, mit dem ich die Aspirin
hinunterspüle. Ich esse alles auf, was sie mir gebracht hat,
und beende meine Mahlzeit mit einer ganzen Flasche Wasser.

Die andere hebe ich auf, nur für den Fall, dass dies die einzige Mahlzeit war, die mir Aleron, das Vampir-Arschloch, und meine neue Gefängniswärterin geben wollen.

Das Pochen in meinem Kopf lässt allmählich nach. Genau wie die Schmerzen an meiner Seite. Ich glaube, ich döse wieder ein, und als ich irgendwann später aufwache, ist der Raum etwas dunkler. Die Sonne steht jetzt über dem Haus und meine Blase beklagt sich, dass ich seit dem ersten Erwachen bestimmte wichtige Körperfunktionen ignoriert habe. Glücklicherweise ist meine Kette lang genug, um das Bad zu erreichen, wo ich mich zuerst um mein Geschäft und dann um meine Rippen kümmere. Es war wirklich nur ein Streifschuss, auch wenn ich mich dadurch nicht besser fühle. Ich reibe Antibiotikasalbe darauf und versuche, die Verletzung mit einem Verband abzudecken.

Meine Kette ist außerdem lang genug, um bis zu seinem begehbaren Kleiderschrank zu reichen. Ich rechtfertige mein Herumschnüffeln schamlos damit, dass er mich, wenn er mich nicht hätte hier drin haben wollen, von vorn herein nicht als Geisel hätte nehmen sollen.

Ich verstehe nicht, wie Aleron denkt. Überhaupt nicht. In seinem Wohnzimmer hat er regelrechte Schreine für seine Hüte, Uhren und eklektische Kunstsammlungen eingerichtet. In diesem begehbaren Kleiderschrank im Schlafzimmer hat er allerdings nur dreißig gleiche Hemden, zwanzig identische Hosen, acht fast gleiche Jacken und acht Schuhkartons, gefüllt mit genau identischen, schwarzen Lederschuhen mit schwarzen Schnürsenkeln, die auf Hochglanz poliert sind. Es ist verrückt. Man kann es noch nicht einmal ansatzweise mit einem echten Kleiderschrank vergleichen. Denn so groß er auch ist, ist der größte Teil der Regale und des Gestells doch völlig leer.

Ganz hinten befindet sich ein riesiger Schrank. Meine

Kette ist gerade lang genug, dass ich ihn mithilfe eines Holz-
bügels öffnen kann. Ich hatte erwartet, dass auch er leer wäre,
aber stattdessen ist er vollgepackt mit Fesseln und Utensilien
für sexuelle Folter, wie ich sie noch nirgendwo gesehen habe
… außer vielleicht für gelegentliche komödiantische Zwecke
im Fernsehen oder im Kino.

Es ist nicht gerade der soziale Kreis, in dem ich mich
sonst bewege.

Hauptsächlich deshalb, weil ich nicht wirklich einen
sozialen Kreis habe. Abgesehen von ein paar Facebook-
Freunden und den Leuten, mit denen ich arbeite, war Jez
meine ganze Welt.

Nichts in meinem Erfahrungsbereich hilft mir mit irgendetwas, das ich vor mir sehe, oder der Situation, in welcher ich
mich befinde.

Draußen im Schlafzimmer höre ich, wie sich die Tür
erneut öffnet. Die ältere mexikanische Dame kommt zurück,
um das Tablett vom Mittagessen abzuholen.

„Warten Sie!" Ich versuche, sie aufzuhalten. „Helfen Sie
mir, bitte!"

Aber als ich ihr erneut meine Handfesseln zeige, schüttelt
sie wieder nur den Kopf.

„*No*." Sie wird unglaublich rot und wendet den Blick ab.
„*No quiero meter ni hablar contigo ni me interesa tus juegos
sexuales.* Keine Sexspielchen, *por favor*."

Sexspielchen? Was? Ich stehe verblüfft da. „Ich spiele
nicht … *wirklich* nicht." Ich strecke ihr die Fesseln entgegen.
„Rufen Sie die Polizei!"

Aber sie ist bereits verschwunden und hat die Tür hinter
sich geschlossen. Was Retter angeht, ist sie ziemlich nutzlos,
aber sie hat mir eine neue Flasche Wasser gebracht. Sie steht
oben auf der Kommode neben der Tür und Kondenswasser
perlt bereits davon ab. Es ist beruhigend zu wissen, dass ich

hier nicht in Vergessenheit gerate, bis Aleron beschließt, zurückzukommen. Andererseits glaube ich wirklich nicht, dass ich mich damit zufriedengeben kann, solange zu warten. So wie eine welkende Blume, die gerettet werden muss. Ich bin eine moderne Frau von heute, verdammt noch mal. Ich werde mich selbst retten.

Ich klettere auf das hohe Himmelbett, aber zu versuchen, auf der Matratze zu stehen, gleicht dem Versuch, sich auf einer Wolke aus Wackelpudding aufzurichten. Sie ist sehr weich und irgendwie wacklig, obwohl das Bettgestell selbst schwer genug ist, sodass es sich nicht bewegt. Während ich bis zu den Knöcheln in Weichheit versinke, sammle ich die Gesamtheit meiner Kette zusammen, stemme meine nackten Füße gegen die Matratze und ziehe. Das eiserne Bettgestell gibt nicht nach und die Kette bricht auch nicht. Ich bin mir nicht sicher, warum mich das überrascht.

Ich umschlinge meine protestierenden Rippen mit einem Arm und lasse mich auf den Hintern fallen. Als ich beide Füße gegen das Fußteil stemme, steche ich mir auch prompt in die Zehen, denn der gesamte schmiedeeiserne Rahmen des Bettes ist wie ein Rosenspalier gestaltet. Komplett mit schwarzen Ranken, Blüten und sogar Dornen. Jede Menge Dornen, die überall sprießen und scharf nach oben stehen. Ich reiße am Bettzeug herum, zerre die Decke zurück und rolle sie zu einem dicken Keil zusammen, sodass ich meine Füße gegen den Rahmen stemmen kann, ohne dass sie aufgespießt werden. Dann benutze ich mein gesamtes Körpergewicht, um an dieser verdammten Kette zu zerren. Aleron hat das Ende mit einem Vorhängeschloss gesichert, das durch zwei schmiedeeiserne Ranken und eine wirbelnde dornige Schlaufe geschlossen ist. Nichts gibt nach, ganz egal wie stark ich ziehe. Das Schloss, an dem die Kette hängt, ist frustrierend solide und ebenso das Fußteil, an dem das andere Kettenende befestigt ist.

Ich höre erst auf, als das weiche Fleisch meiner Finger bereits seit längerer Zeit schmerzt.

Ich brauche mehr Hebelwirkung.

Ich bin wie ein alter Ägypter in der Oase dieses Schlafzimmers und suche nach einem verdammten Angelpunkt. Und schließlich finde ich einen. Der Baldachin dieses Bettes ist ein Gitter aus Spalierstangen mit dornenartigen Zinken. Die darüber drapierten Vorhänge sind in einem eleganten Bogen daran befestigt, der sich, wenn ich auf der Matratze stehe, immer noch mehr als einen Meter über meinem Kopf befindet. Wenn es mir gelingt, ein Stück der überschüssigen Kette wie ein Lasso über einen dieser Dornenhaken zu werfen, dann könnte ich die Kraft meines Ziehens wie bei einem Seilzug erhöhen. Das würde hoffentlich reichen, um mich zu befreien.

Das einzige Problem besteht darin, dass dieses Bett für einen Riesen gemacht wurde. Selbst meine ausgestreckten Finger sind zu kurz, um auch nur den untersten Dorn des Baldachins zu erreichen. Aber wenn ich auf das Fußteil klettere, habe ich vielleicht eine Chance. Leider gibt es dabei ein dornenschweres Problem. Selbst wenn ich meine Schuhe nicht im Badezimmer gelassen hätte, als ich versucht habe, die Freunde und Helfer Süd-Arizonas zu meiner Rettung zu rufen, bin ich mir ziemlich sicher, dass ich mir die Knöchel brechen würde, wenn ich versuchte, mit Stöckelschuhen dort hinaufzuklettern.

Aleron hat Schuhe im Schrank.

Ich springe vom Bett und laufe los, um einen Karton zu holen. Es ist fast so, als würde ich mich mit Daddys Sonntagsschuhen verkleiden. Selbst so fest zugeschnürt, wie irgendwie möglich, sind meine Füße in diesen Dingern winzig klein. Aber ich bin fest entschlossen. Es muss einfach funktionieren.

Außer, dass es das nicht tut. Ja, die Schuhe schützen meine Füße vor den Dornen, aber das Fußteil ist nicht sonderlich breit. Schlimmer noch, die Dornen versinken in den dicken Sohlen der Schuhe, als ich mich vorsichtig an einem Bettpfosten hochziehe und auf den Rahmen klettere. Ich habe noch nicht einmal Zeit, mich umzudrehen, bevor ich feststecke. Und als ich versuche, meinen Fuß zu heben, indem ich den übergroßen Schuh hochziehe, um ihn zu befreien, verliere ich das Gleichgewicht. Jetzt habe ich die Wahl – entweder rutsche ich aus beiden feststeckenden Schuhen heraus und falle aufs Bett, oder ich breche mir auf dem Weg nach unten das Bein.

Ich stoße mir ohnehin fast die Stirn an der Kommode und die Kette klappert ganz schrecklich, wobei sie sich auf dem Weg zum Boden noch in verschiedenen Dornen verfängt.

Die Schuhe sind nun am Fußteil aufgespießt und stecken fest.

In Ordnung, Plan B. Ich muss es im Rodeo-Stil mit Lassowurf versuchen.

Es ist allerdings nicht so einfach, wieder aufs Bett zu klettern. Es sei denn, ich möchte, dass die Kette in meinem Gefolge, um einen Bettpfosten gewickelt wird. Ich muss den gleichen Weg, den ich gefallen bin, wieder über das stachelige Fußteil zurückklettern. Sonst bin ich aufgeschmissen.

Überall gibt es Dornen. Wer würde ernsthaft in so einem Bett schlafen wollen, geschweige denn die Anfertigung in Auftrag geben?

Verdammter Vampir. Was kümmert es ihn, wenn der Schlafende gestochen wird, wenn jeder Schnitt für einen Mitternachtssnack sorgt?

Ich greife nach der Bettdecke und falte sie zu einer

dicken, quadratischen Barriere zusammen, die viel dicker
wäre, würde ich nur in Alaska leben. In Arizona ... sind Bett-
decken nichts als ein dünner Hauch. Aber es gelingt mir, die
Schuhe von den Dornen am oberen Teil des Fußteils zu
reißen. Ich lege sie auf den unteren Teil, damit meine Füße
etwas Schutz haben, und klettere dann mit beiden Kopfkissen
als Schutzwall vorsichtig über das Fußteil zurück. Genauso
wie ich gefallen bin.

Ich schneide und kratze mich an einem halben Dutzend
Stellen, einschließlich meiner Handflächen, als sich die
Dornen durch die Decke und die Kissen bohren. Aber ich
schaffe es aufs Fußteil hinauf und wieder hinüber.

Ich muss irgendwie von hier verschwinden. Ich möchte
Aleron wirklich nicht erklären müssen, was ich mit seinen
Schuhen gemacht habe.

Ich ziehe die gesamte Länge der Kette zurück aufs Bett
und finde ihre Mitte. Dann mustere ich das eiserne Rosen-
gitter über meinem Kopf und suche mir einen Dorn aus, der
so schräg nach oben gebogen ist, dass die Kette nicht verse-
hentlich abrutschen kann. Das wird knifflig. Der Baldachin
aus Samtstoff darauf ist schwer. Ich muss kräftig genug
werfen, um das Tuch hochzuschlagen und die Kette hoffentlich dazu zu bringen, sich um die dornige Stange zu schlingen. Und das, ohne dass sie dabei zurückschlägt und mich
möglicherweise am Kopf oder im Gesicht trifft.

Ich beginne, sie hinaufzuschleudern.

Ich treffe mich zweimal selbst, aber ich bin fest entschlossen. Beim elften oder zwölften Versuch hakt die Kette – scho-
ckierenderweise – tatsächlich ein.

Genau in der Mitte eines einzelnen Kettengliedes.

Welches geradewegs auf den gebogenen Dorn hinunter-
rutscht und dort stecken bleibt.

„Das kann doch verdammt noch mal nicht wahr sein." Ich

rüttle an der Kette und versuche, sie wieder zu lösen. Aber soweit ich es beurteilen kann, ziehe ich sie dadurch nur noch weiter auf den Dorn. Es ist mir noch nicht einmal gelungen, die Kette irgendwo in der Mitte ihrer Länge von vier oder fünf Metern zu verhaken. Oh nein, das Stück Kette, mit dem ich an den Handgelenken gefesselt am Baldachin dieses Bettgestells hänge, ist gerade mal einen Meter lang.

Jetzt kann ich mich noch nicht einmal mehr hinsetzen, ohne meine Arme dabei bis an ihre absoluten Grenzen zu strecken.

Verdammt noch mal!

 erris

ICH FÜHLE mich wie ein Fisch, der an der Leine eines Anglers baumelt. Ich habe absolut keine Hoffnung auf Rettung und nichts anderes zu tun, als durch die Öffnung in den Schlafzimmervorhängen zuzusehen, wie die Sonne langsam untergeht.

Ich kann sie noch nicht einmal mehr sehen. Mein Fenster zeigt nach Osten. Aber ich sehe, wie sich die Farbtöne des Himmels verändern und allmählich vertiefen. Das Babyblau dieses wunderschönen Tages nimmt die Farbe eines Blutergusses an, während es dunkler wird. Ich habe keine Ahnung, wie lange ich hier schon hänge, abwechselnd stehend und baumelnd mit über dem Kopf hochgezogenen Armen. Ich glaube, es waren Stunden, und der zähe, langsame Lauf der Zeit wird nur gelegentlich von der immer mehr beschämten Haushälterin unterbrochen, die im Zimmer ein- und ausgeht.

Ich weiß nicht genau, wen von uns meine Veränderung

der Zwangslage mehr in Verlegenheit gebracht hat. Das erste Mal, als sie mich so sah, brachte sie gerade ein Tablett zum Abendessen herein. Sie blickte auf die Kette, auf den Dorn, schüttelte den Kopf, als sie mich ansah und kletterte dann neben mir auf das Bett.

„Helfen Sie mir", flehte ich sie an. Aber sie drückte mir nur ein halbes Puten-Sandwich in die rechte Hand und eine aufgeschraubte Wasserflasche in die linke und kletterte wieder hinunter. „Gehen Sie nicht!", heulte ich.

„Kein Einmischen in Sexspielchen", antwortete sie mir fast genauso verzweifelt.

Und da ich nichts anderes zu tun hatte, aß ich mein dummes Sandwich und trank mein dummes Wasser und hing einfach weiter dort herum, während der Himmel langsam dunkler wurde. Der violette Bluterguss-Farbton wurde zunehmend dunkler und die Schatten in meinem Zimmer immer länger. Ich stand auf. Ich setzte mich wieder hin. Und ich wünschte mir, ich wäre klug genug gewesen, ein Licht einzuschalten. Denn nun saß ich im Dunkeln.

Ich wünsche mir außerdem, ich hätte nicht so viel Wasser getrunken oder die Weitsicht gehabt, auf die Toilette zu gehen, bevor ich mich derart aufhänge. Ich muss wirklich dringend pinkeln.

Das Haus wird still. Nicht, dass die ältere Frau, die sich den ganzen Tag um mich gekümmert hat, viel Lärm gemacht hätte, aber gelegentlich habe ich sie schon gehört. Ich weiß zum Beispiel, dass sie das Chaos beseitigt hat, das ich mit Alerons Büste angerichtet habe. Ich habe außerdem auch einen Staubsauger in der Ferne gehört. Einmal, als sie mir Wasser brachte, blieb sie lange genug im Zimmer, um das Bad zu putzen. Und obwohl sie mit pflichtbewusstem Blick auf das Bett schaute, ist sie wieder gegangen, ohne es zu berühren.

Ich könnte es vielleicht verstehen, wenn ich glauben würde, dass sie Angst hat. Weiß sie, dass sie für einen Vampir arbeitet? Sie muss doch *sicher* wissen, dass irgendetwas an dieser ganzen Situation merkwürdig erscheint. Sie *muss* es einfach wissen. Aber tatsächlich habe ich, jedes Mal wenn ich sie wiedersehe, nicht den Eindruck, dass sie Angst hat. Ich habe den Eindruck, es ist ihr unglaublich peinlich.

Ich möchte gerne glauben, dass ich einen ‚Fisch' vom Haken lassen würde, spazierte ich in eine solche Situation hinein. Aber ich kann nicht sagen, was Aleron ihr gesagt hat oder wie oft diese arme Frau zur Arbeit kommt und so etwas vorfindet.

Diese Dornen sind nicht ohne Grund an diesem Bett. Meine Halsbeuge kribbelt, als ich die Zinken im abnehmenden Licht betrachte und mein Bestes versuche, so zu tun, als würden meine Brustwarzen nicht ebenfalls kribbeln. Wofür zum Teufel benutzt er sie und werde ich es möglicherweise herausfinden?

Je länger die Stille andauert, desto schlimmer wird das Kribbeln. Genau das ist der Grund, warum sich wilde Tiere lieber eine Pfote abkauen, als zu warten. Mit jedem neuen Stern, der mir vom Himmel aus zuzwinkert, nähere ich mich dem Moment, in dem Aleron zu mir zurückkommen wird. Er muss doch inzwischen bestimmt schon wach sein.

Warum braucht er nur so lange?

Ich spitze meine Ohren. War das der Hauch eines Geräuschs, das ich gerade gehört habe? Das weiche Schrammen eines Schuhs mit harter Sohle auf poliertem Steinboden?

Ich habe mich geirrt. *Deshalb* kauen sich Tiere die Pfoten ab. Genau *deshalb*, dieses sich stets verstärkende Gefühl des drohenden Untergangs, das jetzt über meinen Rücken kriecht, um sich mit scharfen Krallen in die warnende Stelle zwischen meinen juckenden Schulterblättern zu graben. Ich zerre. Es ist reiner Reflex und ziemlich hoffnungslos. Hätte ich meine Hände befreien können, ohne dabei beide Daumen auszukugeln, hätte ich es schon vor Stunden getan.

Aber ich bin ein Weichei, wenn es um Schmerzen geht.

– Alerons Arm schlingt sich um meine Taille und zieht mich in eine Umarmung seines harten Körpers, während seine behandschuhte Hand zwischen meine Schenkel gleitet. Er kratzt in der exquisitesten Kombination aus Ekstase und Unbehagen über meinen Venushügel, meinen Spalt, meine Klitoris ...

Meinem verräterischen Körper ist es egal, wie lange ich hier gehangen habe. Plötzlich spüre ich nur noch seine Aura, als er im anderen Badezimmer innehält, – wo er sich duscht, um seine Haut aufzuwärmen, sodass sich seine Hände normal anfühlen, wenn er mich berührt? – bevor er in die Küche weitergeht.

Ich rieche Kaffee. Das unverkennbare Brutzeln von Speck. Toast.

Er rückt näher, kommt jetzt zu mir, und ich kann es mit so verführerischer Sicherheit spüren, dass ich auch ohne das kleinste verräterische Geräusch bereits eine halbe Sekunde, bevor er das Türschloss dreht, genau weiß, dass er da ist.

Die Tür öffnet sich und dort steht er, eine schattenhafte Silhouette. Soweit ich es beurteilen kann, brennt nirgendwo im Haus auch nur ein einziges Licht. Und doch weiß ich, dass er mich sehen kann. Ich kann das Zucken seines Grinsens regelrecht hören, bevor er eine halbe Sekunde später das Schlafzimmerlicht einschaltet. Er balanciert ein Frühstückstablett mit Frühstück für eine Person auf einer Hand und der Ausdruck auf seinem Gesicht ist nicht im Geringsten überrascht. Er sieht mich an, bevor sein Blick der Kette bis zur Decke folgt.

„Ich werde in etwa zwei Sekunden in dein Bett pinkeln", sage ich. Ich versuche, nicht launisch zu klingen, aber ich bin nicht erfreut.

Er stellt das Tablett auf die Kommode, klettert auf das Bett und zieht einen Schlüsselbund aus seiner Hosentasche. Er befreit nacheinander meine Handgelenke, löst mich aus den Handschellen und entfacht allein durch seine Berührung einen solchen Nervenkitzel, dass ich auf der Stelle irrational verärgert bin.

„Perverser." Ich springe vom Bett und renne ins Badezimmer. Den ganzen Weg über kann ich ihn leise lachen hören. „Was hast du der armen Frau nur erzählt?"

„Dass du und ich eine Wette am Laufen haben, ob du dich vor Einbruch der Dunkelheit befreien kannst oder nicht."

„Schwachsinn!", rufe ich durch die geschlossene Tür. „Sie dachte, wir würden Sexspielchen spielen!"

„Das liegt daran, dass ich sie gebeten habe, nicht mehr hier zu sein, wenn ich ‚nach Hause komme', da ich nicht vorhabe, leise zu sein, wenn ich mir meinen Preis nehme, nachdem du versagt hast. Hast du eine Ahnung, wie viel ein paar Brunello Cucinelli Schuhe kostet?"

Nachdem ich meine Hände gewaschen habe, verlasse ich das Badezimmer. „Als hättest du nicht noch sieben weitere Paare genau wie die da im Schrank."

„Darum geht es wohl kaum." Aber er lächelt immer noch, schüttelt den Kopf und lacht über den Zustand meiner Kette und den des Bettes, sogar noch während er seine Schuhe von den Dornen befreit. Er mustert die Löcher in den Sohlen.

„Ich hoffe, es regnet jedes Mal, wenn du sie trägst." Mit vor meiner Brust verschränkten Armen funkle ich ihn an.

Er scheint nicht beleidigt zu sein. Aber er wirft die Schuhe in den Badezimmer-Mülleimer. „Hast du Hunger?"

Ich würde es gern verneinen, muss jedoch feststellen, dass ich kein Bollwerk des eisernen Widerstandes bin.

„Ich habe dir Sahne und Zucker für deinen Kaffee mitgebracht", neckt er mich, aber ich habe bereits nachgegeben. Es ist fast so, als hätte er mich tagelang hungern lassen, nicht nur ein paar Stunden. Ich attackiere das Tablett, das er mitgebracht hat, und esse so schnell ich kann, während ich noch immer neben der Kommode stehe. Speck, Eier, Toast und Niederlage haben noch nie so gut geschmeckt. „Wenn du fertig bist, möchte ich mir deine Wunde ansehen."

„Ha!" Ich verschlinge eine Scheibe warmes Toastbrot mit zwei Bissen. „Du hast mich den ganzen Tag in diesem Zimmer angekettet. Im Moment ist mir scheißegal, was du willst."

„Komm schon, sei nicht nachtragend", sagt er sanft. „Das passt nicht zu dir. Außerdem hast du mir die Nase gebrochen, meine Büste zerstört und die Polizei zu meinem Haus gerufen."

„Ich habe nicht darum gebeten, hierherzukommen."

„Und ich habe nicht darum gebeten, dreimal angeschossen zu werden. Und trotzdem steckt eine Kugel in meinen Rippen. Und ich kann dir gar nicht sagen, wie wenig ich mich darauf freue, sie später herauszuschneiden."

„In der Stimmung, in der ich bin, würde ich sagen, dass du froh sein kannst, dass ich kein Messer habe. Ich würde dir helfen." Ich nehme einen Bissen des knusprigen Specks, aber ich habe eine sehr wichtige Sache vergessen. Der Mann, den ich verbal angreife, ist kein Mensch. Wenn er will, kann er sich so viel schneller bewegen, als ich es je zu träumen wagen würde.

Ich höre noch nicht einmal, dass er sich bewegt. In einer Sekunde steht er am Bett und in der nächsten auf der anderen Seite des Raumes. Seine große Hand umklammert mein

Handgelenk und der ganze Raum dreht sich, als er mich herumschwingt. Mein Rücken stößt gegen die nun geschlossene Schlafzimmertür und sein Gewicht drückt mich dagegen. Sein Knie steckt plötzlich zwischen meinen und zwingt sie nicht nur auseinander, sondern schiebt sich auch noch dazwischen hoch, bis sein Oberschenkel gegen mein Schambein stößt. Er hebt mich hoch, bis meine Zehen kaum noch den Boden berühren.

Mit meiner freien Hand greife ich nach seiner Schulter. Mein anderes Handgelenk hält er fest und damit die Hand gefangen, in der ich noch immer meinen letzten Bissen knusprigen Speck halte.

Langsam und mit lächerlicher Leichtigkeit zwingt er meine Hand zu seinen Lippen. Er lächelt. Er blinzelt nicht einmal und unterbricht seinen Blick auch dann nicht, als er den Mund aufmacht und – zu meinem größten Ärgernis und dem einzelnen, heißen Pochen beschämter Erregung, das durch meine Muschi pulsiert – mich zwingt, ihn zu füttern.

„Ich wusste gar nicht, dass du richtiges Essen isst." Meine Stimme zittert nicht, aber der Rest von mir schon. Insbesondere, als er jeden meiner Finger einzeln in seinen Mund saugt und den verbliebenen Geschmack des Specks ableckt.

„Du wärst überrascht, was ich gerne essen würde."

Jetzt zittere ich wirklich. „Du meinst mich." Ich hebe mein Kinn. „Ist es das, was du jetzt mit mir machen wirst? Mich trockensaugen?"

„Oh, Liebling, das hoffe ich wirklich nicht. Wenn ich es richtig mache, sollte trocken das Letzte sein, was du bist."

Meine Wangen brennen und verdammt, diese tief in mir vibrierenden Impulse haben meine Muschi so sehr zum Pochen gebracht, dass ich sie nicht länger ignorieren kann. Ich kann mich nicht dagegen wehren. Bei jedem Atemzug streichen meine Brüste über seinen Oberkörper und meine

Klitoris pulsiert mit jedem Schlag meines verräterischen Herzens auf seinem Oberschenkel.

„Andererseits", sagt er, und neigt seinen Kopf auf fragende Weise, „ist dein Vergnügen das Letzte, was ich angesichts all deiner Ungezogenheit in Erwägung ziehen sollte. Du hast keine Ahnung, wie knapp du gestern Abend einer guten altmodischen Versohlung entgangen bist. Hätte ich die Zeit gehabt, würdest du meine Spuren jetzt an mehr Stellen als nur an deinem hübschen Hals tragen."

Mir hat noch nie jemand gesagt, dass ich einen hübschen Hals habe.

Natürlich tut er das, du Idiotin. Denk an seine Reißzähne.

Ich schüttle den Kopf, presse mich gegen die Tür und schließe die Augen.

„Was machst du da?" Er klingt amüsiert.

„Verschwinde aus meinem Kopf", sage ich durch fest zusammengebissene Zähne.

Er lacht. Ein gehauchtes Geräusch, das mein Gesicht mit nach Kaffee duftender Luft streift. „Ich bin gar nicht drin. Noch nicht." Die Schwere, die mich überkommt, als er seinen Blick in meinen bohrt, ist augenblicklich bedrohlich und berauschend zugleich. Bei seiner geistigen Invasion atme ich kurz keuchend ein. „Jetzt bin ich in deinem Kopf."

Ich klammere mich an seine Schulter und halte mich mit der Hand an seinem Nacken fest. Erst verspätet bemerke ich, dass ich noch nicht einmal versucht habe, ihn wegzustoßen. Wir atmen gleichzeitig ein und ich weiß, was er riecht. Denn es ist da – das geschmolzene Rinnsal heißen Verlangens, das aus dem Eingang meiner begierigen Weiblichkeit hinunterfließt und den dunklen Stoff seiner Hose durchnässt.

„Begehrst du mich, meine liebe Merris?", fragt er so geschmeidig wie der Teufel selbst.

Ich habe noch nie zuvor jemanden auch nur halb so sehr

begehrt. Ich wende meinen Kopf ab und bemerke nicht einmal, dass ich ihm dabei meine verwundbare, ungebissene Seite des Halses zeige. Aber bevor ich den Fehler beheben kann, neigt er bereits seinen Kopf. Sein Ausatmen ist kühl auf meiner Haut, als er meiner schutzlosen Halsbeuge folgt und sein Mund nie mehr als einen Kuss entfernt ist.

„Öffnen", sagt er und ich tue es. Sowohl meine Augen als auch meine Beine. Ich merke nicht einmal, dass das schwere Gefühl nicht mehr da ist, bis er innehält, um mir einen Kuss auf die Halsschlagader zu drücken. Dann sieht er mich mit lachenden Augen an. „Das hast du aus eigenem Willen getan. Und obwohl ich in deinen Gedanken war, um dir zu zeigen, dass ich es kann, habe ich dich nicht bezirzt, irgendetwas zu tun. Begehrst du mich, Merris?"

Die Art, wie er meinen Namen sagt, ist eher ein Schnurren als normales Sprechen. Allein der Klang von seinen Lippen lässt mich erschaudern. Ich würde so gern den Kopf schütteln und *Nein* zu ihm sagen. Was ich jedoch noch mehr will, ist die Antwort auf die Frage, wie sich sein Kuss anfühlen würde, wenn er mit seinem Reißzahn leicht an meiner Unterlippe zupft.

Aleron

ICH BIN NICHT SCHWACH. Ich zittere nicht, aber ich muss zugeben, dass ich das Gefühl liebe, wie Merris auf meinem Oberschenkel sitzt. Ihr geschmeidiger Körper ist zwischen mir und der Tür eingeklemmt und bebt. Ich rieche ihre Lust. Sie entfacht meine eigene und ehrlich gesagt, ist es schon so lange her, seit ich diesen besonderen Appetit das letzte Mal gespürt habe, dass ich mich kaum im Zaum halten kann.

Lass es sein, denke ich. *Es wird zu nichts Gutem führen.* Es ist eine Lektion, die ich öfter gelernt habe, als mir lieb ist, und doch scheine ich mich nicht dazu bringen zu können, zu gehorchen. Ihre geschwungenen rosa Lippen sind eine Verführung, die ich nicht ignorieren möchte. Ich werde meine Hose wechseln müssen, denn ihr Höschen liegt noch immer auf dem Fußboden im Club Toxic und die Nässe ihrer seidigen Erregung brennt sich in mein Bein. In dieser Hitze möchte ich mich wirklich gern verlieren.

„Begehrst du mich, Merris?", frage ich noch einmal.

Sie starrt auf meinen Mund, während ich spreche. Sie will *Nein* sagen, aber als sie ihre Lippen öffnet, kommt kein Ton heraus. Sie sehnt sich danach, *Ja* zu sagen. Sehnsüchte sollten immer mehr Gewicht haben als Wünsche, entscheide ich. Und ich küsse sie.

Ich habe in meinen zivilisierten Jahren bestimmt schon tausend Frauen geküsst. Und ich habe noch viel mehr getötet. Aber auch wenn das Trinken nicht die Motivation jeder erotischen Begegnung war, spüre ich nur selten etwas, das über das angenehme Gefühl lebendiger, menschlicher Wärme an meinem Körper hinausgeht.

Was ich mit Merris fühle, habe ich schon seit Ewigkeiten nicht mehr gespürt. Ich weiß nicht, ob ich es überhaupt schon jemals gespürt habe. Dies ist mehr als nur Hunger. Es ist mehr als Biologie und offen gesagt, war meine persönliche biologische Seite in letzter Zeit so unglaublich wankelmütig, dass ich selbst kaum glauben kann, wie sehr mein Körper es genießt, als sie sich meiner Berührung entgegenstreckt. Sie sehnt sich auf so unschuldige Weise nach mir und ich will es ihr geben.

Noch bevor ich mich versehe, ist meine Hand schon auf

ihrer Brust – sie passt perfekt in meine Handfläche. Die sehnsüchtige Spitze ihrer Brustwarze reagiert auf die rollende Liebkosung meines Daumens. Bei meinem sanften Zwicken versteift sie sich schnell. Sie kommt wieder zu Atem und kann das leise entweichende Stöhnen nicht unterdrücken, als ich ihre Knospe leicht – zumindest zu Beginn – verdrehe.

Ihr Griff an meinem Nacken wird fester. Noch fester sogar, als ich den Kuss unterbreche, um ihre Unterlippe zwischen meinen Zähnen zu fangen. Ich lasse sie meine Reißzähne spüren, aber ich bin vorsichtig. Ich beiße nicht. Noch nicht.

Ich greife nach ihren Handgelenken und drücke ihre Hände direkt über ihrem Kopf gegen die Tür. „Du bist durch meinen Willen gefesselt. Weißt du, was das bedeutet?"

Sie zittert sichtlich, aber ihr Gesicht ist gerötet und die Lippen von der Leidenschaft, die zwischen uns bebt, leicht geschwollen. Ein winziges Hin und Her deutet ein *Nein* an. Sie beobachtet mich wie eine Jungfrau, die absolut ahnungslos ist, was sie tun soll.

Normalerweise stehe ich nicht auf Jungfrauen und doch wächst meine Vorliebe für diese eine hier mit jedem Zittern.

Ich erkläre: „Es bedeutet, dass du in der Position, die ich dir befohlen habe, verharren musst, bis ich dir erlaube, dich zu bewegen. Wenn du nicht gehorchst, hört sofort alles auf. Hast du das verstanden?"

In einer noch kleineren angespannteren Bewegung als zuvor nickt sie mit dem Kopf auf und ab.

Ich drücke ihre Hände ein wenig fester und fixiere sie mit nichts weiter als einem Blick. „Durch meinen Willen gefesselt", sage ich erneut.

Sie zittert, aber als ich ihre Arme loslasse, behält sie sie genau dort, wo ich sie positioniert habe.

Meine liebliche Merris, das Mysterium, das mich so fasziniert.

Ich lasse sie sanft auf ihre eigenen Füße sinken und ziehe widerwillig mein Bein zurück. Sofort rückt sie die Füße näher zusammen, hält jedoch inne, als ich sie ansehe. Technisch gesehen hat sie die Regeln bereits gebrochen, aber der Blick ihres ausdrucksstarken Gesichtes ist von sofortiger Verwirrung geprägt.

„Was machst du da?", frage ich sie.

Sie reißt ihren Blick zur Seite herum, als ob die Antwort irgendwo rechts von mir zu finden wäre. „V-Versuchen, nicht zu fallen?"

„Habe ich dir erlaubt, dich zu bewegen?"

Ihre Wangen erröten erneut, aber mit zögerlichem Gehorsam öffnet sie die Beine wieder breiter.

Ich lehne mich näher zu ihr und stemme meine Unterarme neben ihren eigenen gegen die Tür. Unsere Gesichter sind sich sehr nah. Unsere Augen befinden sich auf gleicher Höhe und ich spüre ihre bebenden, unsicheren Atemzüge.

„Habe ich", wiederhole ich mich deutlich, „dir erlaubt, dich zu bewegen?"

Sie traut sich nicht, wegzuschauen, und schüttelt den Kopf.

„Laut und deutlich, wenn ich bitten darf."

„Nein."

„Nein, was, mein ungezogener Liebling?"

Sie runzelt die Stirn und ihre Röte vertieft sich. Der Kosename bringt sie in Verlegenheit. Sie schluckt schwer, zwingt sich jedoch schließlich zu sagen: „Nein, Sir."

Mir gefällt der Klang dieses Wortes auf ihren Lippen. Summend küsse ich sie langsam und genieße ihren Geschmack, als ihr sanfter, stockender Atem sich zu hilflosem Stöhnen wandelt und ihr Zittern immer stärker wird.

„Ich glaube, ich würde den Namen *Master* vorziehen." So wurde ich schon eine sehr, sehr lange Zeit nicht mehr genannt. Obwohl es ein Name ist, den ich praktisch vom ersten Augenblick an, als ich sie zum ersten Mal sah, sehnsüchtig von ihr hören wollte.

Ihr Blick ist unscharf, die Augen ein dunkelgrauer Sturm, der den Bewegungen meines Mundes folgt. Ich habe sie nicht bezirzt, aber sie gehorcht mir, als hätte ich es.

„J-ja, ... Master." Sie errötet heftig, als ihr bewusst wird, was sie gesagt hat. Sie runzelt die Stirn. Es ist ihr peinlich, sie ist verwirrt und hoffnungslos erregt und sie scheint nicht zu wissen, warum sie zugestimmt hat, das zu sagen. Also gebe ich ihr einen Grund.

Ich greife nach ihrem Kleid und reiße das ohnehin ruinierte Kleidungsstück vom Hals bis zum Saum hinunter auf. Mit einem einzigen Ruck ist ihr wunderschöner Körper völlig für mich entblößt.

Sie versteift sich vor Schreck, reißt die Augen weit auf und ihre geröteten Lippen schwellen an. Aber sie protestiert nicht. Hauptsächlich weil ich ihr keine Gelegenheit dazu gebe. Ich werfe das Kleid zu Boden und schließe meine Hände um ihre nackten Brüste. Mit den Fingern erobere ich eine harte Knospe, während ich mit dem Mund die andere verzehre.

Sie krümmt den Rücken und vergisst in ihrem Begehren die Regeln. Sie packt meine Schultern. Es ist ein ernsthafter Regelverstoß, aber einer, den sie sofort selbst korrigiert. Sie reißt die Hände zur Tür zurück und flüstert heiser: „Entschuldigung. Das wollte ich nicht, es tut mir leid."

Ich hebe meinen Kopf von ihrer Brust und schaue sie an.

Ihr Ausdruck wandelt sich zu einem sehnsüchtigen Zucken. „M-Master?"

Nun, es gibt keine perfekt trainierte Unterwürfige, wenn man das erste Mal spielt.

„Lass es nicht wieder vorkommen", warne ich sie.

Sie schüttelt den Kopf an der Tür. „Nein, das werde ich nicht."

Ich löse mich von ihr und gebe ihr den ersten Vorgeschmack auf Disziplin. Ein scharfer, nach oben gerichteter Klaps auf ihre lieblich gesaugte Brust, der die feuchte, aufgerichtete Brustwarze mit einer Kraft trifft, die ausreicht, ihre Knie zum Schwanken zu bringen. Sie sackt gegen die Tür zurück und keucht vor Überraschung laut.

„Nein, was?", frage ich und überbetone dabei eine Geduld, die ich nicht oft aufbringen muss. Andererseits inspiriert sie mich zu allen möglichen untypischen Verhaltensweisen.

„Master!", keucht sie, als ich ihre andere Brust schlage. Ihr ganzer Körper versteift sich in ängstlicher Erwartung, als ich meine sie bestrafende Hand hinunter zwischen ihre Schenkel führe.

Ich schlage auch ihre kleine Klitoris, aber bei Weitem nicht so hart wie ihre unanständigen Brustwarzen. Ich höre auch nicht nach einem Mal auf. Ich versohle ihr auch die liebliche Muschi. Zackig, wiederholt und mit Schlägen, die kaum härter als die sanftesten Klapse sind. Aber an einer Stelle, die so empfindlich und erregt ist wie diese, braucht es nicht viel Kraft, bis sie sich kurz darauf an der Tür windet.

Sie greift nach ihrem eigenen Haar, um ihre Hände oben zu halten. Ihre Oberschenkel zittern, aber sie spreizt sie weiter.

„Braves Mädchen", schnurre ich und bin stolz, dass sie sie nicht zusammenkneift. Ich nehme ihre Muschi in die Hand und drücke sie gerade fest genug, dass sie erkennt, was das ist. Das ist Eigentum. Das hier – diese heiße Feuchtigkeit, die aus ihr auf meine Finger tropft – gehört mir.

Ich sehe ihr in die Augen, als ich mich auf die Knie sinken lasse. Sie starrt mich staunend mit einem Blick an, der zu gleichen Teilen von Lust und Unsicherheit geprägt ist.

„Durch meinen Willen gefesselt", erinnere ich sie.

Sie presst sich wieder gegen die Tür – all diese liebliche Sturheit ist jetzt auf nichts anderes als Gehorsam konzentriert. Das gefällt mir. Und ihre Belohnung auch.

Ich spreize ihre Schamlippen mit meinen Fingern und nehme meine erste Kostprobe. Ihre Hitze ist köstlich und all das heiße, süße Blut, das durch ihr geschwollenes Geschlecht pulsiert, ist berauschend. Ein Aphrodisiakum unter den Hieben meiner Zunge und dem Kuss meiner Lippen. Ich spüre den Puls ihres Blutes, den Schlag ihrer Hitze und das Brennen ihrer zunehmenden Verzweiflung, als sie sich windet und ihre Hüfte an den Bewegungen meines Mundes reibt.

Die Quelle ihrer Weiblichkeit tropft beim Stoßen meiner längsten Finger – erst einer, dann zwei – die sie dehnen, während der feuchte Saft ihrer Erregung auf meine Handfläche läuft. Ich spüre ihre Zuckungen, die Nässe und die zitternden Bewegungen ihres Geschlechts, als ich meine Lippen über ihrer Klitoris schließe und gnadenlos sauge. Ich nehme sie hart und schnell und begnüge mich nicht damit, sie nur an den Rand des Orgasmus zu treiben, sondern jage sie über den Abgrund in die taumelnde Heftigkeit eines Höhepunktes, der sie regelrecht an der Tür tanzen lässt.

In diesem Moment beiße ich zu. Ich setze dadurch einen Endorphin-Rausch frei, der ihren Schrei in das kehligste Stöhnen verwandelt. Mit einer Hand presse ich ihre Hüfte fest gegen die Tür, was sie daran hindert, zu zucken, mich zu reiten und sich bei jedem Zug meines Trinkens an mir zu reiben – um zu vermeiden, dass sie sich das zarte Fleisch an meinen scharfen Zähnen aufreißt. Mit der anderen Hand ficke ich sie heftig und spüre die Wogen ihres bebenden Fleisches, als sie noch einmal kommt.

Ich weiß es besser, als so früh wieder von ihr zu trinken, also erlaube ich mir nur die süßeste und kürzeste Kostprobe. Eine, die nun meine Bissspuren an einer Stelle hinterlässt, die nur ein anderer Liebhaber jemals sehen wird. Der Gedanke daran ist mir so unangenehm, dass ich sofort in Versuchung gerate, noch einmal zu beißen – und wieder und wieder, wenn nötig, um ihr Geschlecht mit offensichtlichen Spuren zu markieren, die nur ein anderer Vampir erkennen würde.

Und wahrscheinlich ignorieren würde. Zu viel unseres belanglosen Vergnügens besteht darin, uns absichtlich gegenseitig zu schikanieren. Ich zwinge mich gewaltsam zur Zurückhaltung und lecke sie stattdessen. Allmählich stoppe ich die Blutung, während ich sie weiter jede kleinste zitternde Welle reiten lasse, bis sie keuchend und wimmernd an der Tür zusammensackt. Ihre Beine zittern so stark, dass sie, selbst als ich mich wieder aufrichte, fast zu Boden sinkt.

Ihr Geschmack dominiert meinen Mund. Ich kann nicht aufhören, mir die Lippen zu lecken.

„Eine weitere Wunde, die ich im Auge behalten muss." Ich habe Mühe, meine tobende Leidenschaft wieder unter feste Kontrolle zu bringen. „War dein Frühstück zufriedenstellend?"

Ihre Augen sind halb geschlossen, das Gesicht ruhig und errötet. Sie strahlt förmlich in ihrem Nachglühen. „Deins?", erwidert sie heiser.

Luder.

Mein leises Lachen klingt eher wie ein Knurren. Sie hat keine Ahnung, wie nah dran sie ist, über das nächste und stabilste Möbelstück gebeugt und gefickt zu werden, bis ich in ihrer wundervollen, nassen Wärme Erlösung gefunden habe.

„Geh dich waschen", befehle ich ihr stattdessen. „Ich komme in zehn Minuten zurück, um deine Wunden zu versorgen. Dann werden wir gehen."

Das erregt ihre Aufmerksamkeit. Sie starrt auf das Häufchen ihres zerrissenen Kleides auf dem Fußboden und dann ungläubig zu mir zurück. „Wohin bringst du mich jetzt?"

„Nach Hause. Zu dir nach Hause." Ich ziehe sie von der Tür weg, drehe sie in Richtung Badezimmer um und gebe ihr einen sanften Klaps, um sie in Bewegung zu bringen. „Es ist höchste Zeit, dass wir herausfinden, wer dich letzte Nacht töten wollte und warum."

leron

DER LAUF der Zeit ist eine witzige Sache. Für den größten
Teil meines ewigen Lebens habe ich beobachtet, wie wir als
Spezies nur geringfügige Fortschritte im Leben, im Krieg, in
der Medizin und in der Wissenschaft gemacht haben – unser
grundlegendes Verständnis dieser Welt, in der zu leben wir
erschaffen wurden. Abgesehen von einem kleinen Schub von
Erfindungen hier und da sind wir von dem Moment an, als
ich geboren wurde – als verwöhnter, unbedeutender Sohn
eines Adligen – und dann verwandelt – als ich im Herbst
1097 ein nach Ruhm suchender Soldat im kriegszerrütteten
Antiochia war – evolutionär stagnierend geblieben. Erst in
den letzten einhundert Jahren ist der menschliche Fortschritt
in einem solch faszinierenden Ausmaß explodiert.

Autos.

Computer.

Telekommunikation.

Menschliche Wesen, die die atmosphärische Anziehungs-
kraft der Erde überwinden, um in von Menschenhand
gebauten Konstruktionen zwischen den Sternen zu wandeln.

Menschen auf dem Mond.

Klettverschluss.

Und doch wird mir etwas bewusst, während ich über die
Bundesstraße zurück in die Innenstadt von Tucson rase.
Merris sitzt in nichts als ihren Stöckelschuhen und eines
meiner Hemden gekleidet neben mir und ich habe eine
einzigartige Erkenntnis. Trotz all unserer technischen Spiele-
reien und neugewonnenen wissenschaftlichen Erkenntnisse
hat sich eine Sache nicht verändert. Nicht in all den Jahren,
die ich in meinem unglaublich öden Leben erlebt habe – und
das ist der Anblick einer Frau, die ein Männerhemd trägt.
Nichts kann diesen Anblick übertreffen.

Die arme Merris ist sehr nervös. Sie verschwindet nahezu
in dem makellosen weißen Stoff, fummelt andauernd an den
hochgekrempelten Ärmeln herum, die mindestens fünfzehn
Zentimeter zu lang für ihre Arme sind, und prüft immer
wieder, ob alle Knöpfe zugeknöpft sind und ob der Saum
möglichst weit über ihren Oberschenkel reicht.

„Ich brauche wirklich etwas zum Anziehen", sagt sie
nicht zum ersten Mal.

„Niemand wird dich sehen, Liebling", versichere ich ihr.
„Nicht, wenn ich es nicht will."

Und dies ist kein Anblick, den ich geneigt bin zu teilen,
mit niemandem. Trotzdem verstehe ich erst, warum sie so
nervös ist, als wir in ihren Wohnkomplex fahren. Früher habe
ich an Orten wie diesem gejagt. Dies ist mein erster Gedanke,
als ich mich auf dem Gelände der alten Backsteingebäude
umsehe. Die bröckelnde Lehmziegelfassade und der weiß
gestrichene ‚Sicherheits'-Zaun, der von rostroten Flecken
überzogen ist, die durch die Farbe scheinen. Es ist zwar kein

Slum, kommt dem aber nahe. Die Gebäude selbst stammen etwa aus den Fünfzigerjahren.

Es gibt Wasser im Gemeinschaftspool, Fitness- und Waschräume und sogar riesige Klimaanlagen, die sich mit einem Klicken einschalten, als ich das Auto so nah wie möglich am Eingang ihres Gebäudes parke. Aber dennoch sehe ich in meinen Gedanken zunächst nur das Londoner East End, das russische Toljatti oder jeden Ort in Frankreich, kurz bevor der explosive Aufstieg der Revolutionäre es so leicht für uns machte, die Zahl der Toten ein wenig zu erhöhen. Kriege und Widerstand waren einst die besten Freunde eines Vampirs. Genau wie Armut auch, aber dann wurden wir natürlich zivilisiert.

Verglichen mit dem, was ich in der Vergangenheit gesehen habe, ist das hier fast ein Palast, aber – ich erwische mich bei dem Gedanken – nichts im Vergleich zu dem, was ich ihr bieten könnte. Wäre ich so gesinnt natürlich.

Was ich nicht bin. Denn das wäre lächerlich.

Ich habe bereits gegen meine persönliche Regel verstoßen, zweimal mit derselben Frau zu spielen. Es fällt mir jetzt schon schwer, sie nur als Abendessen zu betrachten. Es liegt am Hemd, denke ich mit Ironie. Es steht ihr wirklich ganz ausgezeichnet. Ich muss mir wirklich Mühe geben, wenn ich sie ansehe, nicht an meinen Fingerspitzen zu lecken und zwischen ihre Beine zu greifen. Sie unter den Saum des makellos weißen Materials zu schieben und zu sehen, ob ich sie dazu bringen kann, noch einmal zu kommen. Trotz der Empfindlichkeit, die meine Reißzähne in ihrer leckeren unteren Region hinterlassen haben. Ganz zu schweigen von ihrem bereits bestehenden Unbehagen.

Ich stelle den Motor ab und hätte mich normalerweise wie ein Gentleman verhalten. Ihr die Tür geöffnet und ihr eine helfende Hand angeboten. Bereit für eine Nacht herumschnüffelnder Detektivarbeit habe ich mich entschieden, den Bugatti gegen einen viel subtileren Ferrari LaFerrari einzutauschen, in Feuerwehrrot und mit Türen, die sich wie Schmetterlingsflügel nach oben falten lassen. Ich liebe Technik. Aber ich gebe auch als Erster zu, dass ich es nicht ganz durchdacht habe. In der Sekunde, in der das Auto anhält, ist Merris bereits draußen und sprintet so schnell wie möglich zur Tür. Sie zieht dabei mein übergroßes Oberhemd vorn und hinten hinunter.

Zu sagen, dass wir Aufmerksamkeit erregen, wäre eine Untertreibung. Es ist vielleicht Abend, aber es ist noch nicht so spät, als dass keine Leute mehr unterwegs wären, die sich auf ihren Balkonen versammeln oder auf der Treppe plaudern. Mein Wagen zieht neugierige Blicke auf sich, nur durch die Tatsache allein, dass er auf dem Parkplatz steht. Ich bezweifle, dass überhaupt irgendjemand Merris bemerkt, die sich die Stöckelschuhe auszieht, sobald sie die Haustür öffnet. Sie hält sie kaum lange genug auf, sodass ich nach ihr hineinschlüpfen kann, und sprintet bereits zur Treppe. Ihre Brüste und ihr sexy Hintern, der kaum unter dem Ende meines Hemdes versteckt bleibt, wippen dabei.

Es gefällt mir, ihr zu folgen. Die Aussicht ist es fast wert, sich von allen vier Radkappen zu verabschieden.

Diese Aussicht ist auch der Grund dafür, dass ich den vertrauten, aber sehr schwachen Geruch des lebenden Todes nicht bemerke, als ich das Haus betrete. Ich bin bereits oben auf dem Treppenabsatz im zweiten Stock und umrunde gerade das Geländer, als ich sehe, wie meine liebe Merris sich am Geländer im dritten Stock festhält, um in den Flur zu biegen. Plötzlich kitzelt es nicht nur in meiner Nase, sondern gleich in allen meinen Sinnen.

Der Duft ist stark.

Es ist nicht so, dass ein Vampir heute im Laufe des

Abends irgendwann hier war. Wer auch immer es ist, er ist immer noch hier.

ICH GLAUBE NICHT, dass ich je zuvor so schnell die Treppe hinaufgerannt bin. Es gibt nur eine Sache, an die ich denken kann – nach Hause gelangen, hineingehen, mich anziehen. Ich bin gerade oben auf der Treppe im dritten Stock angekommen, als mir Alerons rauschende, verschwommene Form den Weg abschneidet, bevor ich anhalten kann. Ich stoße gegen ihn und wäre möglicherweise rückwärts die Treppe hinuntergestürzt, hätte er mich nicht aufgefangen. Sein Arm ist wie Stahl um meine Taille geschlungen und er zieht mich wie ein Liebhaber eng an sich. Was ... wir möglicherweise vielleicht auch sind, wenn man bedenkt, was er nach ein paar abfälligen Bemerkungen und einer halben Scheibe Speck mit mir getrieben hat.

Meine Brustwarzen versteifen sich. Ein Arizona-Hitzesturm beginnt in mir zu wüten und entfacht all die Stellen, die er mit den Fingern und seinen Lippen berührt hat. Es ist beschämend, wie feucht ich in so kurzer Zeit werde.

Regungslos, abgesehen vom Beben seiner Nasenlöcher beim Atmen, sagt er: „Nicht jetzt, Liebling."

Oh mein Gott, das kann er doch unmöglich gerochen haben, oder?

Er tätschelt mir den Kopf. „Bleib hier."

Ich starre ihm hinterher, als er mich am Ende der Treppe stehenlässt, und ziehe die Augenbrauen über meinen starrenden Augen langsam zusammen.

Arschloch.

Ich marschiere ihm hinterher. Erstens bin ich kein Hund und zweitens muss mich wirklich niemand, mit dem ich in diesem Gebäude leben muss, beim Spießrutenlauf im Oberhemd eines reichen Mannes sehen, während ich eigentlich trauern sollte. Ich fühle mich ohnehin bereits höllisch schuldig. Ich weiß wirklich nicht, was mich dazu bewogen hat, überhaupt in den Club Toxic zu gehen. Es ist, als hätte ich riesige Lücken im Kopf, wo Erklärungen für die Handlungen der letzten Nacht sein sollten. Aber ich weiß nicht mehr, womit diese Lücken gefüllt sein sollten. Vielleicht bin ich dorthin gegangen, weil ich gehofft habe, mich Jez an einem Ort näher zu fühlen, von dem ich weiß, dass sie ihn früher geliebt hat. Ich weiß es nicht. Ich kann es mir nicht erklären und möchte mich wirklich nicht in einer Situation wiederfinden, in der ich es vor anderen rechtfertigen muss.

So wie Mrs. Menendez – die auch als Saguaro Canyons eigene Stadtschreierin bekannt ist – und mir gegenüber wohnt. *Bitte, lieber Gott, lass sie nicht in den Flur kommen, um heute Abend mit mir zu reden.*

Allein der Anblick meiner Tür, die letzte Wohnung neben dem Notausgang am Ende des Flurs und neben einem riesigen Fenster, das den Parkplatz überblickt, entfacht mein Bedürfnis nach Eile. Aber Aleron blockiert nicht nur den Flur, damit ich mich nicht an ihm vorbeischleichen kann, sondern er geht auch direkt auf meine Tür zu. Ich habe ihm meine Wohnungsnummer gar nicht gesagt.

„Woher weißt du, dass ich hier wohne?", frage ich. Aber er reißt seine Hand in die Höhe, wodurch er mich sowohl zum Stehenbleiben als auch zum Schweigen bringt.

Er nähert sich der Tür und seine erhobene Hand ist nur noch ein einzelner Finger, der mir befiehlt, mich nicht zu rühren. Seine Bewegungen sind so geräuschlos und anmutig und wirken plötzlich ziemlich tödlich. Dann bemerke ich, dass meine Tür einen Spalt breit geöffnet ist. Und darüber hinaus wurde sie nicht nur aufgebrochen, sie wurde eingetreten. Ich kann das zersplitterte Holz erkennen, wo früher der Riegel war.

Mein schockierter Schritt nach vorn ist genauso unfreiwillig wie Alerons Reaktion darauf. Glaube ich. Er fängt mich ein und seine geöffnete Hand ruht auf meinem Bauch und fängt mich inmitten der Bewegung ein. Er sieht mich nicht an, noch nicht einmal, als er einen Finger zu seinen Lippen hebt, um mich zum Schweigen zu bringen. Er dreht den Kopf. Er lauscht und folgt Bewegungen, die so leise sind, dass ich noch nicht einmal einen Hauch davon hören kann.

„Ihr könnt genauso gut reinkommen", ruft ein Mann aus dem Inneren meiner Wohnung. „Ich habe euch die Treppe hinaufkommen gehört und konnte sie schon den ganzen Weg von der Eingangslobby aus riechen."

Auf Alerons Gesicht liegt kein lesbarer Ausdruck, abgesehen von einem zuckenden Muskel, als er die Zähne zusammenpresst. Ich schaue hinunter, als er mit dem Finger auf meinem Bauch tippt, aber ich glaube nicht, dass Aleron weiß, dass er das tut. Er denkt nach, aber nur für einen Moment, bevor er zu mir sagt: „Bleib direkt hinter mir. Sage nichts und weiche mir nicht mehr als einen Schritt von der Seite. Ist das klar?"

Ich nicke. Meine Nackenhaare stellen sich auf, als ich meinen Platz hinter seinem muskulösen Körper einnehme. Langsam schiebt er meine zersplitterte Tür auf, während ich noch in den Flur zurückstarre … in die Richtung, aus der wir gekommen sind. Ich sehe nichts. Ich höre nichts. Ich wohne seit zwei Jahren in diesem Gebäude und habe diesen Ort noch nie so still oder ruhig gesehen, noch nicht einmal um neun Uhr abends.

Ich drehe mich um. Mrs. Menendez' Tür wurde ebenfalls eingetreten, aber genauso wie meine wieder zugezogen. Ein winziger, rot-brauner Fleck, nicht größer als ein Daumenabdruck, klebt auf dem Türknauf. Ich starre darauf, völlig unvorbereitet, gedanklich den nächsten logischen Schritt zu tun. Mrs. Menendez ist immer zu Hause. Sie geht nirgendwo hin, noch nicht einmal, um Einkäufe zu erledigen. Und sie würde auch niemals nur einen einzigen Fleck auf irgendeinem Teil ihrer Tür tolerieren. Sie hält sich fast jeden Tag im Flur auf. Sie schrubbt und meckert über die Kinder von zwei Türen weiter, die diesen Flur als ihren persönlichen Spielplatz benutzen.

Oh Gott, wurde jede Tür auf diesem Stockwerk eingetreten? Warum ist es so still?

Die Stelle zwischen meinen Schulterblättern juckt unerträglich. Mir ist übel und ich stehe wie angewurzelt hier im Flur, während Aleron, der nicht mehr als einen Schritt über meine Schwelle getreten ist, bereits nach rechts in die Richtung meiner winzigen Einbauküche starrt.

„Ich glaube, du bist in der falschen Wohnung", sagt er zu demjenigen, den er darin vorfindet.

„Nein, das ist die richtige Wohnung." Der leise Aufschlag meiner Handtasche, die vor Alerons Füßen auf den Boden fällt, klingt in der unnatürlichen Stille dieses Hauses obszön laut. „*Ich* bin definitiv am richtigen Ort. *Du* bist es, um den ich mir Sorgen mache, mein Freund. Falscher Ort, falsche Zeit, definitiv das falsche Mädchen. Seine Gesellschaft macht den Mann aus und so weiter. Manchmal kann sie ihn sogar umbringen. Verschwinde."

„Auf gar keinen Fall." Aleron dreht seinen Körper in Richtung Küche um und blockiert die Tür. Er bewegt sich sonst jedoch nicht.

Ich hingegen schon. Angezogen vom schrecklichsten,

eisigsten Gefühl, schleiche ich die wenigen Schritte, die meine Tür von der meiner Nachbarin trennen. Meine Finger zittern, als ich die Hand ausstrecke. Es braucht nur die kleinste Berührung meiner Fingerspitzen und die Tür schwingt langsam auf.

Ihre Wohnung ist stets genauso sauber wie ihre Tür. Makellos, mit bunter Keramik verziert und ein wahrer Dschungel aus lebenden Pflanzen, die in jeder Ecke und auf jeder verfügbaren Fläche sprießen. Die Vorhänge zur Terrasse sind weit geöffnet. Ein einzelnes Licht brennt – eine helle Leselampe auf dem Tisch neben dem Sessel, auf dem Mrs. Menendez sitzt. Auf den ersten Blick könnte man denken, sie schläft. Aber das tut sie nicht. Und ich weiß es genau, auch wenn ich versuche, mich vom Gegenteil zu überzeugen.

Ihre Augen sind geöffnet und ihr Kopf in einem gebrochenen Winkel weit nach hinten geneigt. Ihre Beine sind gespreizt. Auch die Arme sind ausgestreckt und jeweils über die Armstütze des Sessels drapiert. Die Handgelenke sind nach oben umgedreht, sodass die Reißzahnspuren an ihnen leicht zu sehen sind. Ihr Hals sieht abgekaut aus, das Fleisch ist zerrissen und verstümmelt.

Sie ist nicht allein.

Ein älterer Mann sitzt auf dem Sofa, das Gästen vorbehalten ist. Ein weiterer erscheint langsam aus seinem Versteck und baut sich im Durchgang zu ihrer ordentlichen Küche auf.

Das Jucken meines Nackens wird schrecklich intensiv. Ich blicke nach rechts und zurück in den Flur, aus dem wir gekommen sind, als eine weitere Gestalt lautlos aus einer anderen Wohnung kommt. Und dann noch eine. Und noch eine. Vier weitere Männer, die jeweils aus vier anderen Wohnungen dieser Etage treten.

„Willkommen Zuhause, Jez", ruft der Mann auf der Couch mir zu und ich reiße meinen Blick wieder zu ihm herum. Er ist fast kahlköpfig mit kaum mehr als einem winzigen Kranz spärlichen grauen Haarwuchses, der von Ohr zu Ohr um seinen Schädel reicht. Als er aufsteht, ist er nicht sonderlich groß und wirkt fast gebrechlich. Bis er einen Schritt auf mich zukommt und dann stehen bleibt. Ich höre den Atemzug, den er nimmt, als er die Nase hebt und in der Luft herumschnuppert. So wie ein Hund, glaube ich.

Oder eben ein Vampir.

Sieben Vampire – zwei in dieser Wohnung, einer in meiner und vier weitere, die wie Attentäter durch den Flur laufen – plus Aleron macht acht. Ich spüre ihn hinter mir, als er seine kühle Hand leicht in meinen Nacken legt.

Und dann ich. Ich stehe hier und starre stumm vor mich hin, ohne dass ich weglaufen könnte – als ob irgendein Mensch jemals darauf hoffen könnte, schneller als ein Vampir zu sein – außer vielleicht über die Feuerleiter. Und wie groß ist die Chance, dass dort draußen ein oder mehrere Vampire darauf warten, dass wir es versuchen.

„Du bist nicht Jez", sagt der Mann leicht überrascht. Er lacht, ein leises, hauchendes Geräusch. „Ich bin so ein Idiot. Du bist Jez' Schwester. Ihr Zwilling?"

„Ja", flüstere ich mit einem Nicken.

Die Schatten in Mrs. Menendez' Wohnzimmer formen scharfe Kanten auf seinen schmalen Gesichtszügen. Aber als er lächelt, scheinen sie ganz weich zu werden. „Es tut mir leid. Das wusste ich nicht, aber ich hätte es wissen müssen. Welch ein Pech für dich."

Er sieht freundlich aus. Mitfühlend. Fast wie ein netter, alter Großvater, sogar als er zu dem dunkelhäutigen Vampir, der im Küchendurchgang steht, sagt: „Du darfst sie jetzt töten."

Bis zu diesem Zeitpunkt scheint alles so langsam. So regungslos. Die unglaublich tödliche Ruhe, die man erst dann voll zu schätzen weiß, kurz bevor der Sturm plötzlich überall um einen herum ausbricht. Dieser Sturm schlägt härter und schneller zu, als meine Augen oder mein Verstand es registrieren könnten. Plötzlich liege ich auf dem Boden, wohin ich von Alerons schiebendem Griff geschleudert werde. Ich spüre noch immer den warnenden Druck seiner Finger, die sich um meinen Nacken schließen. Diesen Phantomgriff, der meine Nerven überzeugt, dass seine Hand immer noch da ist, als das Fenster mit Blick über den Parkplatz zersplittert. Ich zucke zusammen und nehme den verschwommenen Schatten des Vampirs kaum wahr, der rückwärts durch das Fenster von Mrs. Menendez' Küche fliegt.

Ich schnappe nach Luft, aber das verschwommene Gewirr der Vampire, die den Flur entlanggrasen, wirkt wie ein Durcheinander aus fallenden Bowling-Pins, als der Vampir aus meiner Wohnung gegen sie prallt.

„Schei…" Ist alles, was ich schreien kann, bevor sich Alerons verschwimmender Arm um meine Taille schlingt und mich vom Boden hochhebt. Er wiegt mich wie ein Kleinkind und drückt meinen Kopf mit seiner anderen Hand an seine Schulter. Es ist wahrscheinlich das Beste, dass ich nicht sehen kann, was er tut, bis er springt und wir plötzlich aus dem Fenster fliegen. „…eiße!", beende ich meinen schrillen Schrei.

Sagte ich fliegen?

Wir fallen. Wie Felsen. Zwei behutsam ineinander verschlungene Felsen – von denen der eine verzweifelt versucht, den anderen noch fester zu halten, kurz bevor er die haarsträubendste Superheldenlandung auf der Motorhaube eines Pick-up Trucks vollführt.

Aufgeschreckte Schreie derer, die sich auf den Balkonen rund um den Wohnkomplex aufhalten, ertönen.

Meiner ist einer von ihnen.

Ein anderer: „*Pendejo*! Mein Auto, Mann!"

Aleron springt von der Motorhaube und rennt zu seinem eigenen Wagen. Mein Rücken und mein Hintern landen auf dem Beifahrersitz, noch bevor mir überhaupt bewusst wird, dass er die Tür geöffnet hat.

„Schnall dich an", sagt er ruhig. Sein verschwommenes Rasen zur Fahrerseite lässt es so aussehen, als hätte er sich wie von Zauberhand hinter dem Lenkrad materialisiert.

Der Vampir aus Mrs. Menendez' Küche liegt auf dem Bürgersteig und zuckt ein wenig. Sein nun krummes Rückgrat ist offensichtlich gebrochen.

Ich greife nach dem Sicherheitsgurt, als alle vier Reifen auf dem Bürgersteig quietschen. Aleron hinterlässt eine drei Meter lange Spur geschwärzten Gummis auf seiner Flucht aus Saguaro Canyon. Ich blicke über meine Schulter zurück. Das Letzte, was ich von dem Ort sehe, der seit zwei Jahren mein Zuhause ist, ist der Schatten des netten, alten Vampirs, der hinter dem zerbrochenen Fenster steht, durch das wir gerade entkommen sind.

 erris

„WER ZUM TEUFEL WAR DAS?", frage ich mit leiser, zitternder Stimme.

„Ich weiß es nicht", antwortet Aleron. Er ist angespannt, sein Gesichtsausdruck nicht zu lesen und wenn er so weiterfährt, wird er uns wahrscheinlich beide umbringen. Ich starre mit riesigen Augen durch die Windschutzscheibe und halte mich mit einer Hand am Armaturenbrett und mit der anderen am *Oh-Scheiße*-Griff fest. Jedes Mal wenn ich den Drang verspüre, ihn daran zu erinnern, dass ich immer noch äußerst sterblich bin, muss ich an Mrs. Menendez denken. Die alte Frau hat sich immer überall eingemischt. Sie war mürrisch und geschwätzig und benahm sich oft so, als wäre sie die Mutter für den gesamten Wohnkomplex. Aber sie hat es nicht verdient, so zu sterben.

Niemand verdient das.

Und ich bin dafür verantwortlich. Mir steigen die Tränen

in die Augen, als ich versuche, herauszufinden, was ich getan haben könnte, das all dies möglicherweise erklärt. „Sie haben jeden auf meiner Etage getötet."

Mit Blick über seine Schulter wechselt Aleron die Spur. „Es ist wahrscheinlicher, dass er jeden in deinem Gebäude getötet hat."

Dadurch fühle ich mich nicht besser. „Er hat auf mich gewartet."

„Ja."

„Warum hat er auf mich gewartet? Woher kannte er Jez?"

„Das weiß ich nicht." Er klammert seine Hände um das Lenkrad. „Aber ich habe vor, es herauszufinden."

In dem Moment fällt mir auf, wie seltsam es ist, dass er so etwas sagen würde. Ich sehe ihn ängstlich und verwirrt an. „Warum? Warum versuchst du, dich weiter in die Sache zu verstricken, und mit mir? Auch du hättest dort leicht getötet werden können."

Sein Spott ist kaum mehr als ein Ausatmen. „Ein Kleinkind mag sich entscheiden, mit einer Raubkatze zu ringen. Aber wer glaubst du, wird als Sieger hervorgehen?"

„Ja, aber *wer* ist die Raubkatze?"

Er wirft mir einen seitlichen Blick zu. „Ich werde diesen Wagen einfach anhalten, meine liebe Merris. Zwing mich nicht dazu."

Wir fahren mindestens doppelt so schnell wie erlaubt und manchmal sogar noch schneller. Wir überfahren Stoppschilder und rote Ampeln und er muss die Art von Glück haben, die zum Kauf von Lottoscheinen anregt, denn wir kommen nicht an einem einzigen Polizisten vorbei. Fußgänger springen uns aus dem Weg. Auch andere Fahrer machen die Straße frei und diejenigen, die es nicht tun, überholt er einfach. Aleron muss irgendetwas tun, dessen bin ich mir sicher, aber anders als wenn er in meinen Kopf eindringt, spüre ich nichts. Nur wie sich das kalte, kränkliche Gefühl in meinem Bauch und meiner Brust immer weiter zusammenzieht, bis es sich so anfühlt, als könnte ich überhaupt nicht mehr atmen.

„Beruhige dich", sagt Aleron.

Ich versuche es. Ich versuche es wirklich, aber das ist alles verrückt. Das alles ist überhaupt nicht normal und ich meine nicht nur seine Fahrweise. Was zum Teufel ist mit der Welt geschehen, die zu kennen ich glaubte? Noch vor einem Monat war alles in Ordnung. Jetzt ist meine Schwester fort und Vampire existieren nicht nur, sie wollen mich dazu noch tot sehen.

Ich schüttle den Kopf, aber egal, wie sehr ich mich anstrenge, ich kann mir keinen Reim daraus machen. „Warum ich? Was habe ich getan? Ich verstehe es nicht."

„Ich auch nicht", sagt der Vampir neben mir. „Möchtest du es herausfinden?"

Ich habe keine andere Wahl. „Wie?"

Er sieht mich nicht an, sondern rauscht nahtlos in die Lücke, die zwei langsamer werdende Autos neben uns schaffen, damit er die Auffahrt auf die Bundesstraße 10 nehmen kann. „Wir werden jemanden bitten, einen Fehler zu beheben, den ich gemacht habe."

„Wen?", frage ich. „Welchen Fehler?"

Es erntet mir einen erneuten Seitenblick.

„Erinnerst du dich an gestern Abend im Club, als ich dir das Leben gerettet habe?"

Es fällt mir schwer, dabei keinen Stich zu verspüren. „Du glaubst, mir zu helfen, war ein Fehler?"

Natürlich tut er das. Er wurde heute Abend fast getötet. Erneut.

„Nein, das was ich davor getan habe, war einer."

Obwohl wir uns nun auf der Bundesstraße befinden,

fährt er immer noch nicht langsamer. Die Wirkung der Schwerkraft presst mich in den Sitz, als er schneller dahinrast, als ich jemals zuvor in einem Auto gefahren bin. Aber ehrlich gesagt bin ich keine abenteuerlustige Seele, also will das nicht viel heißen. Aber es ist definitiv ein Schock, hinüberzublicken und 215 auf dem digitalen Tacho zu sehen.

„Können wir bitte langsamer fahren?"

„Nein." Aleron zieht in die Überholspur. „Wir sind absolut nicht in Sicherheit und je mehr Zeit vergeht, desto weniger sicher werden wir sein."

Ich stecke so tief in dieser Sache, die ich nicht verstehe, dass ich mein Schicksal nur völlig in die Hände dieses Mannes legen kann. Es ist gleichzeitig das Erschreckendste und Tröstlichste, was ich mir vorstellen kann. Wie sollte er das auch nicht sein? Er hat mir jetzt schon zweimal das Leben gerettet. Auch wenn er es bereut.

„Es gibt gewisse Regeln, meine liebe Merris, die nicht gebrochen werden dürfen."

„Welche Regeln? Wovon redest du?"

„Von dir", sagt er scharf und wirft mir noch einen Blick zu.

Ich verstehe gar nichts. Ich bin völlig verwirrt und nichts von alledem macht Sinn.

„Vampire", erwiderte er fast schnippisch, ja verzweifelt. „Wir leben unter Menschen und können dies nur so lange friedlich tun, wie die sterbliche Hälfte nichts davon weiß."

„Du meinst die essbare Hälfte?"

„Es ist eine harmlose Übereinkunft …"

„Harmlos?", belle ich ungläubig. „Versuch das mal, all diesen Leuten zu sagen …" All den toten Leuten, die … meinetwegen gestorben sind. Ich könnte heulen.

„Das war eine Anomalie."

„Von wegen Anomalie! Das waren *Menschen*! Menschen, die ich kannte!"

„Ich meinte, dass die meisten von uns große Anstrengungen unternehmen, um dafür zu sorgen, dass so etwas nicht passiert. Nicht mehr."

Es gibt bestimmte Momente, in denen Absicht, Wille und Bemühungen einen Scheißdreck wert sind und dies ist einer davon. „Schwachsinn. Weil es heute Abend so passiert ist."

Ich winde mich auf meinem Platz und drehe ihm, so weit es mit dem Sicherheitsgurt möglich ist, den Rücken zu. Die Schürfwunde an meinen Rippen schmerzt. Wir fahren schweigend weiter. Die Stille ist so schwer, dass ich mich davon erdrückt fühle.

„Hast du deine Regelblutung?", fragt er schließlich.

Ich reiße den Kopf weit genug herum, um ihn anzufunkeln. „Ist das deine Art, mir zu sagen, dass ich eine rationale Zicke bin?"

Ich zittere. Ich kann mich wirklich an keinen anderen Zeitpunkt erinnern, an dem ich schon jemals so gefährlich wütend war.

Er schaut mich nicht an. „Du blutest."

Die Aussage zerschlägt meine Wut und bringt mich ins Schleudern. Ich zittere immer noch, aber jetzt fühle ich mich nur noch hilflos.

Ich glaube, ich hasse ihn.

Ich wende mich wieder dem Fenster zu und verschränke die Arme fest über meiner Brust. Ich krümme mich in meinem Sitz zusammen, als könnte ich irgendwie darin versinken. Ich möchte weinen, aber obwohl meine Augen wie verrückt brennen, kann ich noch nicht einmal das tun.

Die Welt draußen zieht so schnell vorbei, dass ich davon Kopfschmerzen bekomme. Ich schließe meine Augen, wovon das Brennen nur noch schlimmer zu werden scheint.

Aleron sagt nichts mehr, wird aber schließlich langsamer und kurz bevor wir von Bundesstraße 10 auf Bundesstraße 19 abfahren, hält er an der Seite der Autobahn an. Es ist noch nicht einmal zehn Uhr und der Verkehr ist zwar nicht so dicht wie tagsüber, aber auch nicht gering. Trotzdem wartet Aleron nur lang genug, dass ein Sattelschlepper an uns vorbeirauschen kann, der den Wagen durchrüttelt, und steigt dann aus.

Kurz bevor er mich erreicht verriegle ich die Tür von innen.

Er entriegelt sie – verfluchter Funkschlüssel – und öffnet die Tür. Er hockt sich neben mich und prüft zuerst meine Rippen und dann meinen Hals. Als ich seine Hand am Saum des Hemdes spüre, das ich trage – *sein* Hemd, verdammt noch mal – greife ich schnell nach beiden Seiten, schlage sie übereinander und klemme sie zwischen meinen Beinen ein, um ihn zu blockieren.

Er lässt seine Hand auf meinem Oberschenkel ruhen und mustert mich. Wir führen einen stillen Willenskampf, den ich zwangsläufig verliere. Ich bewege meine Hände, aber nur, weil ich weiß, dass er mich sowieso dazu zwingen kann.

Er untersucht mich … da unten. Ich kann nur dasitzen, erröten, hilflos wütend sein und versuchen, nicht auf die fast unpersönliche Berührung seiner Finger zu reagieren. Sie sind nur leicht feucht, als er sie entfernt, aber nicht von Blut.

Schließlich findet er die Wunde. Ein Kratzer an der Rückseite meines linken Oberschenkels, wo ich mich geschnitten haben muss, als wir aus dem Fenster geflogen sind. Er ist nicht tief, aber ich muss die Wunde wieder aufgerissen haben, als ich mich auf meinem Platz verdreht habe. Er zieht ein weißes Stofftaschentuch aus der Innentasche seines Anzugs, mit dem er die Blutung wieder stoppt. Einer der Vorteile, mit einem Vampir mit tadellosem Modegeschmack unterwegs zu sein – es gibt immer ein Stofftaschentuch, wenn man eines braucht.

Aleron steht auf und lässt sein Taschentuch als Verband an meinem Bein.

„Wieso machst du das?" Ich komme nicht umhin, das zu fragen.

Er sieht mich lange Zeit schweigend an und durchkämmt ein wahres Minenfeld von Antworten, bevor mir keine davon gibt. Er öffnet den Mund, schließt ihn dann jedoch ohne ein Wort wieder. Stattdessen schließt er die Wagentür, steigt zurück ins Auto und biegt zügig wieder in den Verkehr ein.

Ich wende mich dem Fenster zu, schließe meine brennenden Augen und die schwere Stille zwischen uns wird mit jedem Kilometer schwerer.

Ich frage mich, was er mir lieber nicht gesagt hat.

Und ich frage mich noch mehr, warum es überhaupt wichtig ist.

～

Aleron

Wieso machst du das?, fragt sie.

Fast hätte ich es ihr gesagt, es gelingt mir jedoch, mich rechtzeitig zurückzuhalten. Die Antwort könnte nicht offensichtlicher oder falscher sein und ich fühle mich damit sehr unbehaglich.

Weil sie mir gehört.

Denn ich würde sie genauso wenig sterben lassen, wie ich bereitwillig in das helle, brennende Licht der Sonne hinaustreten würde.

Ich habe dies noch nie zuvor gefühlt. Als ich noch ein

Mensch war, der mittlere Sohn eines Adligen, war ich recht geschickt im Umgang mit den Damen. Meine Beute bestand damals aus Bediensteten und den Töchtern und Frauen, die ich den Reihen der Leibeigenen entlocken konnte, die meinem Vater den zehnten Teil ihres Einkommens und ihre Treue schuldeten. Einige wurden mir lieb und teuer. Einer Dame habe ich sogar erklärt, dass ich sie liebe. Aber in den Jahren seit damals habe ich gelernt, dass ich viel zu egozentrisch und zu sehr an meinem eigenen Vergnügen interessiert bin, um jemand anderen lieben zu können.

Dann kam der Aufruf für die Kreuzzüge und – gegen das Versprechen von Geld, Land, einem eigenen Titel und ganz zu schweigen der Verlockung dessen, was ein großes Abenteuer zu werden versprach, erklärte ich mich zur Teilnahme bereit.

In der muslimisch kontrollierten Stadt Antiochia fand ich meinen Tod durch die Hände eines Vampirs, der nur in Ruhe gelassen werden wollte. Er erschuf mich. Er erschuf auch noch andere. Wir wurden zu Antiochias durstiger Armee, die sich ungehemmt von Soldaten beider Seiten ernährte. Ich habe mich damals in etwas verliebt – in den Rausch des ewigen Lebens. In den unvergleichlichen Kick, wenn ich meine trägen Adern mit der reichen Euphorie auffülle, die ich anderen entsauge.

Ich nehme an, das ist auch eine Art Liebe. Aber sie hält nicht an.

Irgendwann wandten wir uns gegeneinander. Schließlich waren wir doch nur Tiere.

Ich bin der Letzte aus meinem Nest und irgendwann im Laufe der Jahrhunderte, die zwischen damals und heute vergangen sind, habe ich mich weiterentwickelt. Der Egoismus des Adligen ist verschwunden. Genau wie der Krieger, der zum blutrünstigen Mörder wurde. Ich lese jetzt

Bücher. Ich habe gelernt, mich zu ernähren, ohne dabei zu töten. Ich habe gelernt, in der Gegenwart anderer gesellig zu sein. Ich habe gelernt, zivilisiert zu sein.

Und abgestumpft.

Und gelangweilt.

Aber das hier … diese unerträgliche Zuneigung … hat sich irgendwie einfach eingeschlichen. Sie hockt in meiner Brust, wo sich ein schlagendes Herz befinden sollte, und ihre Wurzeln haben sich so tief eingegraben, dass ich nicht in der Lage bin, sie wieder herauszureißen.

Ich habe dieses Chaos nicht angerichtet. Ich weiß nicht, wer es war, aber was ich weiß, ist, dass ich Merris nicht im Stich lassen werde, um sich diesen Dingen allein zu stellen.

Denn sie gehört mir, obwohl sie dies nicht sollte. Es hat neun Jahrhunderte gedauert, dies zu finden, und doch tue ich es nicht aus Güte für sie.

Ich begehre sie mit demselben unerträglichen Drang, der einen neuerschaffenen Vampir zum Trinken zwingt.

Ich begehre sie so sehr und doch kann ich sie nicht haben. Ich sollte sie nicht haben.

Ich werde sie nicht haben.

Ich werde ihr helfen, dies durchzustehen, aber sobald ich sie in Sicherheit bringen kann, werde ich ihr Gedächtnis auslöschen. Ich werde jede Spur von mir entfernen und mich wieder in die Schatten zurückziehen. Ich werde sie im Auge behalten, um dafür zu sorgen, dass sie in Sicherheit bleibt und dass es ihr nie an etwas fehlt. Irgendwann wird sie sich in einen anderen verlieben. Sie wird heiraten, Babys und dann Enkelkinder bekommen. Sie wird alt werden, was ich nicht kann. Sie wird sterben und mich zurücklassen.

Das Leben, wie es sein sollte.

Ich vermisse sie jetzt schon.

Die Tohono O'odham Ausfahrt taucht auf und als ich dort abfahre, hebt sie ihren Kopf von der Kopfstütze.

„Wohin fahren wir?", fragt sie.

„Mission San Xavier del Bac", sage ich, als wir an dem Schild vorbeifahren, das uns den Weg zu der alten Kirche weist.

„Warum?", fragt sie und ich kann es in ihrer Stimme hören. Sie weiß nicht, warum wir hier sind, aber sie ist sich ziemlich sicher, dass es nicht daran liegt, dass ich plötzlich zu Gott gefunden habe oder einen Drang zum Beten verspüre.

„Ich muss eine Frage stellen und er ist der Einzige, den ich kenne, der die Antwort haben könnte."

„Er?" Sie setzt sich etwas aufrechter hin und schaut durch die Windschutzscheibe, als die Lichter der Mission in Sichtweite kommen. „Wer ist er?"

„Ignacio Gaona", antworte ich.

„Ein Vampir", vermutet sie. „Der in einer Kirche lebt?"

„Er wohnt nicht einfach nur hier." Ich mache mir nicht die Mühe, meine Belustigung über ihren zweifelnden Ton zu verbergen. „Vor langer Zeit half er beim Wiederaufbau des Gebäudes, nachdem es bei einem Apachen-Angriff zerstört worden war. Hoffen wir, dass er immer noch hier residiert."

Sie starrt auf das Willkommensschild, als wir daran vorbeikommen. Und wahrscheinlich auch auf die Besuchszeiten der Mission, die deutlich darunter angeschlagen sind. Die letzten Touristen wurden schon vor Stunden nach Hause geschickt. Abgesehen von meinem Wagen, der auf einem der vorderen Stellplätze steht, ist der Parkplatz leer.

„Wir werden so was von verhaftet", sagt sie und drückt die Autotür mit der Schulter auf.

„Oh die Ungläubigen", sage ich trocken. Ich bin mir nicht sicher, ob ich mich darüber amüsieren oder beleidigt sein soll, dass sie glaubt, ich würde mir jemals erlauben, verhaftet zu werden.

Es ist schon gut. Sie lernt noch. Ich werde ihr verzeihen.

Ich übernehme die Führung und trage sie auf meinem Rücken, weil sie keine Schuhe an hat. Denn mal ernsthaft, Arizona ist doch nichts anderes als ein gigantischer Kaktusnadelteppich, der nur darauf wartet, einen zu erwischen. Mit ihren Armen um meinen Hals und ihren Beinen um meine Hüfte geschlungen, bahne ich mir meinen Weg um eine der ältesten Kirchen des Staates herum und durch den Garten zu dem Steinhügel hinüber, der sich über der Wüstenlandschaft erhebt. Das schlichte Kreuz auf dem Gipfel ist beleuchtet, aber der Rest, einschließlich der Steingrotten am Fuße des Hügels, ist dunkel. In einer von ihnen befindet sich eine Heiligenstatue mit weit ausgestreckten Armen, als würde sie die Blumen, Kerzen und Opfergaben verehren, die von Pilgern und Touristen gleichermaßen dort zu ihren Füßen zurückgelassen wurden.

Ich war noch nie hier, aber ich habe davon gehört. Für die meisten Vampire, die alt genug sind, um zu wissen, wie man allein überlebt, gibt es bestimmte Dinge, die wir immer im Auge behalten. Wandler-Rudel sind eines davon, weil ein unvorsichtiger Schritt in das falsche Territorium leicht zu unserem Tod führen kann. Aber auch Vampire, die älter und mächtiger sind als wir selbst, manchmal aus dem gleichen Grund.

Daher weiß ich, dass ich in die Schatten hinter der Statue greifen muss, um am zerklüfteten Felsen dahinter nach etwas zu suchen, das sich bewegt, wenn man darauf drückt. Ich störe eine Tarantel, die sich in einem langen Felsspalt versteckt, aber schließlich finde ich es.

Als ich drücke, signalisiert ein leises Knirschen das Öffnen eines geheimen Zugangs in der nächsten schattigen

Vertiefung darüber. Es gibt keine Beleuchtung und man kann nur wenige Meter in die Tiefe der Öffnung sehen, weil es so dunkel ist. Ich schalte die Taschenlampe an meinem Handy ein und setze Merris sicher auf den Stufen vor mir ab.

„Bleib nah bei mir", befehle ich und beginne vorsichtig, die enge Treppe hinunterzusteigen. Die Nächte in Arizona sind kühl, aber unterhalb dieses Hügels ist es noch viel kälter. Mir macht die Temperatur nicht mehr zu schaffen als die Dunkelheit, aber für Merris ist es eine ganz andere Geschichte. Als sich die versteckte Tür zur Welt an der Oberfläche langsam hinter uns schließt, zittert die Hand, mit der sie plötzlich meinen Armen ergreift. Es gibt nun nichts als Schwärze über und unter uns, während immer nur eine Handvoll Stufen von meinem Telefon angestrahlt wird. Ruhig, kalt, still wie ein Grab, scheint es fast so, als würde die Schwärze das Licht verschlucken.

„Bitte sag mir, dass wir jetzt nicht hier unten festsitzen", sagt sie und starrt in die Dunkelheit.

„Ich bin mir fast sicher, dass ich einen Ausgang finden kann", antworte ich. „Ich war jedoch noch nie hier, also könnte es einige Zeit dauern."

„In Ordnung", sagt sie und hat ihre Mühe damit, sich trösten zu lassen.

„Eine Nacht, vielleicht drei oder vier höchstens."

Sie nickt.

„Das ist schon in Ordnung", füge ich hinzu. „Ich habe einen Snack dabei."

Sie mag vielleicht nervös sein, aber sie ist nicht dumm. Mitten im Nicken hält sie inne und starrt mich an. „Ha ha", erwidert sie trocken.

Nun, ich fand es lustig.

Ich gebe ihr meinen wärmenden Mantel und wir gehen weiter hinunter.

Die Treppe ist ein Beweis dafür, dass jemand mit einer erfahrenen und geduldigen Hand viel Zeit in die Errichtung dieses Ortes investiert hat. Es gibt keine Ecken, Kanten oder Abweichungen in der Breite. Ich gehe fast seitwärts, damit meine Schultern die gegenüberliegenden Felswände nicht streifen und sich möglicherweise verkeilen. Ich bin versucht zu glauben, dass jemand vielleicht zu viele Vampirfilme gesehen hat, aber diese Stufen dauern viel zu lange an und führen uns weit unter die Oberfläche und weit, weit weg von der Stelle, an der ich mein Auto geparkt habe. Diese Art von Vorsicht zeugt von Alter und tief verwurzelten, uralten Ängsten, was es bedeuten würde, entdeckt zu werden.

Merris bleibt zweimal stehen. Sie lehnt sich gegen die Wand, hebt ihre Füße hoch und umklammert ihre Zehen mit den Fingern, um sie zu wärmen. Es gibt nicht genug Platz, sonst würde ich sie tragen, um ihr die Kälte der Felsen zu ersparen. Das Einzige, was ich tun kann, ist, ihr meine Socken und Schuhe zu geben. Sie sieht aus wie ein Kind, das sich in Papas Klamotten verkleidet hat. Sie klettert hinter mir die Steintreppe hinunter und hält sich mit einer kleinen Hand auf meiner Schulter fest, um das Gleichgewicht besser zu halten.

Sie ist ein Schatz. Meine Zuneigung für sie lenkt mich von der Tatsache ab, dass ich noch nie zuvor so unbekleidet in der Öffentlichkeit war.

Und dann erreichen wir das Ende der Stufen. Die letzten beiden Stufen weiten sich genügend, sodass Merris und ich nebeneinanderstehen und auf die riesige Sackgasse vor uns starren können. Die Steinplatte, die uns den Weg versperrt, ist genauso glatt gemeißelt wie der Boden unter unseren Füßen. Sollte es einen weiteren geheimen Knopf oder Hebel geben, kann ich ihn nicht finden, obwohl ich viel Zeit damit verbringe, danach zu suchen. Merris hält das Telefon hoch, während ich mich überall entlangtaste – in der Sackgasse, an beiden Wänden, über den Boden und sogar ein paar Stufen hinauf. Obwohl ich groß bin, kann ich die Decke nicht erreichen.

„Was machen wir jetzt?" Die Steinwände verschlingen ihre sanfte Stimme genauso, wie sie das Licht verschlucken. Man kann kaum ein Echo hören, das auf den Stufen, die wir hinuntergekommen sind, widerhallt.

„Wir warten." Ich rücke mir die Hose zurecht und setze mich auf die dritte Stufe von unten. „Komm her." Ich biete ihr sowohl meine Hand als auch meinen Schoß an, damit sie sich nicht auf die kalte Treppe setzen muss. Sie nimmt das Angebot an.

All die Jahre meiner Zivilisation helfen mir nur wenig in dem Moment, als sie auf meinen Schoß klettert. Als sie ihren Rücken an meine Brust drückt, sickert die Wärme ihres Körpers in meinen. Ich bin nicht viel besser als der kalte Stein um uns herum, aber ich tue mein Bestes, um sie warm zu halten. Ich ziehe mein Hemd aus, benutze es als Decke für ihre Beine und wickle die Enden um ihre eisigen Füße. Ich reibe ihr sogar die Zehen und kann durch das dünne Material spüren, wie kalt sie sind. Meine Schuhe waren zu groß gewesen, um an ihren Füßen zu halten, also hatte sie sie auf halbem Weg ausgezogen.

Ich werde wirklich nackt sein, wenn ich hier rauskomme.

„Danke", sagt sie leise und schlingt ihre Arme um sich, als sie sich an mich lehnt.

„Selbstverständlich", antworte ich wie ein Gentleman und nicht wie ein Mann, der sich der Hitze, die von ihrem Geschlecht und Hintern ausstrahlt, nur zu bewusst ist. Ich kann den Puls ihres schlagenden Herzens fühlen, hören und riechen. Wenn sie den Kopf senkt und auf mein Telefon schaut, das sie noch immer in ihrer kleinen Hand hält, kitzelt ihr Haar meine Wange.

„Wie alt bist du?", fragt sie. „Hast du viele Dinge erlebt?"

„Viele", versichere ich ihr. Ich befriedige gern unser beider Bedürfnis nach Ablenkung. „Ich war noch ein Mensch, als ich mich, gegen den Willen meines Vaters wohl gemerkt, aufgemacht habe, um zu sehen, wie viel Reichtum und Abenteuer ich auf den Kreuzzügen finden konnte. Als die Zeit für meine Rückkehr kam, war ich schon, wie ich jetzt bin, obwohl es mehr als hundert Jahre dauerte, bis ich mich dazu entschieden habe."

„Warum?" Sie lehnt ihren Kopf an meine Schulter wie ein Kind, das einer Geschichte lauscht.

Ich kann einfach nicht anders. Ich muss ihr weiches Haar streicheln und die dunklen Strähnen wie feinste Seide zwischen meinen Fingern spüren. „Ich wollte nicht zusehen, wie meine Familie dem Alter zum Opfer fällt."

„Bist du gereist?", fragt sie mit einem kleinen Gähnen.

„Oh ja. Lass mich mal sehen." Welche Geschichten kann ich erzählen, die nicht mit Tod und Nahrungsaufnahme zu tun haben? „Europa, Afrika, durch den Orient, als man ihn noch so nannte."

„Und jetzt wohnst du in Arizona und bist Mitglied eines SM-Clubs, in dem sich Leute vernaschen lassen."

Ein Lächeln spielt um meine Mundwinkel. „Nur die Glückspilze."

„Wie soll das Glück sein?"

Im Licht meines Mobiltelefons zeige ich ihr meine rechte Hand. „Merris, mein Liebling, ich könnte dich nur mit dem Einsatz meines kleinen Fingers allein zum Höhepunkt bringen. Möchtest du, dass ich es dir zeige?"

Sie windet sich. Ihr heißer Hintern reibt über meinen

Schoß. „Ist schon in Ordnung", widerspricht sie und wendet sich ab, damit ich nicht sehe, wie sie errötet.

„Bist du dir sicher?" Ich liebe es, sie zu necken. Sie errötet noch tiefer, aber ihr verräterisches Herz schlägt schneller und die Hitze zwischen ihren Schenkeln duftet wunderbar.

Ich streichle noch einmal über ihr Haar, bevor ich meine linke Hand unter den seidenen Strähnen nach oben schiebe, um sie um ihren Nacken zu schlingen. Ich streichle sie, indem ich meinen Daumen sanft auf und ab bewege und ihrer Wirbelsäule folge. Haben sich ihre Brustwarzen bereits zu knabberbaren Knospen verhärtet? So wie sie in meinen Mantel gewickelt ist, ist es unmöglich, es zu sagen, aber ich würde darauf wetten. Ich errege sie.

Sie sagt auch nicht *Nein*. Sie sagt überhaupt nichts und als sie erneut zittert, weiß ich, dass es nicht nur an der Kälte liegt.

„Wie oft gehst du dorthin?", fragt sie und ihre normalerweise weiche Stimme ist leicht heiser.

„In den Club Toxic?" Als sie nickt, schiebe ich meine Finger an ihrem Nacken hoch und kämme damit durch ihr weiches Haar. Ich streichle ihre Kopfhaut. „Oft."

„Haben wir …" Ihr Atem stockt leicht. „Haben wir dort Sex gehabt?"

Ich halte meine Hand still. „Nein", antworte ich. Ich bin mir nicht sicher, ob ich überrascht oder entsetzt sein soll, dass ich ihr Gedächtnis nicht so erfolgreich gelöscht habe, wie ich es dachte. „Woran erinnerst du dich?"

„Meine Handgelenke, die an eine Stange gefesselt und über meinem Kopf hochgezogen sind."

Ich ziehe die Augenbrauen hoch.

„Du stehst hinter mir." Zögernd sieht sie mich an. „Du hast deine Arme um mich geschlungen. Du küsst meinen

Hals, während du mit dem Handschuh an deiner Hand zwischen meine Beine greifst. Und dann …" Sie errötet jetzt tiefer und ihr verräterisches kleines Herz schlägt noch schneller. „Dann … gleitest du … von hinten … in mich hinein."

„Das ist ganz und gar nicht das, was passiert ist", sage ich und bin mehr als überrascht. „Ich wäre nicht dagegen, wohlgemerkt, aber ist es wirklich das, woran du dich erinnerst?"

Wenn ich Gedanken auslösche, gebe ich oft Suggestionen, aber ich kenne keinen Vampir, der echte Erinnerungen durch fiktive ersetzen kann.

Sie starrt in meine Augen und ich kann etwas Unsicherheit in ihren aufflackern sehen. „Hast du das mit meiner Schwester gemacht?"

„Nein." Bestimmt und hoffentlich zum letzten Mal sage ich zu ihr: „In der Nacht als sie starb, habe ich nichts anderes getan, als Jez eine Mitfahrgelegenheit nach Hause anzubieten. Sie hat sie abgelehnt. Ich bedaure, dass ich nicht darauf bestanden habe. Jetzt antworte mir. Ist es das, was dir deine Erinnerungen erzählen? Was ich getan habe?"

Sie schüttelt den Kopf ganz leicht. „Das ist das, was ich in meinen Träumen sehe", gesteht sie zögerlich. „Ich habe dein Gesicht seit Wochen jede Nacht gesehen. Ich habe es in der Nacht, in der sie gestorben ist, gesehen. Zuerst dachte ich, du wärst derjenige, der das mit ihr gemacht hat. Aber dann hat mich dieser Typ im Club am Arm gepackt …"

„Der, den ich gegen die Wand geschleudert habe?"

Sie nickt. „Und jetzt sehe ich nur noch dich und mich, wie wir eigenartigen Sex an fremden Orten haben. Wie in deinem Haus, in deinem Badezimmer."

„Man sollte meinen, ich würde einen romantischeren, wenn nicht gar hygienischeren Ort wählen." Ich kann kaum denken.

„Ich glaube, ich habe vorhergesehen, was wir im Schlafzimmer gemacht haben. Aber ich habe mich bei der Tapete an der Tür geirrt."

„Ich schwöre, dass der Bauunternehmer jede Rolle dieses gotterbärmlichen Musters gekauft hat, die er finden konnte. Sie klebt in jedem Zimmer des Hauses." Ich muss wirklich in sie vernarrt sein, denn trotz der zweifelhaften Natur ihrer Behauptung bin ich geneigt, ihr zu glauben.

„Wir werden gleich unser Licht verlieren", sagt sie.

Und ich will verdammt sein, aber sobald mein Blick auf das Telefon fällt, schaltet es sich aus und stürzt uns schlagartig in Dunkelheit.

„Großer Gott." Der Klang meiner Überraschung hallt in der tiefen Schwärze nach. „Du bist eine Hellseherin."

Und sie hat uns nicht nur einmal, sondern mehrfach in nächster Vertrautheit zusammen gesehen. Das sieht mir nicht ähnlich. Das ist mehr als nur Nahrungsaufnahme. Es ist mehr als bloße Zuneigung oder vernarrte Faszination für jemanden, der nicht mehr als ein Abendessen hätte sein sollen.

„Nun", meint sie, „ja. Aber um fair zu sein, dein Telefon stand schon seit einer Weile auf zwei Prozent."

Lieber Gott. Wunderschön, geistreich, klug *und hellseherisch*. Ich glaube, ich liebe dieses Mädchen.

KAPITEL 10

leron

„WIR WERDEN HIER UNTEN STERBEN", sagt Merris in der Dunkelheit.

„Nein, das werden wir nicht", verspreche ich. Ich bin immer noch der Stuhl, auf dem sie sitzt, um sie vor der eisigen Kälte der Steintreppe zu schützen. Ab und zu spüre ich, wie sie zittert. Je länger wir hier sitzen, desto schlimmer wird es werden. Ich muss einen Weg finden, uns hier herauszuholen, aber ohne Licht zum Sehen verringern sich meine Chancen, etwas zu finden, während sich ihr Risiko einer Unterkühlung erhöht. Und zwar von der Minute an, in der ich sie absetze.

„Das werden wir", beharrt sie. „Einer von uns auf jeden Fall."

„Merris ..."

„Einer von uns hat einen Snack mitgebracht und der andere einen Vampir", erwidert sie schnippisch. „Verrate mir eines, wie lange kannst du, ohne zu trinken, auskommen, bevor du durchdrehst und mir …"

Ich packe eine Handvoll Haar an ihrem Hinterkopf, reiße ihren Kopf zurück und bringe sie auf die beste Art zum Schweigen, die mir einfällt. Sie zu küssen finde ich überraschend angenehm. Das ist nur selten so. Intimität war sonst immer nur ein Mittel zum Zweck für mich. Etwas, mit dem ich mich meiner Beute nähern kann. Ein Kuss auf warme Lippen, um meine Sinne zu schärfen und ihre einzulullen. Ein Finger unter dem Kinn, um den Kopf nach hinten zu neigen, während mich ein kurzes, verführerisches Knabbern am Hals zu dem Puls führt, der mich am meisten anzieht.

Ich kann die Anzahl der Partnerinnen, mit denen ich mehr gemacht habe, als nur zu küssen, an zwei Händen abzählen. Und ich hätte immer noch Finger übrig. Es ging in diesen Beziehungen nicht um Liebe, obwohl meine Art dafür anfällig ist. Man muss sich nur Lucius anschauen, Tucsons ureigenster Vampirkönig – zumindest in seinem beträchtlichen, wenn auch nicht ganz so treu ergebenen Nest. Er hat sich nicht nur verpaart, sondern dies sogar – auf ziemlich berüchtigte Weise – mit einer Wandlerin getan. Ich habe sie aus der Ferne gesehen. Ein liebliches, blasses Geschöpf. Ich bezweifle aufrichtig, dass ihre Beziehung platonisch ist.

Aber viele meiner Art sind es doch. Wir treiben gemeinsam durch die Jahrhunderte, isolieren uns als Mittel zum Überleben unter unserer Nahrungsquelle, treffen uns nur in der Öffentlichkeit, wenn wir jagen und nur dann, wenn es sich nicht vermeiden lässt. Wir lächeln und plaudern, während wir unser tiefstes Misstrauen einander gegenüber maskieren, bis etwas dieses Misstrauen an die Oberfläche bringt. Und dann stirbt für gewöhnlich jemand.

Nur wenige Verpaarungen halten ewig. Meiner Erfahrung nach sind intellektuelle Bindungen fast immer stärker als sexuelle und doch fühlt sich das hier so ganz anders an als alles, was ich bisher gekannt habe. Ihre Lippen sind anders, weich, geschmeidig und nachgiebig unter meinen. Die Strähnen ihres Haares, die meine Finger umwickeln, halten mich genauso gefangen wie ich sie. Ich genieße den Seufzer, den sie ausstößt, als ich ihre Lippen dazu überrede, sich zu öffnen.

Ich will in ihr sein.

Ich möchte mich in die Hitze ihrer begierigen Gliedmaßen stürzen und spüren, wie sich ihr Körper unter mir windet und wiegt, wenn meine Hüfte im Rhythmus mit ihrer schaukelt. Ich möchte das Schlagen ihres rasenden Herzens spüren, während ich meine Brust an ihre drücke. Ich möchte ihren Hals zwischen meinen Händen halten und mit meiner Zunge und Lippen über ihre schnippen, sie necken und mich mit ihr paaren. Ich möchte die Zuckungen ihrer engen Weiblichkeit um meinen Schwanz herum spüren, bis wir beide zu erschöpft sind, auch nur einen weiteren Stoß zu tun.

Ich löse meine Lippen von ihren und bin von meinem eigenen Verlangen nach ihr regelrecht berauscht.

„… die Kehle herausreißt", beendet sie stur ihren Satz, als hätte ich sie nie geküsst.

Ich stoße ein missbilligendes Geräusch aus, aber der Drang, sie über mein Knie zu legen, wird durch die Belustigung, die sie auslöst, gemildert. „Ich werde dir nicht wehtun."

„Du wirst durchdrehen. Du wirst nicht einmal wissen, dass du es tust."

„Ich glaube, jemand hat zu viele Horrorfilme gesehen. Muss ich dir Fernsehbeschränkungen auferlegen, wenn wir an die Erdoberfläche zurückkehren?"

Mein Griff um ihren Hinterkopf lässt mich den funkelnden Blick spüren, den sie mir zuwirft. „Als könntest du mich jemals davon abhalten, irgendetwas zu tun, wenn ich es wirklich will."

„Sei vorsichtig, wenn du Herausforderungen äußerst, die ich besser nicht annehmen soll."

Ihr Körper ist völlig ruhig auf meinem Schoß. „Ich habe dich nicht herausgefordert."

Ich mache mir nicht die Mühe zu antworten. Wir wissen beide, dass das nicht stimmt.

Sie rutscht mit ihrem kleinen Hintern herum. „Also gut", sagt sie in einem Ton, der trotz des kleinsten Zitterns des Unbehagens sorgfältig neutral ist. Ich habe ihre Neugierde geweckt. An der Beschleunigung ihres Pulses kann ich erkennen, dass sie der Gedanke, nur von meinen Befehlen gefesselt zu werden, nicht völlig abschreckt. „Wie?"

Sie rollt ihre Schultern und bewegt sich leicht, während mein Daumen über ihren Hals streichelt.

„Wie was?"

„Wie würdest du mich davon abhalten? Was würdest du tun?"

„Du fragst einen Vampir, von dem du weißt, dass er ein Sadist in einem SM-Club ist, wie er dich drosseln würde? Ernsthaft?"

„Woher weiß ich denn, dass du ein Sadist bist?", wirft sie zurück. „Du könntest ein verrückter Masochist sein, der sich gerne fesseln und mit Straußenfedern kitzeln lässt."

Ich verliebe mich wirklich in sie. Ihre Worte sind jedoch kurz davor, sie in Schwierigkeiten zu bringen – ich werde ihr den Hintern versohlen müssen. „Nichts für ungut, Liebling, aber es gibt nichts auf der Welt, das mich jemals in die Versuchung führen könnte, mich von jemandem fesseln zu lassen."

„Warum nicht?"

Die Dunkelheit entkräftet den ungläubigen Blick, den ich ihr nun zuwerfe, völlig. „Sadist", wiederhole ich und hoffe, dass mein Tonfall deutlich macht, wie offensichtlich dies sein sollte.

„Ja, aber bist du das wirklich? Oder lässt du Menschen nur einfach gern bluten, weil es für dich dem Klingeln der Tischglocke gleicht? Ich finde dich überhaupt nicht sadistisch. Warum hast du mir dann sonst noch nicht wehgetan?"

„Hat es nicht wehgetan, als ich dir in die Klitoris gebissen habe?"

„Um zu trinken", sagt sie und ignoriert es völlig.

So gern ich sie auch auf die Session hinweisen würde, die wir im Verlies von Club Toxic erlebt haben, wird sie sich leider nicht daran erinnern. Und ich möchte im Moment wirklich nicht diesen ganzen ‚Was meinst du damit, du hast mein Gedächtnis gelöscht'-Streit mit ihr führen.

„Siehst du?", sagt sie, während ich weiter schweige. „Obwohl ich keine Sekunde daran zweifeln würde, dass einige Vampire Sadisten sind, oder dass auch du vielleicht in der Vergangenheit sadistische Dinge getan hast, glaube ich wirklich nicht, dass du tief in deinem Inneren selbst ein Sadist bist."

„Oh, Liebling, du hast wirklich keine Ahnung."

„Du sitzt hier halb nackt auf der Treppe, während ich mich auf deinem Schoß in deinen Kleidern zusammenrolle, damit mir nicht kalt sein muss. Das sind wirklich nicht die Handlungen eines Hardcore-Sadisten."

„Woher willst du das wissen?"

„Ich habe in den Sommerferien *de Sade* gelesen, um an der Highschool zusätzliche Leistungspunkte zu bekommen. Es war das größte Sammelwerk, das ich finden konnte, und ich wollte meinen Englischlehrer schockieren."

„Und hast du etwas gelernt?"

„Abgesehen davon, dass es abartig und ekelhaft war,

nichts von Interesse. Du hast mich noch nicht einmal gefesselt, bevor du mich gebissen hast."

„Ich habe dich einen ganzen Tag an mein Bett gekettet."

„Ja, aber nur, damit ich nicht entkommen kann. Wenn man die Dornen außer Acht lässt, war dein Bett sogar sehr weich. Du warst darauf bedacht, mich mit Essen und Wasser zu versorgen, und mir Zugang zum Badezimmer zu verschaffen, damit ich mich nicht unwohl fühlen muss. Du hast mich nicht ausgepeitscht. Du hast mir noch nicht einmal den Hintern versohlt. Tatsächlich kümmerst du dich jedes Mal um mich, wenn ich verletzt werde. Klingt das wie die Handlungen eines Sadi...?"

Ich drehe sie so schnell auf meinem Schoß um, dass sie nur kurz nach Luft schnappen kann, bevor meine flache Hand ihren wohlgeformten Hintern trifft. Ich gebe ihr ein paar kräftige Schläge, um diese lächerliche Diskussion zu beenden. Ich schlage sie nur ein dutzendmal, treffe sie bei jedem Hieb jedoch mit fester Hand. Sie hält sie alle mit kaum mehr als schrillem Keuchen und Quietschen aus, die bei jedem Klatschen die steilen Stufen hinaufhallen. Dann richte ich sie wieder auf und ziehe meinen Mantel erneut über ihre Schultern. Ich richte das nun zerknitterte Hemd auf ihrem Schoß und wickele es um ihre Beine und Füße, um sie vor der Kälte zu schützen.

In meinem ruhigsten Tonfall frage ich: „Sind wir fertig?"

Sie sitzt volle drei Sekunden ruhig und regungslos auf meinem Schoß, bevor sie ihren Arm aus meinem Mantel zieht. Sie schiebt ihn zwischen uns hinunter und weckt dabei jeden schlummernden Nerv in meinem Körper. Dann umklammert sie die Vorderseite meiner Hose und schließt ihre Handfläche um die volle Länge meines Schwanzes. Die Hitze ihrer winzigen Fingerspitzen brennt sich durch das

Material in meine Eier. Ihre Handfläche fühlt sich wie ein köstliches Feuer an.

„Überhaupt nicht hart", entscheidet sie, zieht mit einem Schnauben die Hand zurück und kuschelt sich wieder in meinen Mantel. „Definitiv *kein* Sadist."

Ich kann mich nicht bewegen, ich traue mich nicht. Es erfordert jedes Fünkchen Kontrolle, das ich habe, sie nicht gleich hier über diese Treppe zu beugen und ihr zu zeigen, wie hart ich sehr schnell werde, während ihre Berührung noch immer in mir widerhallt und die Hitze ihres gut versohlten Arsches meine Schenkel verbrennt. Ich sollte sie hochheben und von meinem Schoß nehmen, sie auf die Treppe setzen und mich so weit von ihr entfernen, wie es mir in der Enge dieses Ortes möglich ist. Aber ich tue es nicht. Ich kann es nicht. Auf der anderen Seite dieser Tür befindet sich ein Vampir. Ich werde sie nicht schutzlos in der Dunkelheit zurücklassen, nur weil mein Schwanz das dringende Bedürfnis hat, sich schlecht zu benehmen.

Andererseits hat sie das Biest in mir erweckt. Dann soll sie sich auch darum kümmern.

Ich schlinge meinen Arm um ihre Taille, ziehe sie an meine Brust und packe ihre Kehle mit der Hand. Es bringt jeden Protest zum Schweigen, den sie andernfalls erheben würde, bevor sie auch nur nach Luft schnappen kann. Das berauschende Pochen ihres Pulses reizt meine Fingerspitzen, als ich sie an mich ziehe. Sie versteift sich und versucht, sich zu sträuben, aber meine sanfte Beharrlichkeit überzeugt sie schließlich. Zögernd entspannt sie sich und lehnt ihren Kopf an meine Schulter, genau wie ich es wünsche. Ich belohne ihre Unterwerfung mit einem Kuss auf die weiche, süße Stelle direkt hinter ihrem Ohr.

Ich spüre ihr nervöses Schlucken unter meiner Hand, die ich weiter an ihrer Kehle halte. Mit der anderen ziehe ich sie aus. Ich ziehe ihr den Mantel von der Schulter, lasse ihre Hände aber in den Ärmeln gefesselt.

„Beweg dich nicht, bis ich dich bewege", murmele ich an ihrem Ohr. „Sprich nur dann, wenn ich es erlaube. Wenn du aufhören willst, lautet dein Safeword Rumpelstilzchen. Wenn du nicht sprechen kannst, klopfe auf meine Hand. Verstanden?"

Sie nickt kaum merklich.

„Laut und deutlich, bitte", erinnere ich sie. Ich schlinge meinen Arm enger um ihre Taille und ziehe sie auf meinen Schoß zurück, sodass sie gezwungen ist, ihre Beine über meinen Oberschenkel zu spreizen. Ihr Rücken lehnt an meiner Brust und sie hat den Kopf nach hinten geneigt, wo er auf meiner Schulter ruht. Ich spüre die Hitze ihres Arsches genau dort, wo ich es mag. Kann sie spüren, wie hart ich jetzt bin? Ich bin die Härte selbst und presse damit gegen alle ihre weichsten Stellen.

„Ja", flüstert sie.

Ich zupfe behutsam an ihrem Ohr und lasse sie die Spitzen meiner Zähne spüren. „Ja, was?", erinnere ich sie bedrohlich sanft.

Das unfreiwillige Reiben ihres Hinterteils auf meinem Schoß hätte einen Heiligen zum Höhepunkt bringen können, aber es ist nicht der Schoß eines Heiligen, auf dem sie sitzt.

„M-Master", stammelt sie.

Braves Mädchen.

Sie auszuziehen ist wie das Auspacken eines Geschenks, das ich nicht sehen kann. Aber obwohl meinen Augen diese Erfahrung in der Dunkelheit verwehrt bleibt, steigern sich meine anderen Sinne. Einen Knopf nach dem anderen entblöße ich sie und setze sie der Kälte aus, bis mein Hemd vollständig geöffnet ist. Ich ziehe das Material von ihrer Schulter und lasse ihre Arme auch dieses Mal in den Ärmeln gefesselt, sodass sich sowohl mein Hemd als auch mein Mantel wie ein vergessener Umhang an ihrer Taille sammeln.

Mit meinen Fingern lese ich die Gänsehaut an den Seiten ihres Körpers wie Blindenschrift – die Seite ihres Arms hinauf, quer über ihr Dekolleté, wo sich das weiche Fleisch ihrer Brüste beim Atmen hebt und senkt – sie erzählt eine Geschichte. Genau wie das Zittern, als ich sie erkunde. Ich streiche über die nackten Rundungen ihrer Brüste. Die Knospen ihrer Brustwarzen ziehen sich bei jeder Berührung meiner Fingerspitzen weiter zusammen. Ich liebkose die zuckende Weichheit ihres Bauches, als ich weiter nach unten gleite und den Stoff wegziehe, der ihren Schoß bedeckt.

Sie zittert, aber dies ist mehr als nur Kälte. Sie zittert für mich und ich genieße jedes sich intensivierende Beben, als ich ihre Beine mit dem Hauch einer Berührung an ihren Oberschenkeln weiter spreize.

„Breiter", sage ich zu ihr und lege meine Hand wieder auf ihren flachen Bauch.

Ihr Atem stockt und sie öffnet ihre Beine weit.

Ihr ganzer Körper versteift sich, als ich sie schmecke. Ich lecke mit meiner Zunge über den Puls an der Seite ihres Halses, bevor ich einen Kuss darauf drücke. Ihre Muskeln ziehen sich zusammen, als ich meinen Mund öffne, aber ich beiße nicht. Ich sauge und nehme sie in Besitz, aber ich trinke nicht von ihr. Mit jedem Saugen meines Mundes weicht die Spannung von ihr. Sie seufzt zitternd und zögerlich, als sie sich schließlich in meinen Armen entspannt.

Solange bis ich meine Hand um ihren Hals schließe und ihr die Luft abschneide. Nur ein paar Sekunden lang. Gerade lange genug, damit es ihr bewusst wird, und sie verkrampft sich wieder. Ich lasse sie sofort atmen und während sie leise keuchend Luft holt, nehme ich sie nun zwischen den Beinen in Besitz. Ihre Klitoris wird noch tagelang wund sein. Ich weiß, dass sie meine Zähne auch dort spüren kann, als ich ihre Schamlippen mit meinen Fingern öffne. Ihr Duft steigt in die Luft und die Kälte haucht einen verbotenen Kuss auf die Nässe, die ich gefunden habe.

Ihre Hüfte zuckt ein klein wenig unter meiner streichelnden Hand, als ich meine Finger in ihre feuchte, weibliche Wärme tauche und die Nässe auf der Knospe ihrer geschwollenen Klitoris verteile. Sie versucht, stillzuhalten … versucht es und versagt. Ihr sinnlicher Körper krümmt sich, als sie ein Stöhnen unterdrückt. Mit dem Arsch reibt sie über die Wölbung meines Schwanzes und ich weiß, dass sie meine Härte jetzt definitiv spüren kann. Denn sie verlagert die Hüfte, um zu bestimmen, wie er sie berührt.

„Böses Mädchen. Habe ich dir nicht gesagt, du sollst dich nicht bewegen?" Ich drücke ihr erneut die Luft ab und reibe mit der anderen Hand in schnellen Kreisen über ihre Klitoris. Ihre Hüfte zuckt und ihre Fersen stoßen gegen die Steinstufen, als sie sich am ganzen Körper verspannt.

Und wieder entspanne ich den Griff um ihren Hals nach nur wenigen Sekunden. Die Liebkosungen gehen weiter. Schnelle Kreise über die empfindliche Spitze ihrer Klitoris, bis ich nicht nur ihre leisen stöhnenden Atemzüge, sondern auch das Echo ihrer Nässe in der Dunkelheit hören kann. Ihre Beine zittern auf meinen. Sie kneift die Pobacken zusammen und streckt sich abwechselnd meiner sie schnell reibenden Hand entgegen und auf meinen gefangenen Schwanz zurück.

Ich habe es noch nie toleriert, gegen meinen Willen festgehalten zu werden.

Mit einem zügigen Klaps auf ihre begierige Muschi lasse ich sie lange genug los, um mich aus meiner Hose zu befreien. Die Hitze ihres Arsches kommt dem Himmel näher, als ich es je werde. Ich schlinge meinen Arm schnell um ihre Taille zurück und hebe sie hoch. So hart, wie ich bin, springt mein Schwanz nach vorn und die Spitze rutscht in ihre Nässe, sobald ich sie auf mich herabsenke.

Sie stöhnt. Ihre Oberschenkel zittern und sie lässt den ganzen Weg hinunter ihre Hüfte kreisen. Die zuckenden Krämpfe ihrer Muskeln umschließen mich. Diese Zuckungen werden wild, als ich meinen Griff um ihre Kehle wieder schließe. Sie versucht, mich zu reiten. Ich reibe und necke ihre Klitoris mit den Fingern, halte nie still und wechsele immer wieder das Tempo. Ich kneife, streichle, versohle und kitzelte sie, nur um sie mit solch einer Hingabe zucken zu spüren, dass sie nur noch feuchter wird.

Ich wünschte, ich könnte sie sehen.

Ihr Herzschlag ist ein hektisches Trommeln, das in meinen Sinnen pulsiert. Ich höre es, spüre es unter meinen Fingern, um meinen Schwanz herum, an meinen Lippen, als ich sie küsse und an ihrer verführerischen Halsschlagader an der Seite ihres Halses sauge. Ich wollte noch nie jemanden so unbedingt beißen wie sie in diesem Moment. Aber ich tue es nicht. Es ist noch zu früh für sie.

Ich möchte in sie stoßen und mich in ihrer betörenden Hitze versenken. In dieser Position wird beides nicht passieren, aber sie ein wenig der kalten Luft auszusetzen, ist nichts im Vergleich dazu, sie in einer Felsenhöhle auf den Boden zu legen. Das werde ich nicht tun.

Also verweigere ich es mir ebenso, wie ich ihr das Atmen verweigere, während ich ihr immer wieder die Luft abdrücke. Verweigerung kann ganz exquisite Qualen mit sich bringen. Für sie ist es der Drang nach Erlösung. Ich necke sie mit der wilden Wut ihrer angestauten Empfindungen und lasse sie nur kurz und schnell keuchend nach Luft schnappen, während ich die Sinneseindrücke schon wieder verändere. Jetzt reibe ich ihre Klitoris in schnellen, kreisförmigen Bewegungen, die sie kommen lassen sollen, aber nur dann, während ich sie würge.

In dem Moment, in dem ich loslasse, bleibt auch meine andere Hand stehen.

Ihr zitterndes Keuchen wird zu einem abgehackten von Frustration geprägten Stöhnen. Sie versucht jetzt, sich selbst zu würgen. Sie atmet ein und hält den Atem an, sodass ich meine Finger bewege und sie noch näher an den Abgrund treibe. Sie reibt sich, rockt und kämpft, um sich auf den wenigen Zentimetern zu bewegen, die ich ihr erlaube, während ich ihre hübsche Klitoris verwöhne und dem Schlagen ihres Herzens lausche.

Ich weiß, wann sie bereit ist. Ich lasse ihren Hals ein letztes Mal los, damit sie Luft schnappen kann, aber dieses Mal halte ich meine Finger zwischen ihren sich anspannenden Schenkeln nicht still.

Ich möchte sie so gerne beißen.

Ich drücke ihr die Luft ab und lasse sie stattdessen kommen. Sie krümmt sich mit gebeugtem Rücken, die Muskeln zittern und zucken. Sie zieht sich mit zitternden Krämpfen zusammen, die über meinen Schwanz tanzen. Ich bringe sie an den Rand der Ohnmacht, bevor ich meinen Griff zum letzten Mal von ihrer Kehle löse. Sie keucht, würgt und wimmert hektische Schluchzer, die möglicherweise gleich zu echten Tränen der Erlösung werden könnten, als plötzlich ein Klicken zu hören ist. Die Steinplatte, die uns den Weg versperrt, beginnt sich zu bewegen.

Licht durchflutet das Treppenhaus, unterbrochen durch den Schatten eines großen, schlanken Mannes, der – ausgerechnet – eine Jeans und einen weichen, grauen Pullover trägt. Sein langes, braunes Haar reicht bis zu seinem Kragen. Sein schmales Gesicht wirkt kantig in den Schatten.

Er stemmt seine Hände an beiden Seiten gegen den Türrahmen und knurrt: „Wenn ich meine Tür nicht sofort öffne, verstehen die meisten Leute diesen nicht so subtilen

Hinweis, und verschwinden wieder. Was sie nicht tun, ist, einander auf meinen Stufen vögeln und überall Körperflüssigkeiten auf dem verdammten Boden verteilen." Er stößt sich rückwärts von der Wand und schüttelt angewidert den Kopf. „Unhöflich", sagt er und geht.

~

MERRIS

ICH WAR NOCH NIE in einem Grabmal. Ich weiß nicht, ob das hier wirklich eins ist, aber Alerons sehr mürrischer Freund Ignacio hat sich hier eine höllische Katakombe geschaffen. Katakombe? Es wirkt eher wie eine unterirdische Honigwabe, mit blanken Glühbirnenleuchten, die an Verlängerungskabeln durch die abgerundete Höhle in seinem Unterschlupf gespannt sind, und Schatten die wie schwarzer Honig über die Wände und den Boden tropfen und in kastenähnliche Felsspalten fließen, die das vertikale Grundgestein überall dort einkerben, wo genügend Platz dafür ist. Sie alle sind mit Büchern vollgestopft. Neue Bücher, alte Bücher, Bücher ohne Buchdeckel und Einbände, die mit Schnüren zusammengehalten werden, Schriftrollen, Landkarten, gefaltetes Pergamentpapier – und alles ist in Staub gehüllt.

„Der Reinigungsdienst ist etwas langsam hier", sagt Ignacio kalt, als ich nicht ganz so geheimnisvoll bin, wie ich es vielleicht sein sollte, und mit dem Finger durch die dicke Staubschicht an der Öffnung einer steinernen Nische fahre.

„Wo haben Sie das alles her?", hauche ich, halb staunend, halb entsetzt. So sehr ich das Lesen auch liebe, so etwas habe ich noch nie gesehen. Der Geruch ist ziemlich muffig und ich muss jedes Mal niesen, wenn ich mich nah genug heranlehne, um etwas zu entziffern. Nicht jeder Wälzer hat eine Schrift auf dem Einband oder überhaupt noch genug von dem Einband übrig, um die Seiten zu schützen. Die Worte, die ich erkennen kann, sind selten auf Englisch geschrieben. „Haben Sie die alle gelesen?"

„Natürlich habe ich das." Völlig irritiert schaut Ignacio von mir zur Aleron.

„Wissen ist Macht, junge Dame. Auf diesen Seiten stehen Milliarden und Aber Milliarden von Wörtern geschrieben. Was nützt es, wenn sie keiner liest? Ich schwöre", sagt er und wirft Aleron einen anklagenden Blick zu, „wir sind kaum besser als Affen. Was willst du?"

„Informationen", antwortet Aleron. „Das Teil eines Puzzles, welches du hoffentlich kennst."

Mit ausgestreckter Hand zeigt der andere Vampir auf seine Höhle von Büchern und wartet.

„Ein Vampir Lord hat sein Nest in die Gegend von Tucson verlegt und ich möchte wissen, wer er ist."

„Da wirst du schon ein bisschen genauer sein müssen", sagt Ignacio trocken. „Vielleicht nicht im gleichen Ausmaß wie das geschriebene Wort, neigt man jedoch dazu, sich mit vielen Dingen zu beschäftigen, wenn man einsam ist."

„Ich glaube, dass er eine alte Seele und mächtig ist. Wir sind ihm heute Abend begegnet. Er hat nicht nur seine eigene Anwesenheit vor mir maskiert, sondern auch die aller anderen, bis auf den einen, der mich ködern sollte."

„Eine ungewöhnliche Fähigkeit", räumt Ignacio ein. „Aber nicht unbekannt."

„Er war ein alter Mann, als er erschaffen wurde."

Warum das einen Unterschied machen würde, weiß ich nicht, aber die Aufmerksamkeit des anderen Vampirs nimmt schlagartig zu.

„Mit einem Kopf voller grauer Haare oder mit Glatze und

nur einem Ring rund um den Schädel, wie die Krone eines römischen Kaiserlorbeerblattes?"

„Definitiv die Krone", antwortet Aleron.

„Wie alt?"

„Mindestens fünfzig, als er erschaffen wurde."

Ich glaube, ich habe zu viel Zeit mit Aleron verbracht. Ich sehe die dezente Veränderung in Ignacios Ausdruck – die geraden Lippen, das leichte Zucken der Augenbraue –, kurz bevor er sich abwendet. Er greift nach einem Buch. Es ist alt und über einen halben Meter in Länge, dick und schwer. Der Ledereinband ist angeschlagen und pellt sich ab. Ungleich große Seiten sind von den Jahren vergilbt und an den Rändern abgegriffen.

Er legt es auf einen unordentlichen Tisch auf einen Stapel mit noch mehr Büchern und öffnet es vorsichtig. Die Seiten sind leer, aber zwischen den Bögen befinden sich weitere Papiere – Zeichnungen, Fahndungsplakate, Zeitungsartikel. Er hält bei einer Zeichnung inne, studiert sie einen Moment lang schweigend und tritt dann zurück, damit Aleron sie sich genauer ansehen kann.

„Das ist er", sagt Aleron leise. „Wer ist das?"

„Früher war er als Athanasius bekannt. Ich glaube, er nennt sich jetzt Arthur."

Ignacio runzelt die Stirn. „Er jagt dich?"

„Nein." Als Aleron mich ansieht, tut es der andere Vampir auch.

Er zwinkert und alle Spuren seiner Irritation wandeln sich zu Überraschung, als er Aleron erneut ansieht. „Warum?"

„Ich hatte gehofft, das könntest du mir sagen."

Mit geneigtem Kopf blinzelt Ignacio erneut. „Ich habe auch keine Kristallkugel, junger Mann. Wie genau glaubst du, soll ich das tun?"

„Es wird gemunkelt, du könntest die Gedanken eines

jeden Vampirs lesen, der sich dir auf einen Kilometer annähert. Dass das der Grund ist, warum du so tief unter der Erde lebst. Um dem ständigen Geschwätz zu entfliehen."

Ignacio runzelt die Stirn und Aleron fragt: „Wie gut bist du mit Menschen?"

„Moment mal." Ich trete zurück und mir gefällt überhaupt nicht, wie mich die beiden plötzlich ansehen. „Was genau versucht ihr da?"

Aleron senkt den Kopf und sieht mich nicht an. Wenn ich es nicht besser wüsste, würde ich es für eine Schuldreaktion halten, aber das ergäbe keinen Sinn.

„Ich habe es doch schon gesagt", sage ich. „Ich habe diesen Arthur ... Athanasius ... oder wie auch immer er heißt, noch nie getroffen. Ich weiß nicht, warum er hinter mir her ist. Welchen Nutzen könnte es dann haben, meine Gedanken zu lesen?"

„Dort drin gibt es nichts zu lesen", erwidert Ignacio irritiert. „Und außerdem sieht es wie eine Schuldreaktion aus, weil es genau das ist. Er hat Spaß daran, dich zu vögeln und will nicht zugeben müssen, dass er neulich Abend dein Gedächtnis gelöscht hat. Und *Nein*", sagt er und wendet sich wieder an Aleron, „ich kann es nicht ungeschehen machen. Unsere Art kriecht nicht einfach ohne Risiko in menschliche Köpfe. Was du von mir verlangst, könnte sie möglicherweise einfältig und auf sich selbst sabbernd zurücklassen. Also lass mich dir die Mühe ersparen. Athanasius ist ein Schmarotzer. Er zieht mit seinem Nest von Ort zu Ort, von Kontinent zu Kontinent, und bleibt nirgendwo länger als ein paar Monate, weil er es nicht kann. Er war noch nie vorsichtig, wo er trinkt. Es ist ihm egal, wie viele Leichen er zurücklässt. Und er ist auch nicht hinter deiner Futterquelle her, weil ihm süßes Blut völlig egal ist. Das hat er bereits vor Jahrhunderten hinter sich gelassen."

„Was meinst du damit, er hat es hinter sich gelassen?"
Aleron runzelt die Stirn.

Ich selbst stolpere immer noch über eine Stelle früher im
Gespräch. „Was meinen Sie damit, er hat mein Gedächtnis
gelöscht?"

Ignacio wirft uns identisch vernichtende Blicke zu. „Er
hat dein Gedächtnis gelöscht", sagt er zu mir, „weil
Menschen panische Tiere sind, die schlecht darauf reagieren,
wenn sie wissen, dass sie nicht an der Spitze der Nahrungskette stehen. Athanasius schert sich einen Dreck um dieses
Mädchen", sagt er zu Aleron, „denn das Einzige, was ihn
interessiert, ist es, high zu werden. Er hat bereits vor dreitau-
send Jahren, bevor der unrechtmäßige Sohn eines Zimmer-
manns in das römische Hornissennest trat, *Nepenthes* aus den
ägyptischen Königen gesaugt. Und er tut es immer noch –
wenn auch jetzt als Heroin – aus den Adern derer, die er von
der Tanzfläche in Lucius' Nachtklub locken kann. Es ist ihm
egal, ob du davon weißt", schleudert er mir entgegen und sagt
dann zur Aleron: „Und es ist ihm auch egal, ob *du* davon
weißt. Der Einzige, der es nicht wissen darf, ist Lucius.
Zumindest nicht, bis er im Jagdrevier des Vampirkönigs Fuß
gefasst hat. So weit, dass er es ihm entreißen kann."

„Lucius wird das niemals zulassen", sagt Aleron.

„Lucius ist abgelenkt", korrigiert ihn Ignacio. „Er hat eine
hübsche Wolfsfrau in seinem Bett. Seine Nachkommen sind
ehrgeizig und unruhig, und Athanasius *weiß* das. Er will, was
Lucius hat – eine beständige Nahrungsversorgung nah genug
an der Grenze, wo der Drogenvorrat ebenso endlos ist wie die
Adern, aus denen man ihn trinken kann. Und es ist auch das
Einzige, was er nicht langfristig bewahren kann, egal wie oft
er es versucht. Denn er ist dumm, zugedröhnt und zu leicht-
sinnig, um über lange Zeit Geduld zu haben. Das ist alles.
Auf den Punkt gebracht. Er will Club Toxic."

„Dann gehen wir zu Lucius", sagt Aleron entschieden. „Und werden sehen, was er über einen anderen König zu sagen hat, der ihn aus seinem Territorium verdrängen will."

Ignacio schnaubt. „Er wird keine so große Hilfe sein, wie du vielleicht denkst."

„Du meinst abgesehen davon, dass die Wandler Tucson regieren und es wahrscheinlicher ist, dass sie ihn verdrängen als wir? Ja." Jetzt schnaubt auch Aleron. „Darüber habe ich auch nachgedacht. Aber ich bin mit keinem von ihnen befreundet und es wäre mir lieber, wenn ich sie nicht um Hilfe bitten muss."

„Das meine ich nicht", sagt Ignacio und seine sanfte Stimme klingt so seltsam, dass es sogar meine Aufmerksamkeit erregt.

Ich habe die ganze Zeit hier gestanden, geschockt bis aufs Mark, und in meinem Kopf nach einer Lücke gesucht, um mich zu erinnern, was in dem Nachtklub geschehen ist. Ich erinnere mich, dass ich in der Schlange stand, ausgewählt wurde, hineinzugehen, mir ein Getränk geholt habe und am Rand der Tanzfläche entlanggegangen bin. Dann erinnere ich mich als Nächstes daran, dass ich mich entschlossen habe, nach Hause zu gehen, und wie dann auf mich geschossen wurde. Irgendwo dazwischen hatte ich eine Begegnung mit Aleron, die er ausgelöscht hat?

„Scheiße", sagt Aleron.

Ich reiße meine Aufmerksamkeit zu ihnen zurück, aber sie sehen nicht mich an. Sie schauen über mich hinweg. Ich hebe meinen Blick ebenfalls. An der Wand direkt über meinem Kopf hängen acht Großbildfernseher, die ich bis jetzt noch nicht bemerkt hatte. Da die Decke dieses Raums ähnliche Stufen hat wie eine Treppe, kann ich sie erst sehen, als ich in die Mitte des Raumes trete. Sie sind stummgestaltet und an der unteren Kante läuft ein Text mit Untertiteln entlang. Sie alle zeigen einen anderen Kanal. Einer strahlt *The Great British Baking Show* aus. Auf dem Rest sind aufblitzende Bilder der Nachrichten zu sehen. Drei Bildschirme zeigen ein Foto von mir.

Nachdem er die Fernbedienung gefunden hat, stellt Ignacio den Ton eines Fernsehers laut, sodass wir eine Nachrichtensprecherin hören können, die sagt: „... die zur Vernehmung im Zusammenhang mit dem Massenmord gesucht wird, der sich heute Abend im Wohnkomplex Saguaro Canyon ereignet hat. Einundvierzig Personen wurden in dem Wohnkomplex, in dem auch Miss Chapman wohnt, ermordet aufgefunden. Es können noch keine Spekulationen darüber abgegeben werden, was genau passiert ist oder warum, aber die Polizei ..."

Als er den Fernseher wieder auf stumm schaltet, stehen wir alle schweigend da. Ich kann nicht atmen. Meine Brust schmerzt und ist plötzlich so eng, als hätte jemand unter meinen Brustkorb gegriffen und mein Herz mit den Händen gepackt.

„Sie denken, dass ich das war?", krächze ich.

„Das ist die Magie des Fernsehens", sinniert Ignacio. „Jetzt weiß jeder, dass du es warst. Sie kennen dein Gesicht, deinen Namen ... die wenigen Freunde, die du hast und die so etwas nicht in einer Million Jahren von dir glauben würden, spielen keine Rolle. Denn das Einzige, was du zu deiner eigenen Verteidigung sagen könntest, ist auch das Einzige, was niemand glauben wird. Und das ist, dass ein Vampir es getan hat."

 erris

ICH SITZE auf den Stufen vor Ignacios offener Tür und trage noch immer das Hemd, das mir Aleron bei sich Zuhause gegeben hat, und außerdem seinen Mantel. Alles andere habe ich ihm zurückgegeben, damit er den Weg zur Oberflächenwelt nicht in nichts anderem als seiner Hose zurücklegen muss. Ich halte die Socken in den Händen, die mir Ignacio gegeben hat, kurz bevor er mich mit beiden Händen hinausscheuchte und sagte: „Geh, Hauselfe, du bist frei." Dann hat er mich hier hinausgeschickt.

Er ist auch ein Arschloch.

Aber die Socken sind nett. Sie sehen irgendwie wie aus beigefarbenem Garn gestrickte Hausschuhe aus, die jedoch innen mit einem dicken Futter aus weichem Kunstpelz gefüllt sind. Ich ziehe sie an. Sie sind ein wenig groß für mich, aber sehr warm. Als ich mit den Zehen im weichen Inneren wackle, fühle ich mich nur hungrig, müde und traurig.

Ich bin mir ziemlich sicher, dass ich für einundvierzig Morde, die ich nicht begangen habe, ins Gefängnis gehen werde.

Und das nur, wenn ich nicht vorher auf grauenhafte Weise von abtrünnigen Vampiren abgeschlachtet werde.

Ich habe keine Ahnung, was ein Wandler ist, aber die Welt, die ich zu kennen glaubte, ist plötzlich ein viel größerer und beängstigender Ort, als ich es mir je vorgestellt habe.

„Ich würde euch anbieten, dass ihr euch für die nächsten fünfzig Jahre hier verkriechen könnt", sagt Ignacio, als er Aleron zur Tür begleitet. „Aber ich glaube nicht, dass ich euch beide genügend mag. Nichts für ungut."

„Wir nehmen es nicht persönlich", antwortet Aleron diplomatisch. „Danke für die Taschenlampe."

„Der Knopf zum Rausgehen befindet sich im Felsen über der Tür. Viel Glück", sagt er und zieht sich wieder in seinen Raum zurück. „Bitte kommt nicht zurück."

Die schwere Felsplatte setzt sich in Bewegung und rutscht mit kieselig schleifender Langsamkeit los, bis sie den Eingang erneut versiegelt und alles Licht verschwunden ist.

Er schüttelt die Taschenlampe, bis sie angeht. Aleron bietet mir seine Hand an, aber ich schlage sie weg. Ich bin immer noch erschüttert, dass er mein Gedächtnis gelöscht hat. Aleron ist ein Vampir. *Ein Vampir.* Der in der Lage ist, ganze Erinnerungen aus meinem Kopf zu löschen. Was hat er gelöscht? Wie soll ich ihm je wieder vertrauen?

Ich kann es nicht. Aber leider sitze ich im Moment mit ihm fest, während die gesamte Polizei von Tucson nach mir sucht und der Mörder meiner Schwester immer noch frei herumläuft.

Wir gehen die Treppe hinauf und bleiben an den meisten Stellen hintereinander, weil sie so schmal ist. Als wir oben ankommen, bin ich mehr als bereit, aus diesem Loch zu verschwinden. Meine Beine sind wie Gummi. Ich habe keine Ahnung, wie oft ich anhalten und mich ausruhen musste, aber ich war noch nie so glücklich darüber, ein Auto zu sehen, wie in dem Moment, als Aleron den Knopf findet, der uns in die Nacht hinaus entlässt.

Sobald er die Tür öffnet, rutsche ich auf den Beifahrersitz. „Wie viel Zeit haben wir noch?", frage ich, als er neben mir Platz nimmt. Das ganze Auto erwacht rumpelnd zum Leben, als er den Motor startet.

„Nicht viel", sagt er mit einem Blick auf den Horizont, der sich bereits zu einem Pflaumengrau erhellt. „Wir müssen uns beeilen."

„Zurück in dein Haus?"

„Nein. Er hat mich mit dir gesehen. Mein Haus wird nicht sicherer sein als deins. Das Einzige, was im Moment zu unseren Gunsten arbeitet, ist die Morgendämmerung. Er kann dich tagsüber nicht jagen, es sei denn, er benutzt Menschen."

„Du meinst als mehr als eine Nahrungsquelle."

„Es würde Sinn ergeben. Erinnerst du dich an den Mann, der dich im Nachtklub am Arm gepackt hat? Er gibt mir zu denken. Ein Mensch könnte an diesem Ort leicht andere Menschen jagen, ohne viel Aufsehen zu erregen. Und ich habe bis heute Abend weder Athanasius noch einen seiner Anhänger je zuvor gesehen. Es würde Sinn machen, dass er Agenten im Club hat, die Lucius nicht auf dem Radar hätte."

„So ist er an Jez gekommen." Es tut weh, es auch nur auszusprechen.

„Ja."

Wir fahren schweigend weiter, rasen von der Kirche weg und über die Autobahn zurück zur Bundesstraße 10 zurück. Der Himmel wird von Sekunde zu Sekunde heller.

„Wenn du in den Kofferraum kriechen willst, kann ich

fahren", biete ich an. Das könnte aber eine Lüge sein. Ich habe noch nie einen Wagen mit Schaltgetriebe gefahren.

Der Blick, den er mir zuwirft, macht diese Idee sowieso zunichte. „Ich krieche nicht in den Kofferraum." Er starrt weiter auf die Straße und fügt hinzu: „Du hast sowieso keine Ahnung, wie du an den Ort gelangst, an den wir fahren wollen. Und obwohl ich zugeben muss, dass sie sich sicherlich nicht freuen werden, mich zu sehen, werden sie dich ganz sicher nicht hereinlassen, wenn ich im Kofferraum sitze. Die Chancen stehen hoch, dass sie uns sowieso nicht hineinlassen, egal, was wir tun."

„Wer?", frage ich.

„Lucius, der König des Nestes und der vermutlich mächtigste Vampir in Tucson."

Aleron umklammert das Lenkrad mit festem Griff. Vielleicht geht meine Fantasie mit mir durch, weil ich weiß, wie wichtig es ist, aber es fühlt sich so an, als würden wir noch schneller fahren, als er es normalerweise tut.

„Was ist der Plan, wenn er uns nicht hineinlässt?" Ich traue mich fast nicht, das zu fragen.

„Aller Wahrscheinlichkeit nach?" Er sieht mich seitlich an. „Ich werde sterben und du dann vermutlich auch. Wenn nicht auf Lucius' Befehl, dann sicherlich auf Athanasius' Anweisung, wenn die Nacht wieder hereinbricht."

Es dauert nicht lang, bis wir unser Ziel erreichen. Es muss wohl eine Grundvoraussetzung sein – ein Mensch kann nicht zum Vampir werden, es sei denn, er ist reich. Oder vielleicht ist dieser Lucius einfach nicht umsonst König. Sein Haus ist riesig. Die Außenbeleuchtung brennt und das Tor, das die Einfahrt blockiert, ist elektronisch verriegelt.

Aleron blickt lange auf die Gegensprechanlage, bevor er mich ansieht, sein Fenster öffnet und auf den Knopf drückt. Der Horizont ist beängstigend hell, die Farbe verblassender blauer Flecken, mit einem Hauch von Rosa an der Unterkante entfernter Wolken.

Die Dämmerung ist zu nah. Ich glaube nicht, dass jemand antworten wird. König oder nicht, jeder Vampir in diesem gewaltigen Gebäude muss sich inzwischen in der Sicherheit seines Sarges im Keller befinden. Großer Gott, werde ich gleich zusehen, wie Aleron in Rauch und Flammen aufgeht?

Panik breitet sich in meiner Brust aus wie eine kalte Faust, deren Griff mit jeder unwiederbringlichen Sekunde, die vorüberzieht, immer fester wird.

„Wir müssen …" Ich vergesse, was ich sagen will, als das Tor plötzlich summt und sich öffnet. Es klappert in seiner Schiene und öffnet die gesamte gepflasterte Einfahrt, sodass wir hineinfahren können. Aus der Sprechanlage erklingt kein einziges Wort. Als Aleron den Gang einlegt, schaltet sich das Licht auf der vorderen Veranda ein und die Tür öffnet sich. Niemand kommt heraus. „Ja", hauche ich. „Das ist nicht im Geringsten ominös."

Ich sehe Aleron an, aber unsere Bedenken ändern nichts an den Tatsachen. Wir haben weder Zeit noch andere Optionen.

Wir fahren auf das Haus zu und lassen das Auto vor der Garage stehen. Ich stelle mir alle möglichen schrecklichen Dinge vor, die jenseits dieser offenen Tür in der Dunkelheit auf uns warten. Es brennt kein einziges Licht und ich kann niemanden sehen, der darauf wartet, uns zu empfangen.

Aleron tritt den ersten Schritt über die Schwelle, was mich überrascht.

„Brauchst du keine Erlaubnis, um einzutreten?"

Verständnislos bleibt er stehen und sieht aus, als wolle er am liebsten mit den Augen rollen. „Du bekommst definitiv Fernsehverbot. Außerdem haben sie die Tür geöffnet, damit wir hereinkommen können. Das ist eine Erlaubnis."

Jeder Vorhang im Haus ist zugezogen und sobald Aleron die Tür hinter uns schließt, ist das einzige noch verbleibende Licht ein glühender Rand, der an den Seiten der Vorhänge, die die Verandafenster schützen, hereinscheint. Und plötzlich geht weiter hinten im Flur ein Licht an.

„Hier entlang", ruft eine Frau.

„Beeilt euch bitte", fügt ein Mann hinzu. „Wir haben nicht viel Zeit."

Ich habe mehr als nur ein paar Bedenken, aber als Aleron meinen Arm packt, kann ich nichts anderes tun, als ihm zu folgen. Den Flur hinunter, vorbei an der Küche, am Wohnzimmer, am Arbeitszimmer, den ganzen Weg zu einem großen Schlafzimmer, wo das übergroße Bett an die Wand gefaltet steht und eine Steintreppe enthüllt, die nach unten führt. Eine wunderschöne Frau – groß, schlank und mit weißblondem Haar, das frei über ihren Rücken fließt, – wartet in der Nähe des Eingangs. Wir haben sie erwischt, als sie in den Untergrund gehen wollten, und sie sehen nicht sonderlich glücklich darüber aus, dieses Geheimnis mit uns zu teilen.

Und doch ist sie diejenige, die uns ungeduldig befiehlt, nach unten zu gehen. Sie wartet, bis wir an ihr vorbeigegangen sind, bevor sie die Tür hinter uns schließt und verriegelt. Wir nehmen die steile Treppe nach unten und folgen dem gemächlichen Gang eines Mannes, der noch größer ist als Aleron.

In meinem Nacken kribbelt es. Ich drehe mich zu der Frau um, die das Schlusslicht unserer kleinen Gruppe bildet. Ihr starrender Blick ist der kälteste, den ich je gesehen habe. Sie lächelt nicht. Sie ist nicht freundlich. Sie mag mich nicht.

Ich schaue nach vorn und halte mich mit beiden Händen an Alerons stützendem Arm fest, bis wir in ihrem Heiligtum ankommen.

Es ist genauso, wie ich mir das Versteck eines Vampirs

vorstellen würde. Wie in einer Gruft sind die Wände und der Boden aus Stein. Ich kann den modrigen Geruch von trockenem Dreck riechen, obwohl ich nirgendwo nackte Erde sehen kann. Der Boden ist hart und kühl und wir kommen an mehreren kleinen Räumen vorbei, bevor plötzlich durch einen Bewegungsmelder ausgelöste Lichter erstrahlen und wir in einem großen Raum stehen, der nichts anderes als einen großen Steinsarkophag enthält, der in der Mitte des Raumes in die Höhe ragt. Der Deckel ist leicht geöffnet und offenbart einen Sarg, der groß genug für zwei Personen und mit weichem Samt und Kissen ausgekleidet ist.

„Ich bin überrascht, dass du sie nicht gefesselt hast", sagt der Mann, von dem ich annehme, dass es Lucius ist. Jetzt, da wir alle unten sind, dreht er sich zu uns um.

Aleron lässt mich los und hebt seine Hand, um sie um meinen Nacken zu schlingen. „Warum sollte sie gefesselt sein?"

„Bist du nicht wegen des Kopfgeldes hier?", fragt Lucius. Sein Gesicht zeigt eine Maske der Höflichkeit, aber die Luft hier drin erscheint plötzlich gar nicht mehr so. Sie ist schwerer geworden, kälter. Still und spürbar feindselig.

Alerons Finger in meinem Nacken bewegen sich kaum, aber ich kann ihre Anspannung spüren. „Welches Kopfgeld?"

„Das Kopfgeld, das ich aussetzen musste, als ich von dem Wandler-Mord in Saguaro Canyon gehört habe. Jetzt geben die Menschen einem Menschen die Schuld." Lucius sieht mich an und die Kälte seines jahrhundertealten Blickes bohrt sich in mich hinein. „Aber das Problem ist, dass ein Mensch allein die Stammesmutter des Camino Seco Kojotenrudels nicht getötet haben kann. Die Stammesmutter roch aber auch nicht nach Vampir. Also werde ich diese Frage nur einmal stellen. Was ist in diesem Wohnkomplex passiert? Und ich verspreche dir, dass ich mich nicht einmal bemühen werde, einen von euch auf humane Weise zu töten, solltest du mich anlügen. Ich werde euch einfach den Camino Seco Wandlern übergeben."

„Die werden euch auch nicht auf humane Weise umbringen", knurrt die Frau hinter mir.

„Ich glaube es einfach nicht." Eigentlich will ich nicht so erbärmlich klingen, wie ich es tue, aber die Wunden sind noch zu frisch und es gibt nichts, was einen so hilflos und schrecklich fühlen lässt, wie die Unfähigkeit, seine eigene Unschuld zu beweisen.

Aber schlimmer noch ... wird der Rest meines Lebens nun so sein? Alle, die ich kannte, sind tot. Und alle, die ich kennenlerne, sehen mich mit der gleichen kalten Wut im Gesicht an.

„Ich wollte nur herausfinden, was mit meiner Schwester passiert ist. Ich habe niemanden getötet!", protestiere ich.

Die Frau tritt völlig unbeeindruckt so nah an mich heran, dass wir uns nun von Angesicht zu Angesicht direkt gegenüberstehen. „Beweise es", fordert sie mich heraus.

Ich habe keine Ahnung, wie.

„Gib mir deine Hände."

Ich schaue auf meine Hände und zögere nur einen kurzen Moment, bevor ich sie ihr mit den Handflächen nach oben entgegenstrecke. Ich weiß nicht, was ich erwartet habe. Vielleicht, dass sie mir wehtut, denke ich. Aber sie tut es nicht, obwohl ich trotzdem zusammenzucke, als sie meine Handgelenke mit eisernem Griff packt. Sie ist schlank, groß, schön und verdammt stark. Sie zieht meine Hände zu ihrem Gesicht und schaut mir die ganze Zeit in die Augen. Sie unterbricht den Blick erst, als ihre Nase fast gegen meine Fingerspitzen stößt. Dann atmet sie tief ein, zweimal.

Die kalte Wut auf ihrem Gesicht schwindet. Ihre Augenbrauen zucken, als sich eine ganz leichte Spur von Feuchtigkeit in ihren Augen sammelt. Als sie mich loslässt, weicht sie abrupt zurück.

„Selene", sagt Lucius und streckt ihr den Arm entgegen.

Sie sieht mich an, blickt dann zu ihrem Gefährten und schüttelte zweimal den Kopf, bevor sie sich von uns allen abwendet.

„Ich habe es nicht getan", sage ich erneut, ohne zu verstehen, was vor sich geht.

Aleron greift nach meinem Arm und zieht mich von den anderen beiden Vampiren weg. Er schiebt mich hinter sich, aber ich habe bereits das Gefühl, als wäre die Gefahr irgendwie vorüber. Die Frau hat den Kopf gesenkt und ihre Schultern sind niedergeschlagen zusammengesunken. Sie geht zu Lucius hinüber und schüttelt den Kopf. Ich kann ihre Stimme kaum hören, als sie flüstert: „Es gibt keine Spur eines Wandlers an ihr."

„Wir werden nicht aufhören zu suchen, bis wir herausgefunden haben, was geschehen ist", sagt der andere Vampir und legt ihr eine tröstende Hand auf die Schulter. „Zu diesem Zeitpunkt denke ich jedoch, dass uns die Erklärung allen besser dienen würde, wenn wir damit warten, bis nachdem wir geschlafen haben." Der Vampirkönig schaut an Aleron und mir vorbei und deutet mit einem Kinnnicken hinter uns. „Ihr könnt euch in das Zimmer dort hinten einbetten, wenn ihr möchtet."

Unabhängig davon, wie es formuliert ist, handelt es sich dabei weniger um ein Angebot als vielmehr um einen kaum verschleierten Befehl. Er vertraut uns nicht und ehrlich gesagt bin ich mir nicht sicher, wie sehr wir einem der beiden trauen können. Nicht dass wir eine andere Option hätten. Inzwischen ist die Sonne mit Sicherheit aufgegangen. Wir haben einfach keine Zeit mehr.

Aleron drückt eine Hand auf mein Kreuz und schiebt

mich in die Richtung eines der angrenzenden Räume, der jetzt, als ich darin stehe, eher wie eine Gefängniszelle wirkt. Es klingt auch so, als Lucius die Tür schließt und uns darin einsperrt. Auf Augenhöhe der schweren Tür gibt es sogar ein kleines vergittertes Fenster, durch das der Vampirkönig sagt: „Nichts für ungut."

„Kein Problem", antwortet Aleron zurückhaltend. „Ich würde auch nicht wollen, dass Fremde um mich herumlaufen, während ich schlafe."

„Wir reden heute Abend", verspricht Lucius, bevor er weggeht. Dann kann ich ihn nicht mehr sehen oder hören. Ich weiß, dass er nicht weit gegangen ist, und noch bevor wenige Minuten vergangen sind, höre ich es flüstern. Dann ein knirschendes Geräusch, als sich der schwere steinerne Deckel des Sarkophags schließt. Auch dort rasten Schlösser ein, die sie beide im Inneren ihres Sarkophags einschließen, wo sie sicher sind.

Aleron und ich befinden uns auf der falschen Seite eines jeden einzelnen Schlosses hier unten und ich fühle mich alles andere als sicher. Obwohl Lucius so freundlich war, im anderen Raum das Licht brennen zu lassen, strahlt nur wenig davon in unsere kleine Zelle hinein. Ich kann genug erkennen, um zu wissen, dass es in diesem Raum keine Möbel gibt – keinen Stuhl, kein Bett, keinen Eimer zum Hineinpinkeln, nichts zu essen und kein Wasser. Ich setze mich im Schneidersitz auf den nackten Boden. Aha, da ist sie ja, die Quelle des modrigen Gestanks. Ich schlinge meine Arme um meinen Körper, um mich warm zu halten. Es ist nicht ganz so kalt hier drin wie in Ignacios unterirdischem Grabmal, aber es ist auch nicht gerade gemütlich warm.

„Es ist nur für eine Nacht", sagt Aleron zu mir, aber er kann das genauso wenig wissen wie ich. Ich vermute nur, dass er sich irrt.

Er tritt hinter mich und seufzt, als er sich mit dem Rücken an die Wand gelehnt zu Boden sinken lässt.

„Komm her", sagt er, aber ich bewege mich nicht. Er schlingt einen Arm um meine Taille und zieht mich wieder an sich. Ich versuche, mich ihm zu widersetzen, aber es ist, als würde ich versuchen, einen Tintenfisch abzuschütteln. Ich bin einfach zu müde. Schlussendlich ist es sowohl einfacher als auch bequemer, nachzugeben.

„Ich habe Hunger", murmele ich und fühle mich fast kindisch, es überhaupt zu sagen.

Aleron sagt nichts. Er rückt lediglich den Mantel um mich zurecht, sodass ich so gut wie möglich zugedeckt bin. Dann lehnt er sich mit dem Rücken an die Wand und macht sich bereit, meine Matratze zu sein, während ich mich seitlich an ihn schmiege. Ich ziehe meine Knie bis zum Kinn hoch, lehne meinen Kopf an seine Brust und versuche, so undankbar wie möglich zu sein.

Es ist eine seltsame Sache, auf jemandem zu liegen, dessen Herz nicht schlägt und der nur Luft holt, um zu sprechen. Er streichelt mein Haar und meinen Rücken. Ich liebe es, wie sich seine Hände anfühlen. Sie sind unserer Situation zum Trotz stark und ruhig.

„Es tut mir leid, dass ich dein Gedächtnis gelöscht habe", sagt er. Als er erneut über mein Haar streichelt, muss ich mich zusammenreißen, ihm nicht die Hand wegzuschlagen. „Ich weiß, dass du dich für das, was ich dir genommen habe, wahrscheinlich misshandelt fühlst, aber …"

„Das tue ich." Ich reagiere schnippisch, füge dann jedoch hinzu: „Aber ich verstehe es."

Er hält die Hand an meinem Rücken still und neigt seinen Kopf, so als könnte er mein Gesicht im Dunkeln sehen. Vielleicht kann er das auch. Alles, was ich sehen kann, ist nur ein bleicher Geist in nachtschwarzer Luft. Ich kann noch nicht einmal sein Gesicht erkennen. „Wirklich?"

„Menschen sind panische Tiere", erwidere ich. „Wir reagieren schlecht darauf, wenn wir wissen, dass wir nicht an der Spitze der Nahrungskette stehen."

Es ist die schnippischste Antwort, die ich aufbringen kann, und doch fühlt sie sich leer an. Wenn ich gezwungen bin, ehrlich zu sein, verstehe ich es irgendwie. Und das macht es alles nur noch schlimmer. Denn was wird wohl mit mir geschehen, wenn das alles vorbei ist? Entweder werde ich sterben oder mir wird erneut das Gedächtnis gelöscht werden. Wie viel werde ich dieses Mal verlieren? Den Tod meiner Schwester? Meine Schwester in ihrer Gesamtheit? Vielleicht auch einfach nur alles, was passiert ist, seit ich Club Toxic betreten habe. Aleron, der mein Leben rettet … wie ich in seinem Schlafzimmer angekettet war … wie ich gegen seine Tür gedrückt stand, als meine Hände durch nichts anderes als einen verbalen Befehl, mich nicht zu bewegen, an Ort und Stelle gebunden waren. Sein Mund auf meiner Klitoris. Und an meinem Hals, als wir im Dunkeln auf Ignacios steinernen Stufen der Kälte ausgesetzt gewartet haben. Seine Hände, die mich wieder und wieder an den Rand des Orgasmus trieben.

Und jetzt sind wir hier, erneut in der Dunkelheit, und ich weiß, dass ich wütend auf ihn sein sollte. Aber ich kann nur daran denken, wie gut es sich angefühlt hat, auch nur die Spitze seines Schwanzes in mir zu spüren. Und daran, was ich jetzt alles dafür geben würde, zu spüren, wie er tiefer in mich stößt.

Er versucht, seine Arme um mich zu schlingen.

Ich stoße ihm mit dem Ellbogen in die Rippen und schiebe seine Hände weg. Aber so wütend ich innerlich auch bin, wünsche ich mir doch, er würde mich einfach nur festhalten. Ein Vampir. Ein Killer.

Ich zittere und verschließe meine Gedanken, damit ich nicht sehen muss, wie mir die inzwischen vertraute Collage der Visionen durch den Kopf schießt.

Meine Hände sind mit Handschellen an einer Stange gefesselt, sodass ich auf die Zehenspitzen gezogen werde. Hinter mir bewegt sich der Schatten des nur in einer Hose kleideten Mannes. Er kämmt durch die Tails seiner Peitsche, als er sich zum Ausholen bereit macht ...

Ich stehe mit dem Rücken an die Tapete gepresst irgendwo in seinem Haus und halte seinen Kopf fest, während er mich zwischen meinen Schenkeln beißt und leckt und liebt ...

Mein ganzer Körper spannt sich an, als ich komme ...

... als ich beim ersten langsamen Eindringen von Alerons Schwanz, der sich in meinen Arsch drängt, aufschreie ...

... während ich mich unter den Schlägen seines Paddels, seiner Hand und seiner Peitsche winde ...

... er küsst mich mit dem Mund und seine Zähne versinken in meiner Halsbeuge, an meinem Handgelenk, meinen Oberschenkeln, meiner Muschi ...

„Hab keine Angst", murmelt er.

Ich zittere, aber nicht, weil ich Angst habe, und schon gar nicht, weil mir kalt ist. Meine Brustwarzen sind hart, geschwollen und schwer. Sie sehnen sich verzweifelt nach der Aufmerksamkeit seiner Lippen und dem Kratzen seiner Zähne, bevor er mich auch dort beißt und sein Revier markiert.

„Ich habe Angst; ich bin sauer", erwidere ich. Aber wenn er mich auch nur halb so gut riechen kann, wie ich es denke, dann weiß er bereits, dass das nicht stimmt.

Lügen mich meine Träume an? Sie sind der Wahrheit immer nahegekommen, aber nichts, was sie mir bisher gezeigt haben, stimmte ganz genau.

Vielleicht sind es gar keine Visionen. Vielleicht sind die

Dinge, die ich sehe, nur Dinge, die ich mir erhoffe … eine seltsame Kombination aus dem, was er bereits getan hat, und dem, von dem ich weiß, wozu er fähig ist. Vielleicht sind es auch nur Tagträume von Dingen, von denen ich nie wusste, dass ich sie will … bis zu der Nacht, als ich diesen Mann traf. Aber ein Teil von mir will sie jetzt.

Ein Teil von mir will *ihn*.

Ich entziehe mich seinen Armen und versuche, ihn wegzustoßen. Blitzschnell packt er mich mit der Hand am Haaransatz und zieht mich scharf zu sich zurück.

„Lass los!", zische ich. Aber er lässt mich nur so lange zappeln, bis ich seine Finger fast aus meinen Haaren entfernt habe. Und dann ist es ganz plötzlich so, als wäre seine Geduld – oder vielleicht einfach nur seine Entschlossenheit, nicht zu reagieren – zu Ende.

Er packt meinen Hintern mit seinen Händen und hebt mich von seinem Schoß. In der nächsten Sekunde liege ich mit dem Rücken im Dreck und Aleron ist über mir. Ich greife nach seinen Schultern, habe aber nicht den Willen, geschweige denn die Zeit, ihn wieder von mir zu stoßen. Er greift nach meinen Handgelenken und zieht sie über meinen Kopf, um sie gegen die weiche Erde zu drücken.

„Gefesselt", sagte er, „durch meinen Willen."

Ich will ihn hassen, kann es aber nicht. In seiner Eile, seine nackte Haut an meine zu drücken, zerreißt er sein Hemd. Überall fliegen Knöpfe in die Dunkelheit und in den Dreck, als er mein Hemd direkt danach in der Mitte aufreißt. Dann sind meine Brüste plötzlich in seinen Händen und meine Hände noch immer im Dreck über meinem Kopf, wohin er sie befohlen hat. So wütend ich auch bin, ich begehre ihn trotzdem. Er drückt seinen Mund auf meine Haut und küsst gierig jede Brustwarze, bevor er einen abschlie-ßenden Kuss zwischen meine Brüste drückt. Er ist meinem wild schlagenden Herzen mit den Lippen so nah wie möglich. Das muskulöse Gewicht seines Körpers schiebt sich zwischen Oberschenkel, die nicht annähernd so unwillig sind, wie sie vorgeben zu sein.

Ich stehe in Flammen. Und das trotz der Kühle seines Fleisches, als er sich zwischen meinen Beinen niederlässt. Ich schlinge sie um ihn, weil ich ihn näher an mir spüren will. Aber er lässt mich nicht. Mit einem ruckenden Zerren befreit er sich ungeduldig aus seiner Hose und schiebt sie nur gerade weit genug hinunter, damit sie ihm nicht im Weg ist. Ich behalte meine Hände im Dreck, umklammere ihn jedoch mit meinen Beinen und grabe meine Fersen in die maskulinen Kurven seines Hintern, als er mir mit der Hand den Mund zuhält. Aber er kann meinen Schrei nicht dämpfen, als er mich mit einem einzigen harten, erschütternden Stoß aufspießt.

Darauf bin ich nicht vorbereitet und doch bin ich so bereit dafür.

Es schmerzt, aber nichts hat sich je auch nur halb so richtig oder halb so gut angefühlt wie seine Breite und Länge, mit der er mich gewaltsam füllt.

Er stößt tief hinein und hält nur inne, wenn er nicht tiefer gleiten kann. Aber ich kann mich selbst nicht davon abhalten, ihm entgegen zu zucken, um ihn noch so viel tiefer in mich zu ziehen.

Ich stehe unter ihm in Flammen und pulsiere vor Sehnsucht. Es pocht, schmerzt, ich brauche ihn und keuche, als er seinen seidigen Schwanz langsam aus mir herauszieht. Ich schluchze seinen Namen, als er mit exquisiter Brutalität noch tiefer in mich dringt.

Er ist nicht sanft, aber er ist alles, was ich brauche. Ich will spüren, wie er mich in Besitz nimmt. Und das nicht nur jetzt, sondern noch Stunden später. Dieses Gefühl könnte alles sein, was mir bleibt, sobald sie mir das Gedächtnis gelöscht haben.

Ich möchte die blauen Flecken tragen, die seine Hände an mir hinterlassen, wenn er nach meinen Schultern und Oberschenkeln greift und mich mit kräftigen Stößen reitet. Ich flehe ihn an, mich zu beißen, und der Klang dieser Worte muss ihm gefallen, denn er zwingt mich zu betteln, zu wimmern und zu stöhnen, bevor er mich die Sicherheit seiner Faust spüren lässt, als er mein Haar packt. Er zieht meinen Kopf scharf zur Seite und seine Stöße werden kürzer, flacher und wilder, als er mit der anderen Hand unter meinen Rücken gleitet und im selben Moment, in dem er zubeißt, zwei Finger tief in meinen Arsch schiebt. Ich komme härter, als ich es je für möglich gehalten hätte. Ich spüre seinen Schwanz pulsieren, als er sich in mir entlädt, seine Finger in meinem Arsch, und schluchze seinen Namen.

Schließlich lässt die gewaltige, weltbewegende Kraft meines Orgasmus nach und ich liege zitternd in seinen Armen. Seine treibenden Stöße schwinden, bis er ganz aufhört. Er zieht seine Finger aus mir heraus und fährt seine Reißzähne wieder ein. Er leckt mich, küsst mich dann und umarmt mich schließlich. Dann rollt er mich auf die Seite, damit ich mich zum Schlafen bei ihm ankuscheln kann.

Das Letzte, was ich höre, bevor mich die Erschöpfung und der Schlaf übermannen, ist sein Flüstern. Es kitzelt an meinem Ohr und er sagt: „In guten wie in schlechten Zeiten, in Reichtum und in Armut. Du gehörst jetzt zu mir, Merris. Du gehörst jetzt zu mir."

Vielleicht habe ich das aber auch nur geträumt.

Aleron

· · ·

ICH HASSE ES, im Dreck zu schlafen. Nicht nur, weil es schmutzig ist und ich es nicht mag, nicht sauber zu sein, sondern auch weil der muffige Geruch in meine Sinne dringt und mir Albträume beschert.

Ich bin wieder in der Gewalt des Mannes, der mich geschaffen hat. Die Qualen meines neuen Hungers, der nicht gestillt werden kann, treiben mich in einen Fressrausch. Nur das Blut meines neuen Vaters kann meinen Hunger sättigen und er gibt es nur selten. Man muss sich die ruhige Rückkehr zu seinen eigenen Sinnen verdienen, die das Trinken aus seinen Adern bringen wird, aber man verdient es nur, wenn man tötet. Also ziehe ich wieder los und jage zwischen den Hütten und den Lagern der Kreuzritter, die das vom Krieg zerrüttete Antiochia umgeben.

Wir sind zu dritt und hören alle dasselbe Kommando in unseren Ohren klingen. Nur derjenige mit der höchsten Opferzahl wird bei unserer Rückkehr gefüttert werden. Wir weisen die Anzahl unserer Opfer nach, indem wir Ohren – nur die rechten – sammeln. Unser Jagdrevier sind die Armeen, die unser Vater genauso sehr fürchtet, wie er das Sonnenlicht fürchtet. Er glaubt, sie würden ihn der Sonne aussetzen, wenn dieser Krieg noch lange weitergeht. Ich töte, ohne zu diskriminieren – Moslems, Türken, meine eigenen Landsleute – es ist ein Gemetzel und ich bin gut darin. Nacht für Nacht, wenn uns die Morgendämmerung zur Rückkehr zwingt, bin ich es, der sich dankbar an der Vene nährt, die unser Vater an seinem Arm aufgeschlitzt hat.

Meine Brüder hungern schon seit Wochen. Nacht für Nacht weiden sie sich im Jagdrevier, aber das Blut, das sie trinken, ist nicht das unseres Vaters. Es macht sie krank. Schließlich wenden sie sich gegen uns und ich töte sie auch.

Am Ende töte ich auch Vater. Es ist eine fundamentale Wahrheit unserer Art: Irgendwann beginnen wir alle, den zu hassen, der uns erschaffen hat. Ich befand mich immer noch in meiner frühen Vampirjugend, als ich Vater die Kehle herausriss. Von Rechts wegen hätte ich niemals überleben dürfen. Es heißt, dass nur die stärksten Vampire andere erschaffen können und nur die stärksten von ihnen den Prozess überleben. Ich hätte sterben sollen – und Gott weiß, dass ich in den Tagen, nachdem er gestorben war, danach geschrien, mich gekrümmt und darum gebettelt habe. Am Ende erwies ich mich als stark genug. Ich habe überlebt.

All das ist schon sehr lange her. Jetzt bin ich zivilisiert.

Ich reiße in der Dunkelheit einer Gefängniszelle in Lucius' Kellergruft die Augen auf. Ich habe immer noch Visionen von Vater und seinem Jagdrevier in meinem Kopf, einen vertrauten Geruch von Gefahr und Wandlern in der Nase und Merris zusammengerollt und warm in meinen Armen. Es ist mir egal, wie wütend sie auf mich ist. Als die Tür zu unserer Zelle aufgerissen wird und Wandler hereingeströmt kommen, stürze ich mich so wild auf sie, wie es nur ein in die Enge getriebener Vampir tun kann.

Es sind mehr als ein Dutzend, sowohl in menschlicher Form als auch in der Form ihrer Wölfe und kleinerer Kojoten. Merris schreit, als sie mich in einem regelrechten Rausch überwältigen, wenn nicht sogar töten wollen.

Die Sonne scheint immer noch. Nach fast neunhundert Jahren brauche ich sie nicht mehr zu sehen, um zu wissen, dass die Nacht noch nicht angebrochen ist. Wie sie es zu uns geschafft haben, weiß ich nicht, aber sie haben Pfähle mitgebracht. Für mich und für Merris.

Und deshalb sollte man niemals jemanden lieben.

Ihr Schrei ist schrill und ihre kleinen Hände klammern sich in Panik an mich, kurz bevor die Kojotenwandler sie von mir reißen. Ich greife nach ihr, aber sie zerren sie an Armen und Haaren aus unserer Gefängniszelle heraus. Die größeren Wölfe stürzen sich auf mich und ich kann mich nicht von ihnen befreien, um sie zu retten.

Ihr Schrei verstummt abrupt und plötzlich steigt mir der Geruch ihres Blutes in die Nase.

Ich erhebe mich aus der Mitte dieser gefräßigen, hirnlosen, verfluchten Tiere – und trete, schlage, und kämpfe mich gerade noch rechtzeitig aus der Zelle heraus, um sie mit dem Gesicht nach unten auf dem Boden liegen zu sehen. Die weiße Wölfin, Selene, hat sich über sie gebeugt und ich drehe durch.

Ich dachte gerade noch, ich wäre zivilisiert.

Jetzt werde ich sie alle töten.

Und mit ihr werde ich anfangen.

leron

„STOPP!", schreit jemand, aber ich höre es kaum.

Die Wolfswandler greifen mit voller Wut an. Ihre Zähne zerreißen meine Arme und Beine, aber ich spüre es kaum. Ich schlage sie, schleudere sie und kämpfe mich zu der Vampir-Wandler-Scheußlichkeit durch. Sie hält die Stellung, ihre Nackenhaare sind gesträubt und sie knurrt mich jetzt direkt an. Wenn ich sie in die Hände bekäme, würde ich das Scheusal in Stücke reißen.

Am Ende ist es Lucius, der mich aufhält.

Sein Aufstieg an die Macht ist nicht zufällig geschehen. Er ist viel älter als ich, mehr als das Doppelte meiner Jahre. Er hat die Kraft und die Schnelligkeit, die meine Art nur durch Zeit erreicht, aber dennoch bin ich entschlossen. Er packt mich bei der Kehle und ich ihn bei seiner. Unsere Reißzähne sind ausgefahren. Unsere Klauen ebenfalls. Sein Blut klebt an meinen Nägeln, bevor die Erkenntnis durch meine Wut sickert, dass sich beide Wandler-Rudel zurückgezogen haben und er jetzt versucht, mich zu bändigen und nicht zu töten.

„Stopp", schreit Selene. Die weiße Wölfin hat sich zurück in ihre menschliche Gestalt verwandelt. Unter ihr kann ich nur die winzigste Bewegung von Merris erkennen.

Sie beschützt Merris. Sie versucht nicht, sie zu töten. Dieses Wissen dringt sogar noch langsamer zu mir durch, aber ich kämpfe immer noch weiter, um zu ihr zu gelangen.

Lucius hängt jetzt an meinem Rücken, mit seinem Arm um meinen Hals und setzt all sein Gewicht ein, um mich fest-zuhalten. Die Wandler versuchen jetzt ebenfalls, mich zurückzuhalten. Sie packen meine Arme und Beine und ihr kombiniertes Gewicht ist stärker als ich. Sie zwingen mich zu Boden und drücken mich gegen den Stein. Ich sehe immer noch nur Merris, die sich langsam auf ihre Hände und Knie hochdrückt. Als sie ihren Hinterkopf berührt, klebt Blut an ihren Fingern.

Ich hätte jeden Einzelnen von ihnen getötet, wenn ich mich nur befreien könnte.

„Zwinge mich nicht", knurrt Lucius hinter meinem Ohr, „dich zu töten. Denn ich werde es tun."

Aber er wäre nicht der erste König, den ich töte. Und so sind die Fronten geklärt.

Nicht dass ich es aussprechen könnte. Jeder meiner Gedanken und jede Faser meines Wesens ist auf Merris fixiert, die sich von Selene entfernt. Sie hätte weglaufen können. Sie käme nicht sehr weit, aber sie versucht es noch nicht einmal. Stattdessen kommt sie zu mir zurückgekrochen, schlägt und flucht dabei und reißt mit ihren schrecklich unwirksamen, stumpfen, menschlichen Klauen nach den Wandlern.

Die Wandler lassen mich los und kriechen zurück. Lucius

ist abrupter. Er stößt mich nach vorn. Wir sind uns sehr ähnlich. Alte Krieger, die sich um nichts als die Frauen sorgen, die wir schnell aus dem Weg der Gefahr bringen. Unsere Bewegungen sind verschwommen. Er stellt sich zwischen mich und seine zurückhaltende Königin – die selbst tödlich ist. Das kann ich an ihrem Blick erkennen.

Ich schnappe mir Merris und trete um mich, während wir zurückweichen. Schließlich spüre ich eine feste Wand am Rücken und alle meine Feinde befinden sich vor mir. Sie versucht, mich genauso zu beschützen, wie ich mich bemühe, sie zu beschützen.

„Was. Zum. *Teufel*!“, flucht Lucius und lässt seinen Blick nun nicht mehr nur über mich schweifen. Er funkelt jetzt auch die Wandler finster an und ich erkenne den Alpha-Wolf erst, als der König ihn direkt ansieht. „Garrett, verschwinde aus meinem Haus!“

„Das Haus mag dir gehören“, knurrt der Alpha-Wolf des Tucson-Rudels zurück, „aber diese Stadt gehört uns.“

„Wir hatten einen Waffenstillstand …“

„Den ihr gebrochen habt“, ruft ein anderer Mann. Der kleinere Kojotenwandler rückt nur so weit vor, bis Garrett seine Schulter erwischt. „Ihr habt den Waffenstillstand in dem Moment gebrochen, als einer eurer Art meine Großmutter getötet hat!“

„Es war *keiner* von meinen!“ Lucius fängt sich selbst, kämpft jedoch sichtlich darum, seine Wut zu zügeln. Ich weiß genau, wie er sich fühlt. Ich halte Merris hinter mir versteckt. Ihre Hände umklammern meine Schultern. Ihr Blut ist in meiner Nase und in meinen Venen, und alles, was ich will, ist Rache an jedem einzelnen Wandler in diesem Raum. Ich kann diese Spezies bereits unter normalen Umständen nicht leiden. Und in diesem Moment würde ich sie am liebsten alle umbringen. „Ich sagte bereits, ich kümmere mich darum und das werde ich auch."

„Wann?", erwidert Garrett. „Wenn du dazu kommst? Nachdem du dein kleines Nickerchen gehalten hast?"

„Wenn ich etwas weiß", zischt Lucius zurück und geht einen Schritt auf den Alpha-Wolf zu. Ein einzelner Schritt, der jeden in diesem Keller zusammengepferchten Wandler nervös werden lässt.

Es ist Selene, die schließlich verkündet: „Sie hat es nicht getan." Sie wendet sich an Garrett und sagt ganz leise: „Du kennst mich. Ich würde sie nicht beschützen, wenn ich auch nur eine Sekunde lang glauben würde, sie hätte es getan. Aber als sie heute Morgen hier ankamen, gab es keine Spur vom Geruch der Stammesmutter an ihr. Und außerdem ist sie kein Vampir." Sie wendet sich an den wesentlich jüngeren Camino Seco Kojoten-Alpha und fügt hinzu: „Du weißt selbst, dass kein Mensch für das verantwortlich ist, was deiner Großmutter angetan wurde. Du *weißt* es."

Das Männchen hält ihren starren Blick, während Wut und Trauer einen stillen Krieg in den winzigen Zuckungen seines Gesichtsausdrucks führen. Am Ende schaut er zuerst weg und starrt stattdessen direkt auf Merris. Ich schiebe sie weiter hinter mich. Wenn er auch nur eine Bewegung auf uns zumacht, werde ich ihn vom Bauch bis zur Kehle aufschlitzen. Aber die weiße Königin hat recht. Er weiß es. Seine Wut braucht nur ein Opfer und er will es nicht glauben.

„Ich werde den verantwortlichen Vampir finden", sagt Lucius zu ihnen und spricht trotz seiner Wut leise. „Ich habe euch mein Wort gegeben."

„Wenn du es nicht tust, werden wir jeden Vampir in dieser Stadt ausrotten", antwortet der Alpha-Wolf. Es ist auch keine leere Drohung. Er glaubt, dass er es kann, und Lucius glaubt, dass er es versuchen wird. Und nach allem, was gerade hier passiert ist, glaube ich, so ungern ich es auch zugeben will, dass er damit sogar Erfolg haben könnte.

Vielleicht ist das der Grund, warum es mir schließlich gelingt, die Wut, die mir noch immer die Kehle zuschnürt, hinunterzuschlucken, um einen Namen zu nennen. „Athanasius."

Alle sehen mich an.

Ich vergebe keinem von ihnen und werde es auch nie.

„Er nennt sich jetzt Arthur", sagt Merris trocken, hält mich mit einer Hand fest und berührt ihren Hinterkopf. Obwohl die Blutung aufgehört hat, prüft sie trotzdem noch einmal ihre Finger. Ich bin mir sicher, dass ihr Kopf wehtun muss.

„Wer?", fragt Lucius.

„Arthur, Athanasius", wiederhole ich beide Namen. Ich muss mich bemühen, einen höflichen Ton zu wahren. „Ein drogenabhängiger Vampir, der versucht, Club Toxic zu seinem neuen Jagdrevier zu machen. Leider hat er ein Mädchen getötet."

„Jez", sagt Merris. „Meine Schwester."

„Merris kam in den Nachtklub und als er sie mit Jez verwechselt hat, geriet er in Panik. Aus Angst, sie könnte Lucius auf seine Anwesenheit aufmerksam machen, hat er versucht, sie zu töten. Zuerst im Nachtklub …"

„Die Schießerei", sagt Lucius und fügt die fehlenden Teile seines eigenen mentalen Puzzles zusammen.

„… und dann noch einmal in Merris' Apartmentkomplex." Ich sehe den Camino Seco Kojoten-Alpha an. Er hält immer noch einen Pfahl in der Hand, der entweder für Merris oder für mich bestimmt ist. Und ich habe keinen Funken Mitgefühl für die nackte Trauer, die ich in seinen Augen sehen kann. „Soweit ich es, basierend auf seiner Stimmung, als wir dort ankamen, beurteilen kann, hat er deine Großmutter und alle anderen im Gebäude getötet, nur weil er es konnte."

„Athanasius", wiederholt Garrett, der mächtigere Alpha-Wolfswandler und sagt den Namen so, als enthielte er eine Fährte, der er mit der Nase folgen kann.

„Er nennt sich jetzt Arthur." Ich stelle mir vor, wie gut es sich anfühlen wird, jedes einzelne dieser Tiere zu jagen.

„Ich werde ihn finden", verspricht Lucius.

„Nur wenn wir ihn nicht zuerst finden", antwortet Garrett. „Ihr habt noch sechs Stunden bis zum Sonnenuntergang. Offen gesagt, ist der einzige Grund, warum wir uns entschlossen haben, hierherzukommen, anstatt das Haus um euch herum niederzubrennen, der Respekt vor deiner Gefährtin. Wir werden diesen Arthur finden. Wir werden sein ganzes gottverdammtes Nest zerstören. Betrachte dies als deine erste, letzte und einzige Warnung. Das nächste Mal, wenn einer deiner Art beschließt, meine Art wie Abfall zu behandeln, ist der Waffenstillstand vorbei. Und ich werde jeden Einzelnen von euch Dreckskerlen in die Sonne schleifen."

Die Wandler ziehen sich über die Kellertreppe zurück. Lucius und seine Vampir-Wandler-Königin tauschen unruhige Blicke aus.

„Es tut mir leid", sagte er zu mir, sobald sie gegangen sind. Aber er vertraut mir nicht und ich vergebe ihm nicht. Merris und ich haben keine andere Wahl, als in unsere Zelle zurückzukehren. Und einmal mehr schließt er die Gefängnistür hinter uns ab.

„Es tut mir leid, dich hier hineingezogen zu haben", flüstert sie, nachdem das felsige Knirschen des steinernen Sarkophagdeckels signalisiert hat, dass Lucius und seine Gefährtin erneut schliefen.

Sie versucht, mich festzuhalten, und ich umarme sie ebenfalls, aber ich tue dies, während ich im Dreck direkt vor der

Tür sitze. Schließlich erliegt sie der Dunkelheit. Sie ist nur ein Mensch und sie ist müde. Sie schläft, zusammengerollt auf meinem Schoß und mit dem Kopf an meiner Schulter ein. Ihr sanfter Atem wärmt die Haut über meinem Kragen.

Ich schließe meine Augen nicht. Dies ist das letzte Mal, dass ich jemals im Versteck eines Feindes ruhen werde.

Vielleicht werde ich nie wieder gut schlafen können.

MERRIS

DAS GERÄUSCH der sich öffnenden Tür reißt mich aus dem Schlaf. Ich erwache mit einem Schrei und schlage um mich, aber Aleron ist bereits aufgestanden. Ich weiß nicht, wann er mich von seinem Schoß auf den Boden gelegt hat, oder vielleicht hat er das auch gar nicht getan. Vielleicht ist er so schnell aufgestanden und hat sich blitzartig bewegt, so wie er es manchmal tut. Schneller als meine Augen ihm folgen könnten. Aber er steht zwischen mir und der Tür, bevor ich auch nur erkennen kann, dass Lucius dort wartet und nicht die Wolfsleute, die zurückgekommen sind, um uns zu erledigen.

Wolfsleute? Kojoten-Menschen. *Wer-was auch immer*.

Ich schätze, jetzt weiß ich, was Wandler sind.

Im Gegensatz zu dem, was Filme einen glauben lassen wollen, ist die Welt der übernatürlichen Wesen keine riesige glückliche Familie. Sie mögen einander nicht. Sie kommen nicht miteinander aus.

„Wir haben nicht viel Zeit", sagt Lucius und hält die Tür auf. „Wir werden uns beeilen müssen, wenn wir dieses Chaos selbst beseitigen wollen."

Ich rappele mich auf die Beine und bin mehr als bereit,

diese Zelle zu verlassen. Aber Aleron hält mich auf. „Viel Spaß bei der Jagd", sagt er zu dem anderen Vampir.

Ich werde langsam wirklich gut darin, Vampirgesichtsausdrücke zu lesen. Ich könnte schwören, dass ich das Aufblitzen von Wut in den Augen des Königs sehe. „Du fühlst dich nicht verpflichtet, zu helfen?"

„Jegliche Verpflichtung, die ich vielleicht gespürt habe, starb vor sechs Stunden, als ihr Blut über Ihren Boden floss."

Ich berühre seinen Arm. „Es geht mir gut."

Diese wenigen Momente in der Dunkelheit, als die Tür aufgerissen wurde und die Wölfe knurrend hereinkamen, waren die furchteinflößendsten, die ich je erlebt habe. Ich wurde dreimal gebissen, aber nicht zerfleischt. Mein Körper fühlt sich steif an und schmerzt ein wenig – vor allem um die Bisse an meinem Knöchel, meinem Arm und dem Knie meines anderen Beines herum, wo sie mich gepackt und aus der Zelle gezerrt haben. Und natürlich schmerzt auch mein Hinterkopf, wo ich getroffen wurde. Ich habe keine Ahnung, wovon, aber dieser Schlag sandte mich mit dem Gesicht voran zu Boden. Hätte sich Selene nicht in den Kampf gestürzt, um mich zu beschützen, hätten sie mich zweifellos getötet.

Aber sie hat mich beschützt.

Genau wie Aleron.

Der Ärger, den ich zuvor verspürt habe, ist verschwunden. Jetzt will ich nur noch von hier verschwinden. Weggehen. In Alerons Auto steigen und ihn mich so weit und schnell wegfahren lassen, wie er will. Aber Lucius hat recht. Dies ist noch lange nicht vorbei. Vampire versuchen, mich zu töten, Wandler hassen mich und meine eigene Rasse denkt, ich wäre für einen Massenmord verantwortlich. Und bislang hat noch niemand mein Gedächtnis gelöscht. Es gibt für mich noch immer kein Entkommen, in keine Richtung. Aber nach der letzten Nacht weiß ich eines ganz genau. Wenn Aleron mein Gedächtnis löschen will, werde ich es zulassen. Es ist nicht so, dass ich vergessen will. So schrecklich die Dinge auch teilweise waren, würde ich alles tun, um meine Erinnerungen an Aleron zu bewahren. Aber ich kann jetzt sehen, welch ein Risiko er für mich eingeht. Und ich will wirklich nicht, dass er verletzt wird, weil ich egoistisch bin.

„Ich suche dir etwas zum Anziehen", sagt Selene und geht zur Treppe. Als wir oben ankommen, verschwindet sie in eine Richtung, aber mir liegt mehr daran, etwas zu essen und zu trinken zu finden. Und ich scheue mich keineswegs davor, ihre Küche zu plündern. Es sollte mich nicht überraschen, Blut im Kühlschrank zu finden, aber sie müssen kürzlich mit einem Auswärtsabendessen gefeiert haben, denn ich finde einen Styroporbehälter mit Rippchen und einer halben gebackenen Süßkartoffel.

„Bediene dich", sagt Lucius trocken, aber ich stehe bereits über der Spüle und halte die teilweise verschlungene Süßkartoffel in der einen Hand, während ich eilig das Fleisch vom Rippchenknochen in meiner anderen Hand abnage. Mein Mund ist zu vollgestopft, um ihm zu antworten. Ich kaue einfach weiter.

Ein paar Minuten später ruft Selene aus einem anderen Teil des Hauses nach ihrem Gefährten. Ihre Stimme klingt seltsam und gerade angespannt genug, um uns alle diesem Geräusch folgen zu lassen. Wir entdecken sie im vorderen Eingangsbereich, wo sie durch die jetzt weit geöffneten Vorhänge starrt, die am Vorabend geschlossen waren. Man hat einen Blick über den Vorgarten und ihre Einfahrt bis hinunter zum Tor, das geschlossen ist, um ungebetene Gäste fernzuhalten.

Es handelt sich um ein Metalltor, dessen Gitterstäbe am oberen Ende zu dekorativen Zacken geformt sind. In einer grausigen Reihe hängen sieben schwärzliche Gebilde auf den Spitzen einiger dieser Zacken. Auf den ersten Blick sehen sie wie Kürbisse aus, so verkohlt, dass sie fast zu Staub zerfallen. Sie haben Haare in unterschiedlichen Farben und Längen und Einkerbungen, die wie zu stummen Schreien geöffnete Münder aussehen. Die schulterlangen braunen Strähnen eines Kopfes sind lang genug, um vom schwachen Nachtwind erfasst zu werden. Er bläst seitwärts und ich kann sehen, wie Teile der verkohlten Überreste zu Staub zerfallen und davonwehen.

„Was ist das?", höre ich mich fragen. Mein Schock lässt meine Stimme über das, was ich sehe, seltsam klingen.

„Garrett hat uns eine Nachricht hinterlassen." Lucius öffnet die Tür und er, Aleron und sogar Selene gehen die Einfahrt hinunter, um sich das Ganze genauer anzusehen. Ich gehe nicht mit ihnen mit. Ich möchte nicht sehen, wie sich diese Kürbisse in Gesichter verwandeln, ganz schwarz, verbrannt und schreiend, die mit jedem Windstoß, der durch ihr Haar rauscht, langsam zu Asche zerfallen.

Aleron nähert sich einem, streckt die Hand aus, um ihn vom Tor zu heben, und die gesamte Form zerbröselt einfach in eine fliegende Aschewolke und kleine Knochenstückchen, die durch die Gitterstäbe des Tores hinabregnen. Ein paar der anderen tun dasselbe. Der Rest verliert sein Fleisch in dahinziehenden grauen und schwarzen Wolken, die sich im hellen Schein der Außenbeleuchtung über der gesamten Einfahrt verteilen. Nur die Schädel bleiben zurück.

„Lass uns dich anziehen", sagt Selene und kommt zurück ins Haus.

Ich rühre mich nicht vom Fleck. „Ist das … ist das Athanasius?"

„Und sein Nest, wie es aussieht." Sie sieht mich ohne den

Hauch von Mitgefühl an. So als würde sie öfter Köpfe von ihrem Tor heben. Ich kann es mir nicht einmal vorstellen.

„Sie haben sie gefoltert, nicht wahr?" Ich stehe wie angewurzelt in der Türöffnung und mir wird übel, als ich dabei zusehe, wie Lucius und Aleron die Köpfe abnehmen.

„Nein", antwortet sie. „Sie haben ihnen die Köpfe abgeschlagen, ja. Aber was du dort siehst, ist das, was mit Vampiren passiert, wenn sie der Sonne ausgesetzt werden. Es ist eine Warnung."

„Seid nett oder …?"

„Das hier ist Wandlerterritorium. Lucius hat sich seinen Weg hineingekämpft und einen Platz für sich und Club Toxic geschaffen, aber er kontrolliert Tucson nicht. Es ist eine Erinnerung daran." Sie blickt über ihre Schulter zurück zu ihrem Gefährten, der mit einem Arm voller Schädel und Knochenstücken die Einfahrt hochkommt. „Wandler werden seit Jahrhunderten von Vampiren misshandelt. Lucius versucht dies zu ändern, aber trotzdem ist das Garretts Art zu sagen, dass er genug von alledem hat."

Aleron folgt hinter Lucius und trägt ebenfalls Schädel im Arm. Sein Blick trifft meinen. Es ist seltsam, wie sich die Lichter der Außenbeleuchtung in seinen Augen fangen und sie wie die eines Raubtiers strahlen lassen.

„Möchtest du duschen?"

„Ja, bitte." Ich erschaudere und bin mir nicht bewusst, dass meine Hand nach oben geglitten ist, um die wunde Stelle zu berühren, an der er mich gebissen hat. Meine Brustwarzen werden hart und ihre Knospen sehnen sich bereits nach seinem nächsten Kuss.

KAPITEL 13

 *leron*

„BRAUCHST DU HILFE?", fragt Lucius, als wir die Schädel der Vampire, die zu frisch verwandelt waren, als dass das Sonnenlicht sie vollständig hätte zerstören können, hinter den Mülltonnen im Blumenbeet entsorgen. Er wird sie später beseitigen müssen, aber er ist der König seines Nestes. Ich nehme an, dass er Untertanen hat, denen er befehlen kann, dies für ihn zu tun. Wie dem auch sei. Ich habe immer noch eigene Probleme, die ich bereinigen muss, also werde ich mich nicht freiwillig melden.

Die Frage erwischt mich jedoch unvorbereitet.

„Meinen Sie die Polizeiwache?", frage ich. Denn ehrlich gesagt, ist es das, worüber ich nachgedacht habe.

Athanasius war der erste Kopf, den ich versucht habe, vom Tor zu heben. Ich habe ihn an seinem Haar erkannt. Ein Problem gelöst, aber das mit den Menschen bleibt. Merris wird von ihren eigenen Leuten solange weitergejagt werden, bis der Massenmord aufgeklärt ist – unwahrscheinlich, da der Verantwortliche jetzt nur noch Asche im Wind ist, – oder bis ich in die entsprechende Polizeistation gehe und alle dort bezirze, sie aus ihren Ermittlungen zu streichen. So gern ich ihm auch sagen würde, dass er sich sein Angebot in den Allerwertesten schieben kann, denke ich doch auch sorgfältig darüber nach.

„Vielleicht. Ich habe noch nie versucht, so viele Köpfe auf einmal zu manipulieren. Und ihre Gedächtnisse zu löschen wird nicht reichen. Wir werden sie dazu bringen müssen, sie aus den Computerdateien und aus jedem Bericht zu entfernen, in dem ihr Name auftaucht. Es könnte fast einfacher sein, sie alle davon zu überzeugen, dass sie tot ist."

„Wahrscheinlich", stimmt Lucius zu. „Und obwohl ich gerne helfe, sie aus den Ermittlungen zu löschen, habe ich das nicht gemeint."

Ich bürste den Staub von meinen Händen und der Vorderseite meiner jetzt ziemlich schmutzigen Hose ab – wie ich aussehe, Herrgott noch mal – und schenke ihm nur halbes Gehör. „Was haben Sie gemeint?"

„Du warst letzte Nacht bereit, dich in Stücke reißen zu lassen, um das Mädchen zu beschützen. Ein Mädchen, das von unserer Existenz weiß und das darüber hinaus jetzt auch weiß, wo ich wohne. Darf ich fragen, was deine Absichten sind?"

Ich habe null Interesse daran, meine intimen Gefühle mit einem Mann zu besprechen, der Merris und mich den Wandlern vor die Füße geworfen hat. Ganz zu schweigen davon, dass er uns die ganze Nacht in einer Gefängniszelle eingeschlossen hat.

„Keine Sorge", verspreche ich. „Nach heute Nacht beabsichtige ich, sie so weit von diesem Ort wegzubringen, wie es überhaupt möglich ist. Sie werden sie nie wieder finden und ihr auch nie wieder wehtun."

„Seid ihr verpaart?", fragt er leise.

„Ach ficken Sie sich doch", erwidere ich ebenso freundlich.

Er wirkt überhaupt nicht beleidigt. Wenn überhaupt scheint er mitfühlend zu sein. „Ich habe viele Vampire erschaffen. Ich weiß nicht, ob du es schon einmal versucht hast, aber wenn es das ist, was du für sie willst, wäre ich bereit zu helfen. Es gibt immer Risiken, aber wenn sie stark genug ist, den Prozess zu überleben, werde ich alles tun, was ich kann. Ich verspreche, nicht grausam zu sein und sie so schnell wie möglich an dich zurückzugeben."

Ich starre ihn an. Ehrlich gesagt weiß ich nicht, ob ich von seinem Angebot gerührt oder darüber verärgert sein soll. „Wie kommen Sie darauf, dass ich jemandem, den ich liebe, so etwas antun würde?"

Er scheint überrascht zu sein. „Welche Alternative hast du denn?"

Ich nähere mich ihm und bin gerade wütend genug, dass es mir egal ist, ob er es als Bedrohung empfindet. Vampire haben sich schon aus geringeren Gründen getötet, aber ich vermag die Konsequenzen nicht einzuschätzen. „Ich werde sie jeden Tag für den Rest ihres Lebens festhalten, wie lang dies auch immer sein mag. Ich werde bis zu dem Tag, an dem sie ihren letzten Atemzug tut, auf sie aufpassen. Ich werde zwischen diesem und jenem Moment alles in meiner Macht Stehende tun, um dafür zu sorgen, dass sie niemals einen Grund hat, an meiner Zuneigung zu zweifeln. Und ja, eines Tages werde ich sie gehen lassen müssen. Aber ich würde lieber an ihrer Grabstätte stehen und zusehen, wie die Sonne aufgeht, als die nächsten hundert Jahre dabei zuzusehen, wie die Liebe, die sie für mich empfindet, langsam stirbt, wenn ihr klar wird, was ich ihr angetan habe."

„Es muss nicht so sein", versucht er zu sagen, aber ich widerspreche ihm erneut und schneide ihm das Wort ab.

„Wann haben Sie schon jemals gesehen, dass es nicht so endet? Sagen Sie mir, welche Ihrer eigenen Schöpfungen hat Sie nicht am Ende gehasst?"

Lucius starrt mich an, antwortet jedoch nicht.

„Vielen Dank für Ihr Angebot, aber ich glaube, ich werde es ablehnen." Ich trete von ihm zurück. „Viel Glück für Sie und Ihre Wandler-Königin."

Er runzelt die Stirn, aber es ist mir egal. Ich gehe auf der Suche nach meiner Merris zurück ins Haus und finde sie in einem dampfenden Badezimmer, wo sie gerade duscht. Ich vermisse es, sauber zu sein. Und die Berührung ihrer Haut auf meiner vermisse ich sogar noch mehr.

Ich sollte hinausgehen. Ihr diesen letzten Moment der Privatsphäre gönnen, bevor ich ihr sagen werde, dass ich sie aus dieser Stadt, aus diesem Staat und vielleicht sogar von diesem Kontinent wegbringen werde. Dass wir nie wieder zurückkehren werden. Zumindest nicht bis ich sicher bin, dass sie in Sicherheit leben kann.

Aber ich kann mich nicht dazu durchringen, zu gehen. Ich trete nun vollständig ein und schließe und verriegele die Tür hinter mir.

Ich weiß nicht, ob es das Geräusch des Schlosses ist, das sie hört, oder ob sie meine Bewegungen durch das vom Dampf bedeckte Glas erspähen kann. Jedenfalls hält sie in ihrer Haarwäsche inne und streckt den Kopf zur Tür heraus. Es sollte mich nicht überraschen, dass sie mir nass mit offenen Haaren und den dichten Wimpern so gut gefällt. Aber sie wirft mir einen besorgten Blick zu und wartet darauf, dass ich ihr weitere schlechte Nachrichten überbringe. Als sie nicht kommen, wandelt sich ihre Sorge zu Verständnis, Bedauern und schließlich zu Traurigkeit.

„Wirst du mir jetzt das Gedächtnis löschen?" Sie sieht mich nicht an, aber mir wird bewusst, dass sie sich dafür stählt, dies ohne Protest über sich ergehen zu lassen. Meine liebe Merris.

Ich schüttle den Kopf. „Ich werde dein Gedächtnis nicht löschen."

Sie schaut auf und sieht zunächst nicht glücklicher aus, als sie es hört. „Aber … das Risiko für dich ist …"

„Meine Entscheidung ist endgültig", sage ich sanft, aber bestimmt. „Außerdem würde ich dich viel lieber mitnehmen, als deine Gedanken zu löschen und dich hierzulassen. Ich würde an jeden Ort dieser Welt mit dir gehen, wohin auch immer du gehen möchtest. Du könntest deiner Kunst nachgehen und die besten Museen besuchen." Ich tue mein Bestes, um das Rennen um unser Leben so ansprechend wie möglich klingen zu lassen. „Was auch immer ich tun muss, damit du in Sicherheit bleibst. Glaube mir, ich werde es tun. Merris, ich … ich würde alles tun, damit du bei mir bleibst. Natürlich kannst du *Nein* sagen, wenn du lieber hierbleiben möchtest. Die Entscheidung, ob dein Gedächtnis gelöscht wird oder nicht, liegt dann zwar nicht mehr bei mir, aber ich würde trotzdem alles tun, was nötig ist, damit du …"

„Ich komme mit dir mit", unterbricht sie mich leise.

„… so sicher wie möglich …"

„Ich komme mit dir mit", sagt sie erneut, als mir plötzlich klar wird, wozu sie soeben zugestimmt hat. Von uns beiden profitiere ich von dieser Vereinbarung mehr. Und das bei Weitem. Ich bin es nicht gewöhnt, so völlig beschämt zu sein. Ich habe keine Ahnung, was ich sagen soll.

Sie öffnet die Tür zur Dusche etwas weiter und fragt

schüchtern: „M-möchtest du etwas von dem heißen Wasser haben, bevor ich alles verbrauche?"

Es ist nicht das Wasser, nach dem ich mich sehne, aber ich ziehe mich aus und trete hinter ihr ein. Der Strahl trifft mich, heiß auf meiner Haut, und wärmt mich langsam auf, obwohl ich sie trotzdem zusammenzucken spüre, als ich sie berühre. Sie lacht, aber es ist ein stockendes, seltsames Geräusch. Sie versucht, mich nicht anzusehen, scheint sich aber nicht helfen zu können. Es ist das erste Mal, das sie mich im Licht sieht. Ihr Blick fällt direkt auf meinen Schwanz. Sie hätte mich nicht härter machen können, würde sie meine Eier umschlingen und meinen Schwanz mit ihrer feuchten, eingeseiften Hand massieren. Sie lacht sogar noch unbeholfener und schaut schnell weg. Aber nicht schnell genug, als dass ich nicht hätte sehen können, wie sich ihre Wangen rosa färben und ihre Brustwarzen versteifen, als die dunklen Spitzen sich mir entgegenstrecken. Der Dampf trägt ihren Duft, aber ich muss meine Finger nur zwischen ihre Schamlippen schieben, um die Luft mit ihrer Erregung zu würzen. Sie ist nass und eingeseift, aber ein Streicheln meines Fingers genügt, damit sie sich wieder zu mir umdreht.

„Ich vermisse meine Handschuhe", sage ich, kurz bevor sie ihre Hände um meinen Nacken schließt und mich gierig zu einem Kuss an sich zieht.

Wir haben heute Abend viel zu tun. Ich muss Geld holen, Reisedokumente, Kleidung … für mich und für sie. Ich werde ihr eine neue Identität besorgen und sie an einen sicheren Ort bringen. Ich habe rund um den Globus verstreute Häuser, die alle von jemandem wie Consuela bewacht werden. Jemand, der sich damit begnügt, in meiner Abwesenheit ein Gehalt zu kassieren und darüber hinaus keine Fragen zu stellen. Wo auch immer wir landen, ich werde meine Autos eines nach dem anderen dorthin verschiffen müssen. Aber wir werden nicht nach Tucson zurückkehren. Nicht in ihrem Leben und vielleicht auch nie wieder in meinem.

Es überrascht mich, wie wenig mir das ausmacht, aber das Einzige, was nicht ersetzt werden kann, ist das, was ich jetzt in meinen Armen halte. Ich dränge sie langsam mit dem Rücken gegen die Duschwand, greife ihre Hände mit meinen und drücke sie gegen die Fliesen über ihrem Kopf.

„Es tut mir leid", flüstert sie zitternd. „Es tut mir leid, was ich gestern Abend gesagt habe. Ich war verärgert und habe es an dir ausgelassen. Und es tut mir wirklich leid …"

Ich drücke einen Finger auf ihren Mund und streichele mit dem Daumen über ihre Unterlippe, als sie stammelnd zum Schweigen kommen. „Ich hege keinen Groll gegen dich."

Eine Gänsehaut breitet sich über ihrem gesamten Körper aus. Eine Spur der Begierde, die ich mit meinen Lippen und Fingerspitzen den ganzen Weg hinunter zur Ebene ihres zuckenden Bauches und ihrem weichen Venushügel verfolge. Ihre Weiblichkeit ist köstlich kahl und jeder Millimeter ihrer perfekten Muschi für meine Inspektion bereit.

Ihr Atem stockt, als ich sie mit den Daumen öffne. Ihre Klitoris und die Schamlippen schwellen an und sind begierig darauf, berührt, geleckt und geküsst zu werden. Gebissen zu werden.

Besessen zu werden. Von mir.

Nur von mir.

Für immer von mir.

„Ich liebe dich, Merris", sage ich zu ihr. Ich lasse mich auf dem Boden der Dusche auf die Knie sinken, während das heiße Wasser über meinen Rücken trommelt und ich ihre Muschi spreizte, die bereits auf meinen ersten Kuss wartet.

Sie schluckt krampfhaft. „Ich liebe dich auch", flüstert sie zurück. Ihr Blick zeigt, wie viel Angst ihr dies macht und doch verraten ihre Augen auch, wie ernst sie es meint. Und all das, noch bevor ich sie mit meinem Finger streichle und mich für den ersten, köstlichen Kuss nach vorn beuge.

Sie greift in ihr eigenes Haar – gehorsam unterwürfig, wie sie es gerade erst zu sein lernt. Ihr Keuchen ist scharf, als sie darum kämpft, so still wie möglich zu halten. Es gibt keinen schöneren Anblick, als die Wölbung ihrer Brüste, wenn sie versucht, sich nicht zu bewegen. Oder das Zittern, das durch ihre Oberschenkel rauscht, als ich beginne, sie mit der Zunge zu peitschen und zu lecken. Schließlich ziehe ich ihren Schenkel über meine Schulter, sodass ich mich völlig hineinstürzen und den süßen Nektar trinken kann, der immer weiter aus ihrer Muschi tropft. Für mich.

Ihr Körper gehört mir und ich bete ihn an. Jede zitternde Kurve, jede versteckte Vertiefung.

Ich bringe sie direkt an die Schwelle ihres Höhepunkts, bis ihr Zittern am intensivsten ist und sich ihre Atemzüge fast zu einem Stöhnen oder Schreien wandeln. Dann stehe ich endlich auf, packe sie beim Arsch und den Oberschenkeln und hebe sie ganz hoch, damit ich die Schreie, die ihr entweichen, direkt von ihren Lippen trinken kann, wenn ich in sie eindringe.

Meine.

Ich versuche, sanft mit ihr zu sein. Ich habe die letzten fünfhundert Jahre damit verbracht, zu lernen, zivilisiert zu sein. Die Wandler haben alles zunichte gemacht, als sie im Keller versuchten, sie mir wegzunehmen. Und Merris zerschlägt dies alles noch einmal, als sie mit den stumpfen Spitzen ihrer viel zu menschlichen Zähne auf meiner Unterlippe knabbert.

Meine reflexartige Reaktion ist genauso heftig wie das warnende Knurren, das meiner Kehle entspringt. „Merris …"

Sie klammert sich an meine Schultern, schlingt ihre Beine

eng um meine Taille und wirft mit einem gehauchten Lachen ihren Kopf zurück. Sie akzeptiert die Kraft nicht nur, mit der meine Hüften gegen ihre klatschen, sondern genießt sie begeistert. In der Stimmung, in die mich ihr heiseres Lachen versetzt, könnte ich die Wand mit ihr durchbrechen. Aber ich versuche, mich zusammenzureißen. Ich versuche, sanft zu sein.

Wenn sie doch nur ihren Kopf nicht so zu mir beugen und in einem heißen herausfordernden Atemzug flüstern würde: „Wer ist jetzt von wem gefesselt?"

Ich glaube, ich war es fast vom ersten Moment an, als wir uns trafen.

Aber das werde ich ihr niemals verraten.

Sie beißt mich seitlich in den Hals und ich reiße sie von der Fliesenwand weg, um sie auf den Boden der geräumigen Dusche zu legen. Als ich mit ihr fertig bin, gibt es in Lucius' Rohren keinen Milliliter heißes Wasser mehr. Und auch die Stimme meiner lieben Merris ist nach ihren Schreien nur noch ein heiseres Krächzen.

Aber es fällt mir schwer, deswegen ein schlechtes Gewissen zu haben. Schließlich bin ich der Master.

Ich bin der Einzige, der beißt.

Ende

WOLLEN SIE MEHR?

Machen Sie sich für das nächste Buch der Mitternacht Doms
Reihe bereit, *Ihr Vampir Prinz von Ines Johnson.*
   Ihr Vampir Prinz

Sie ist meine Beute, aber sie will mich verlassen?
   **Auf gar keinen Fall. Sie gehört mir. Und ich werde sie
niemals gehen lassen.**

Cari
   Wie schwer ist es, zu sterben?
   Fragen Sie mich nicht. Ich versuche es schon seit einem
ganzen Jahr vergeblich.
   Mein Vater starb bei einem tödlichen Autounfall, während
ich ohne einen Kratzer davongekommen bin.
   Jetzt fordere ich den verdammten Tod jeden Tag heraus.
   Vulkanwanderung. Straßenrennen. Fallschirmspringen.
   Aber dann will mich der Tod plötzlich holen.

Hadrian

Seit Jahrhunderten wandle ich als untoter Vampir auf Erden.

Keine Wärme, kein Gefühl. Kein Grund zum Leben.

Dann platzt sie in mein Leben.

Eine sterbliche Draufgängerin mit einem unbekümmerten Lachen.

Sie fällt buchstäblich aus dem Himmel und direkt in meine Arme.

Sie wünscht sich den Tod und ich habe einen Hunger, den nur sie stillen kann.

HOLEN SIE SICH IHR KOSTENLOSES BUCH!

Tragen Sie sich in meine E-Mail Liste ein, um als erstes von Neuerscheinungen, kostenlosen Büchern, Sonderpreisen und anderen Zugaben zu erfahren.

https://geni.us/jungfrauunddervampir

ÜBER DEN AUTOR

ÜBER MAREN SMITH

Ich habe das Glück, mit meinem Daddy Dom zu leben, und bin seine Kleine. Außerdem bin ich Kaffeefanatikerin, war sechs Jahre lang Administratorin in meinem örtlichen BDSM-Club, wohne in der Wildnis im verdammten Kansas (ich weiß immer noch nicht genau, wie ich hier gelandet bin) und bin der Liebe meines Lebens unterwürfig. Als internationale und USA-Bestsellerautorin habe ich mehr als 160 Romane, Novellen und Kurzgeschichten geschrieben und bin die Autorin der Master of the Castle-Serie.

BAD BOY ALPHAS

Alphas Besessenheit
Alphas Verlangen
Alphas Krieg
Alphas Aufgabe
Alphas Fluch
Alphas Geheimnis
Alphas Beute
(Alphas Blut)
Alphas Sonne

www.ingramcontent.com/pod-product-compliance
Lightning Source LLC
Chambersburg PA
CBHW020620110726
47899CB00002B/577